데스마치에서 시작되는
# 이세계 광상곡
# 25

리자
주황 비늘 종족의 소녀.

미아
과묵하고 음악을 좋아하는 엘프

포치
강아지 귀 종족의 소녀.

눈앞에 펼쳐진 광경은,
검은 연기가 피어오르는 왕도의 거리와
커다랗게 피해를 입은 왕성—?!

**루루**
쿠보크 왕국
출신. 아리사의 언니.

**타마**
고양이 귀 종족의 소녀.

**나나**
무표정한 호문클루스.

**사토**
이세계를 헤매고 있는
서른 줄 프로그래머.

**아리사**
쿠보크 왕국의 옛 왕녀.
전생에 일본인.

"……사토 씨."

무릎 사이에 앉아서
잠들어 버린 미아뿐 아니라,
옆에 앉아 있던 세라까지
내 팔을 끌어안고 잠들어 있었다.
어쩐지 아까부터 팔에 기분 좋은
감촉이 느껴진다 싶더라니.

# 데스마치에서 시작되는 이세계 광상곡

## 25

★★★

### 아이나나 히로

Death Marching to the
Parallel World Rhapsody
Presented by Hiro Ainana

# CONTENTS

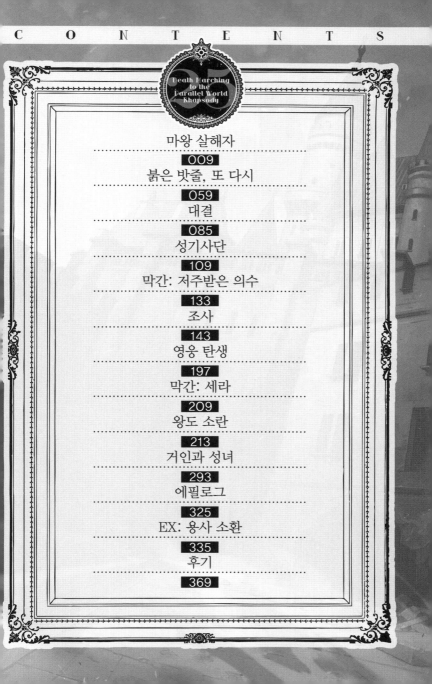

Death Marching
to the
Parallel World
Rhapsody

# 마왕 살해자

"사토입니다. 유명세란 말이 있습니다만, 사적인 시간까지 일거수일투족을 추적당하는 유명인에게는 동정을 금할 수 없습니다. 동경하기는 해도, 그 입장이 되고 싶지는 않네요."


"용사 일행의 『마왕 토벌』에 기여한 위대한 공적을 칭송하며, 사토 펜드래건 자작에게 성왕(聖王) 청휘(靑輝) 장검(杖劍) 훈장을 내린다."

시가 왕국의 알현실에서, 나는 묵직해 보이는 훈장을 국왕에게 손수 받고 있었다.

대국다운 광대한 알현실에 있는데 비좁게 느껴질 정도로 수많은 왕족과 귀족과 문무백관이 모여 있었다. 시가 8검도 다 모여 있고, 시가 33지팡이도 대부분 온 모양이다.

믿기 어렵게도, 여기 있는 건 우리의 훈장 수여 순간을 직접 보고 싶어서 모인 사람들이라고 한다.

"삼가 받들겠습니다."

나는 신하의 예를 취하고, 사전에 지도를 받은 그대로 조금 기다린 다음에 상체를 일으켜 국왕이 손수 내 가슴에 훈장을 달아주는 걸 지켜보았다. 보통은 쟁반에 올린 훈장을 받거나 시종

9

이 달아주는 것이라, 이건 상당히 이례적인 일이라고 할 수 있다.

"—일어서게나."

국왕이 작은 소리로 재촉하여 일어서자, 친근한 기색으로 어깨에 손을 두르며 함께 신하들 쪽을 돌아보게 되었다.

예복의 가슴팍에 퇴룡 훈장이나 미스릴장을 비롯하여 몇 개의 훈장이 비좁게 달려 있어서 상당히 무겁다. 보통은 훈장의 무게에 이끌려 맵시가 흐트러져 버리는데, 지금 입고 있는 옷은 그렇게 되지 않도록 왕실 재단사들이 전통 기법으로 봉제를 해준 특제였다.

"영웅의 탄생에 축복을!"

국왕이 잘 울리는 목소리로 말하자, 모인 사람들이 귀가 아플 정도의 환성을 질렀다.

아까 전부터 엄숙한 곡을 연주하고 있던 악단도, 그것에 지지 않으려고 영웅이 출진할 법한 용맹하며 장엄한 곡으로 바꾸어 분위기를 띄우고 있었다.

만들어낸 미소를 지으며 환성에 응답하고 있다 보니, 진행자의 신호로 악곡이 바뀌어 고행에서 해방되었다.

"이어서,『흑창』리자 키슈레시가르자 명예 여준남작."

"—예."

진행자가 펼친 두루마리를 읽자, 리자가 한 걸음 앞으로 나섰다.

오늘 리자는 무관용의 예복을 개조한 늠름한 차림이었다. 주황 비늘 종족의 특징인 오렌지색 비늘은 예복의 긴 소매나 장갑에 가려졌고, 허리에서 뻗은 꼬리만 그녀의 종족을 알리고 있었다.

강대한 마물한테 겁먹지 않고 과감하게 덤비는 리자라도, 이런 자리에서는 긴장을 해버리는지 움직임이 조금 어색했다. 한순간 불안한 시선을 보내기에, 안심하도록 웃으며 고개를 끄덕여 주었다.

　"그대는 용사 일행과 펜드래건 경이 마음 놓고 마왕과 싸울 수 있도록, 따르는 마물을 상대했다고 들었다. 그들의 위업도 그대들의 헌신이 있었기에 가능한 일. 자랑스럽게 생각하도록 하라."

　"알겠습니다."

　리자는 국왕의 칭찬에 짧게 답하고, 깊이 고개를 숙였다.

　시종에게 「시가 왕국 창익검(蒼翼劍) 훈장」을 받고, 다른 동료들도 순서대로 불려 앞으로 나섰다.

　"『보르에난 숲의 처녀』 미사날리아 공."

　다음으로 불린 건 어린 엘프 소녀 미아다. 미스릴 탐색자로서 훈장을 받을 때는 리자 다음에 아리사였지만, 이번에는 순서가 다르다. 그러고 보니 이름 앞에 붙은 별칭도 전이랑 조금 다른가?

　"응."

　녹색을 기조로 한 엘프의 민족의상을 입은 미아가 경쾌한 발걸음으로 앞에 나섰다.

　그녀의 걸음에 맞춰 흔들리는 트윈테일로 묶은 청록색 머리칼 사이에서, 엘프의 특징인 조금 뾰족한 귀가 보였다.

　"근접의 요체가 『흑창』 리자인 것처럼, 그대가 후위의 요체였다 들었다."

　"아니야, 아리사."

　"—그러했는가?"

조금 당황한 표정의 국왕에게, 미아가 「응」 하고 고개를 끄덕였다.

미아가 훈장을 받고 물러서는 사이에, 진행자가 황급히 진행표에 뭔가 적고 있었다. 아마, 호출 순서를 변경한 거겠지.

"『폭염 공주』 아리사 타치바나 명예 사작."

"네!"

들뜬 목소리로 대답한 아리사가 우아하게 걸어 나갔다.

통통 튈 것 같은 기세로 걷는 아리사의 머리칼은 금빛이었다. 전생자의 증거인 옅은 보라색 머리칼은 가발로 가려서 안 보인다.

"흠. 이 어린 나이에 후위의 요체를 맡았는고. 그 나라는 어리석게도 유언비어를 믿고서, 지고의 보옥을 놓친 모양이로다……."

국왕은 아리사가 쿠보크 왕국의 옛 왕녀라는 걸 아는 모양이군.

후반의 말은 작은 소리였으니까, 아리사 본인과 엿듣기 스킬을 가진 나한테만 들렸을 거야.

"아닙니다, 폐하. 그 과거가 있었기에, 저는 사토 님과 만날 수 있었고, 그 만남 덕분에 고국의 위기를 구할 수 있었습니다."

아리사가 작게 대답했다.

국왕은 그것에 말없이 고개를 끄덕인 다음, 시종에게 신호를 보내 아리사에게 훈장을 수여했다.

"앞으로도, 펜드래건 경을 섬기며, 나라를 풍요롭게 하거라."

"예, 폐하."

**어느 나라**인지를 명확하게 밝히지 않는 국왕에게, 아리사가 숙녀의 예를 취하며 응답했다.

"『방패 공주』 나나 나가사키 명예 사작."

다음은 나나가 불렸다.

은사로 장식한 붉은 비단 드레스가 알현실의 불빛을 반짝이며 반사했다. 인간족의 금발 거유 미녀로 보이지만, 그녀는 아직 연령 1세의 호문클루스였다.

그리고 보니 다른 사람이 작위를 부를 때는 「명예」를 붙이지 않는 게 관례였을 텐데, 이런 공식적인 자리에서는 생략하지 않고 부르는 모양이군.

"그대가 방어의 요체인가. 사람은 공격에만 눈길을 보내기 쉽지만, 그대가 방어를 단단히 하고 있었기에, 다른 자들이 본래의 힘을 발휘할 수 있는 것이다. 앞으로도 펜드래건 경을 도와 위업을 이루도록 하라."

"예스, 유어 머제스티."

나나가 무표정하게 고개를 끄덕였다.

시종이 나나의 가슴에 닿지 않도록 고생하면서 훈장을 달았다.

훈장을 수여 받은 나나가 물러가고, 이번에는 루루 차례인 모양이다.

"『메이드 왕』 루루 와타리 명예 사작."

비단결 같은 매끄러운 검은 머리칼이 흔들리며, 비취 비단 드레스 위로 흘렀다.

경성이란 말이 부족하게 느껴질 정도의 초절정의 미모를 가진 일본풍 미소녀지만, 이 대륙의 일반적인 미적 감각으로는 정반대가 되는 모양이다. 오늘은 어제부터 스킨 케어를 단단히 하고 화장도 꼼꼼하게 해서, 성은커녕 시공이나 개념마저도 뒤틀릴 느낌이었다.

"그대가 총을 다루는 솜씨는 시가 8검의 헤르미나도 절찬하고 있었다. 앞으로도 펜드래건 경을 지탱하고, 힘을 다해 섬기도록 하라."

"예, 폐하."

루루가 긴장한 목소리로 삐걱거리며 응답했다.

너무 긴장을 해서 한계가 가까운 느낌이다. 국왕도 그걸 느꼈는지, 재빨리 시종에게 신호를 해서 무난하게 훈장 수여를 마쳤다.

"『고양이 닌자』 타마 키슈레시가르자 명예 사작."

"네이—예."

백발 숏컷에 고양이 귀 고양이 꼬리를 가진 어린 소녀 타마가 뿅 일어섰다.

평소처럼 「네잉」 하고 대답을 하려다가, 사전에 리자가 「대답은 『예』라고 하세요」라고 여러 번 주의를 한 걸 떠올렸는지 「예」라고 고쳐 말했다.

마이페이스인 타마도 긴장이 되는지, 왼손과 왼발이 동시에 앞으로 나가고 있었다.

"그리 긴장하지 않아도 좋다. 어린 몸으로 마왕의 소굴에 따라 들어가, 그 역할을 다한 것을 자랑스러워하라. 앞으로도 맏언니인 리자를 돕고, 펜드래건 경을 섬기라."

"네잉."

국왕은 타마의 시선에 맞추어 허리를 굽히고, 머리칼을 상냥하게 쓰다듬어 격려해 주었다. 국왕이 손을 뻗었을 때 타마가 흠칫

하며 눈을 꾹 감은 것은, 그녀의 성장 환경을 생각해 보면 어쩔수 없는 일이겠지.

국왕이 일어서자 시종이 교대하듯 나서 타마의 가슴에 훈장을 수여했다.

"『강아지 사무라이』 포치 키슈레시가르자 명예 사작."

"네, 인 거예요!"

다갈색 머리칼을 보브컷으로 정돈한 강아지 귀 강아지 꼬리의 어린 소녀 포치가, 긴장한 나머지 큰 소리로 대답하며 일어섰다.

반동으로 날아간 의자를 옆에 앉아 있던 리자가 초고속으로 반응하여 받아냈다. 그대로 날아갔으면 대참사가 일어날 참이었어.

포치는 긴장해서 눈이 핑핑 도는 표정으로, 태엽 인형처럼 삐걱거리며 걸었다.

"—위험하구나."

자기 발에 걸린 포치를 국왕이 손을 뻗어 도와주었다. 평소에는 없는 일인지, 귀족들 사이에서 동요가 일었다.

포치는 자신이 실수했다고 생각했는지, 얼굴이 새파래져서 울상을 지었다.

갤러리 너머에서 카리나 양의 목소리가 「포치, 정신 차려요!」 하고 성원을 보냈지만, 한계에 가까운 포치의 귀에는 닿지 않았다.

"포치!"

그런 포치를 보고 가만있을 수 없었는지, 타마가 순동으로 포치 곁에 달려가 도와주었다.

타마가 움직인 순간 국왕의 등 뒤에 있던 시가 8검 필두 쥬레바그 씨와 시가 8검 「성방패」 레이라스 씨가 반응했지만, 위험이 없다고 판단했는지 타마의 움직임을 막지는 않았다.

"천천히 심호흡 해~."

"네, 네 인 거예요."

포치가 스읍 하아 스읍 하아 심호흡 했다.

성질 급한 높은 사람이라면 질책을 할 법한데, 국왕은 자애로운 눈으로 포치와 타마의 자매애를 지켜보았다.

"이제 진정했는고?"

"……네, 인 거예요."

포치가 모기 같은 소리로 대답했다.

"펜드래건 경과 함께 잘 싸워주었다. 그의 위업도 그대들이 잘 싸워준 덕이다. 앞으로도 두 자매와 협력하여, 펜드래건 경을 섬기도록 하라."

"네, 인 거예요. 포치는 열심히 하는 거예요."

포치의 기운찬 대답에, 국왕이 「그래」 하고 사람 좋은 할아버지 같은 표정으로 고개를 끄덕였다.

시종에게 훈장을 수여 받은 포치가 타마와 손을 잡고 본래 자리로 돌아왔다.

"자 다들, 다시 한번 위업을 이룩한 영웅들을 칭송하라!"

국왕이 낭랑한 목소리로 말하자 시가 8검과 무관들이 박수와 환성을 지르고, 그것이 알현실 전체로 퍼졌다.

◆

　때는 훈장 수여식 전 날로 거슬러 올라간다―.

　대마녀 아카티아가 족제비 수인 악마 소환사 조마무고미에게 저주를 받은 사건 뒤로 보름도 안 지나, 우리는 마중 나온 제나 씨, 카리나 양, 나나 자매들과 함께 시가 왕국으로 귀환했다.

　요새도시를 떠날 때 로로 일행이 붙잡았지만, 두 번째 이별이기도 해서 그렇게까지 슬픈 장면이 되진 않았다―고 생각한다.

　그리고 제나 씨 일행과 함께 마중 온 히카루는, 대륙 서방까지 온 김에 옛날 지인의 성묘를 하러 간다고 하면서 내해 방면으로 갔다. 나도 성묘에 동행하려고 했는데, 제나 씨와 카리나 양이 국왕의 소환장을 받고서 샛길로 빠지면 안 된다고 타이르기에 포기했다.

　히카루에게는 로로와 요새 도시가 위협받지 않도록, 부유 요새의 환영을 내해 연안의 도시에서 목격하게 만드는 기만 행동을 의뢰했다. 하늘에 환영을 투사하는 장치는 내가 벼락치기로 만들었다.

　"언빌리버블~?"

　"아주아주 깜짝 놀란 거예요!"

　놀랍게도, 시가 왕국 왕도의 공항은 마중 나온 사람들로 장외까지 사람이 넘치고 있었다.

　게다가, 대부분이 우리를 마중 나온 거라고 한다.

　"굉장한 환영이네."

"응, 잔뜩."

어린 팀이 흥분해서 말했다.

공항에 내려선 우리는 국왕이 준비해준 호화로운 마차를 타고 공항에서 왕성으로 갔다. 근위 기사단의 의장병이 다 모여서 호위까지 해주니까, 실질적으로 개선 퍼레이드 같은 형태였다.

메인 스트리트는 올림픽 마라톤을 관전하는 것처럼 사람들이 잔뜩 모여 넘칠 정도였다. 깃발을 손에 들어 찢어져라 흔들고, 목이 쉴 정도의 환성을 지르며, 우리들 파티의 이름과 「마왕 살해자」란 별칭을 연호하고 있었다.

길가의 집들 창문에는 떨어지지 않을까 싶을 정도로 사람들이 몰려 있었고, 옥상 위에도 빽빽하게 사람들이 올라가 손을 흔들고 있었다.

가끔 옥상 위나 창문에서 떨어질 위기인 사람이 있기에, 마술적인 염동력인 「이력의 손」으로 밀어서 올려줬다.

"스르르~르."

좋은 냄새가 나기에 뒤를 돌아보자, 타마가 갓 구운 꼬치고기를 사람 수만큼 들고 있었다.

"맛있어 보이는 꼬치인 거예요!"

"타마, 그건 대체?"

"노점에서 사왔어~?"

꼬치의 출처를 물어보는 리자에게, 타마가 인파 너머에 보이는 노점을 가리켰다.

아무래도 타마가 인술을 써서 그림자에서 그림자로 이동하여 사온 모양이다.

"주인님도 먹어~?"

"고마워."

타마에게 꼬치를 받아, 재빠른 동작으로 한 조각 먹고 나머지는 스토리지에 수납했다. 향긋하고 맛있는 꼬치구이지만, 아무래도 꼬치구이를 먹으면서 퍼레이드를 할 담력은 없었다.

마차는 서민가를 지나고 귀족가를 빠져나가, 왕성까지 조금 남은 거리까지 나아갔다.

"이제 곧 왕성이네. 안에 들어가면 한숨 돌릴 수 있을까?"

"그러면 좋겠다."

맵 정보를 보니 그게 이루어질 확률은 낮다.

내 예상대로, 왕성에 도착한 다음에도 성에서 일하는 사람들이나 구경 나온 귀족들이 우리들을 한 번이라도 보려고 모여 있었다.

마치 우에노 동물원에 왔을 무렵의 판다가 된 기분인걸.


우리는 근위기사들이 앞뒤로 호위를 해주는 가운데, 재상의 집무실로 안내를 받았다.

재상과 면회하는 건 나뿐이고, 동료들은 집무실 옆의 응접실에서 문장관과 면담 중이다. 완전히 잊고 있었는데, 동료들도 작위를 받았으니 가문 문장을 등록하는 게 필수였다고 한다.

재상과 면회하자 처음에는 무사히 돌아온 것을 축하해준 다음, 마왕 토벌에 참가한 것에 대한 잔소리를 들었다. 관광 부대신으로 취임할 때 「마왕이나 용이 상대라면 즉시 도망쳐」라고 못을 박았는데, 완전히 깜빡 잊고 있었으니 재빨리 사과를 했다.

그 다음에 이야기를 해도 문제없는 형태로 마왕 토벌에 대해 자세하게 얘기를 하고, 왕도에 유포된 몇 가지 오해를 풀기로 했다.

"—마왕 살해자가 아니라고?"

재상이 날카롭게 되물었다.

"네. 마왕을 토벌한 것은 용사 하야토 님입니다. 저희들은 용사 하야토 님과 그 종자님들을 도운 것에 지나지 않아요."

"그러나, 린그란데 공은 귀공이 『용사와 함께 마왕을 토벌했다』라고 편지를 보냈는데?"

"그건 린그란데 님이 잘 봐주신 거겠죠. 실제로는 마왕의 주의를 끌기 위해서 한두 번 정도 공격을 한 것에 지나지 않습니다. 아마도 유효타가 되지도 못하지 않았을까요?"

실제로는 마왕의 체력을 나름대로 깎아냈지만, 일부러 솔직하게 말할 필요도 없지.

"—그렇군."

재상은 짧게 말한 다음, 턱에 손가락을 대고 생각에 잠겼다.

"그러나, 마왕 토벌에 기여한 것은 틀림없다. 린그란데 공뿐 아니라, 사가 제국의 황제나 파리온 신전에서도 감사장이 왔지. 사가 제국에서는 명예 백작의 작위와 용사의 종자에게만 내리는 특별한 훈장을 수여한다고 했다."

재상이 말하고, 사가 제국에서 나에게 보낸 편지를 건네주었다.

양해를 구한 뒤에 봉납을 뜯어 편지를 훑어보니, 재상이 지금 말한 내용이 그대로 적혀 있었다.

"이건 파리온 신국에서 온 도브나프 신교황의 감사장이다."

도브나프 추기경은 무사히 은퇴한 자자리스 교황의 후계자가 된 모양이군.

"교황과 우의를 맺고 새로운 교역을 약속하다니, 예상 이상의 공적이야."

"운이 좋았을 뿐입니다."

교역은 도브나프 신교황이 바란 거였으니까.

"그걸 운으로 정리할 수 있다면 고생할 일이 있겠나? 귀공에게 직책이나 작위를 주고서 방류하기만 해도 우방이 늘어난다고 했던 『철혈』의 말이 옳았어."

재상이 무노 백작령 니나 로틀 집정관의 별칭을 꺼내며 실례되는 말을 했다.

저를 무슨 연어나 은어처럼 말하지 말아주세요.


"어쨌든, 정확한 사정은 알았다. 다음은 폐하께 같은 설명을 해줘야겠어."

나는 재상에게 연행되어 국왕의 집무실로 갔다.

국왕의 오늘 호위는 시가 8검 필두인 「부도」의 쥬레바그 씨와 시가 8검의 「성방패」 레이라스 씨 두 명이었다. 평소와 다른 두터운 포진이 나를 경계한 게 아니길 기도해야지.

"—흐음."

내 설명을 들은 국왕이 하얀 수염을 매만지면서 재상 쪽으로 시선을 보냈다.

"예정대로 해도 문제없겠군."

"알겠습니다."

재상이 시종을 데리고 방을 나가자, 국왕이 방에 대기하고 있던 호위인 시가 8검을 제외한 메이드나 문관들을 방에서 물렸다.

어쩐지 불길한 예감이 드는데.

"펜드래건 경은 아직 부인이 없던가? 약혼자는?"

"제가 열렬하게 구혼을 청하고 있는 분이 있습니다만, 아직 좋은 대답을 듣지 못하고 있습니다."

그러니까 선 보란 얘기는 하지 마세요.

"그대보다 조금 연상이지만, 내 딸인 시스티나는 어떻지? 딸의 사적인 다과회에 초대를 받았다고 들었다만?"

"저의 가신 두 명이 시스티나 전하와 가깝게 지내고 있는 인연으로 초대를 받은 것에 지나지 않습니다. 그리고 무엇보다도, 태생도 불확실한 저 같은 벼락출세한 자를 부군으로 삼는다면, 왕녀 전하의 명성에 상처가 될 겁니다."

그러니까 약혼자로 미는 것도 하지 마세요.

"분명히 혈통을 중시하는 귀족은 많다. 그러나, 『마왕 토벌에 크게 기여』하고 『마왕에게 두 번이나 공격을 해냈다』라는 무용은 그것을 뒤집고도 남는 공적이야."

그 정도 공적이라면 파리온 신국의 성검사나 사가 제국의 흑기사도 해냈다.

"시스티나가 마음에 안 든다면, 다른 왕녀라도 좋다. 어린 소녀가 좋다면, 시스티나의 동생인 도리스도 약혼자가 없지."

제발요. 도리스 왕녀는 포치랑 타마보다도 어린 애잖아.

어쩔 수 없지. 이러다가 약혼자를 떠맡게 되기 전에 무례할지도 모르지만 말을 해둬야지.

"—폐하. 저는 구혼하고 있는 분을 깊이 사랑하고 있습니다. 그 분과 맺어지기 위해서라면, 저는 지금 가진 모든 것을 잃더라도, 그것을 이루기 위한 곳으로 갈지도 모릅니다."

아제 씨랑 연애를 방해한다면 작위를 내던지고 시가 왕국을 떠나버린다고, 에둘러서 전달했다.

"……흠."

내 말이 예상 밖이었는지, 국왕이 신기한 것을 보는 눈으로 나를 보았다.

"니나와 레이텔에게 욕심이 없는 젊은이란 말은 들었지만, 영달을 바라지 않는 것은 물론, 왕가에 편입되는 것마저 바라지 않을 줄은 몰랐군."

국왕이 니나 여사나 미궁도시 세리빌라의 레이텔 아시넨 태수 부인의 이름을 꺼내면서 기가 막힌 기색으로 중얼거렸다.

"좋다. 혼약을 억지로 권해 떠나 버린다면 국가의 손실이야. 니나와 레온에게도 원망을 받겠지."

국왕이 니나 여사와 무노 백작의 이름을 언급하며 포기해 주었다.

국왕의 노여움을 살 위험도 있었지만, 어떻게든 도박에 이긴 모양이군.

"이것은 흥미 삼아 묻는 것인데, 그대가 그토록 사랑하는 여성은 어떤 자인가?"

"죄송합니다. 이름을 밝히는 것은 조금 꺼려집니다―."

나는 국왕의 질문에 대답을 흐렸다.

솔직하게 「요정의 여왕」이나 「보르에난 숲의 하이 엘프」라고 말해버리면, 이종족 사이에서는 아이가 안 생긴다는 걸 이유로 「사랑에 목을 맨 젊은이의 헛소리」로 단정할 지도 모르거든.

귀족의 의무로 후계자가 필요하지만, 펜드래건 가문의 상속은 누군가 양자를 들이면 되지.

본인이 바란다면 동료들 중에 누군가라도 좋고, 가치관이 가까운 에치고야 상회의 아오이 소년도 좋을지 모르겠다.

"기다리셨습니다."

그런 생각을 하고 있는데 재상이 커다란 상자를 든 시종과 함께 돌아왔다.

"우선 이것부터―."

서류를 받은 국왕이 술술 사인을 했다.

"사토 펜드래건 자작, 그대를 관광 대신으로 승진시킨다. 백작으로 승작은 다음 왕국 회의에서 무노 백작이 후작이 되는 것에 맞추어 하지."

무노 백작이 후작으로 승작하는 건 기쁜 일이지만, 제 승진이나 승작은 딱히 바라지 않아요.

책임이나 일이 늘어날 것 같아 그다지 기쁘지 않다. 그렇지만 그걸 입 밖에 내면 불경이니까, 나는 신하의 예를 취하며 「황송하옵니다」라고 입바른 말을 했다.

"그래. 성인이 된지 얼마 안 되는 젊은이가 대신직을 얻고, 평민에서 백작까지 승작하는 것은 시가 왕국의 긴 역사 속에서도 없었던 일이야. 자랑스러워하라."

개인적으로는 최하급 귀족인 명예 사작 정도로 충분합니다. 입시 심사가 편해지고, 아인 소녀들이 여관이나 레스토랑에서 거부당하지 않을 정도의 특권이면 좋았었는데.

"그리고, 이것을—."

시종이 공손한 손놀림으로 상자를 열었다.

—으엑.

"성검 줄라혼."

상자에 담긴 검을 보고, 레이라스 씨가 놀란 소리를 흘렸다.

"이것을 그대에게 대여하지."

이런 서프라이즈는 좀 관두세요.

이런 걸 받으면 사토까지 용사 취급을 당해 버린다.

그렇게 되면 기껏 용사 나나시라는 가짜 모습을 준비한 의미가 없어지잖아.

"저에게는 무거운 짐입니다. 이 정도의 명검은 시가 8검 중 한 분이 걸맞지 않을까요?"

"성검까지도 사양하다니……. 그대라면 이 성검을 충분히 휘두를 수 있지 않은가?"

"제 검술은 베는 기술이 기본입니다. 찌르는 기술을 중심으로 하는 분이 들어야 하지 않을까 생각하옵니다."

성검 쥴라혼은 이름의 유래가 된 환수 「염각수」의 뿔처럼 뿌리 부분이 뒤틀려 있으니까, 찌르기가 아닌 기술을 쓰려면 요령이 필요하다.

"흠— 쥬레바그?"

"펜드래건 경의 말에도 일리가 있습니다."

국왕의 부름을 들은 쥬레바그 씨가 묵직한 소리로 동의해 주었다.

"그렇군……. 허면, 헤임이나 레이라스인가?"

"저와 같이 늙어가는 자보다도 젊은이에게 기회를 주시지요."

화제에 오른 「성방패」 레이라스 씨가 사양했다.

"폐하, 헤임도 펜드래건 경과 마찬가지로 베는 것을 주체로 하는 검술을 씁니다. 신입인 제릴은 찌르기 기술이 특기입니다만, 아직 성검을 대여하는 것은 시기상조일 것입니다."

"그렇군. 그러면, 한동안은 보물창고에 재워두도록 하지."

다행이다. 회피에 성공했다.

파란만장한 보고는 아슬아슬하게 무난한 형태로 결판이 났다. 그 날은 왕성의 영빈관 하나에서 묵었고, 이튿날이 훈장 수여식이었다.

◆

그리고 당일—

훈장 수여로 호객용 판다의 기분을 듬뿍 맛봤다고 생각했는데, 그 감상을 품는 건 시기상조였다.

"펜드래건 경, 마왕 토벌의 활약을 들려줄 수 있겠는가?"

"기억나시는가? 나는 릿튼 백작 부인의 다과회에서 인사를 나누었던—."

"혹시, 내 조카딸을 소개할 기회가 없겠는가? 조카딸은 왕도에서도 소문난 미녀—."

홀에 나오자마자, 본 적이 있는 귀족, 본 적이 없는 귀족까지 십년지기 친구처럼 친근한 태도로 몰려왔다.

문벌귀족 계통이나 고관들 투성이라 힘으로 밀어낼 수가 없으니 대처하기 곤란하군.

카리나 양, 제나 양과 합류하고 싶은데 인파 너머로 매몰되어 안 보인다.

"키에에에에, 콘서트장 출구 인파 같아~!"

"우음."

"뉴~."

"뭉개질 것 같은 거예요."

어린 아이들이 위험하군.

"여기서는 다른 분들께 방해가 됩니다. 저쪽 살롱으로 이동하죠."

나는 소리를 높여서 사람들을 홀에 인접한 살롱으로 유도했다.

조금 틈이 생겨서, 아이 컨택트로 동료들에게 피난하도록 지시했다. 몇 명은 동료들 쪽으로 따라갔지만, 아리사랑 리자가 함께 있으니 어떻게 대처를 할 수 있겠지.

살롱으로 이동한 다음은 악수회나 사인회를 하는 아이돌의 고

생과 비슷한 체험을 하게 됐다. 괜한 언질을 잡히지 않도록 주의하면서, 무질서하게 악수나 허그를 하려는 귀족들이나 귀족 영애에게 대처했다. 반짝이는 눈빛으로 멀리서 보고 있는 것은 왕성의 사용인들인가 보군.

"어머, 당신이 『마왕 살해자』인가요? 참으로 젊고 가녀리네요? 그 가는 팔로 마왕과 싸웠다니 믿기지 않아요."

버릇없게 말하며 내 앞으로 나선 것은 파리온 신전의 무녀복을 입은 소녀였다.

겉으로 보기에는 덧없고 청초한 느낌인데, 언동은 그다지 무녀답지 않네.

"라비니아 님, 『마왕 살해자』나리에게 실례입니다."

종자처럼 따르는 사제가 무녀에게 귓속말을 했다.

"어머나? —실례였나요?"

무녀는 신기하단 것처럼 반응하고 나에게 직접 물었다.

"그렇게 느끼는 분이 있을지도 모르겠습니다."

"그래요?"

귀족 특유의 에둘러 비꼬는 말인가 했는데, 그녀는 진심으로 의문인 모양이군. 어쩌면 세상 물정에 어두운 것뿐일지도 모른다.

"라비니아 님, 본론을."

"그랬죠 참!"

사제의 재촉을 받은 무녀 라비니아가, 손뼉을 치고서 나와 눈길을 맞추었다.

"성녀 후보로서, 파리온 님의 무녀인 제가 『마왕 살해자』 당신의 파티에 참가해 드리겠어요! 영광스럽게 생각하세요!"

무녀 라비니아가 갑자기 은혜를 베푸는 것처럼 말했다.

추종자들이 「굉장합니다!」, 「명예로운 일이군요!」라면서 장단을
맞춘다.

"제가 있으면 분명히 용사의 칭호도 얻을 수 있을 거랍니다."

재는 표정의 무녀 라비니아가 딱 잘라서 망언을 했다.

용사의 칭호라면 가지고 있다고 할 수도 없으니 쓴웃음으로 응
답했다.

어떻게 말해서 돌려보낼까 생각하는 내 귀에, 시원스런 목소리
가 들렸다.


"사토 씨는 그런 걸 바라지 않아요."


자연스럽게 인파가 갈라지고, 테니온 신전의 무녀복을 입은 가
련한 미소녀가 나타났다.

"테니온 신전의 세라! 당신이 어째서 여기에……!"

무녀 라비니아가 당황하며 소리를 높였다.

세라는 무녀 라비니아를 무시하고 내 앞으로 걸어왔다.

전에 만나고서 1년 가까이 지난 탓인지, 키가 아주 약간 자라
고 표정도 조금 어른스러워진 것 같다.

"오랜만입니다, 세라 씨."

"네, 사토 씨. 만나고 싶었어요."

오랜만에 재회한 세라와 친교를 다졌다.

그녀의 뒤에 나이 지긋한 오유고크 공작도 있기에 인사를 했다. 그에게는 무노 백작령의 부흥에 있어 신세를 지고 있다.

"무녀 세라! 갑자기 끼어들다니 어쩔 셈이죠?"

무녀 라비니아가 불평을 하면서, 나와 세라 사이로 끼어들었다.

"아직 있었나요?"

"제 이야기가 아직 끝나지 않았어요!"

세라가 조금 난처한 표정으로 말했는데, 무녀 라비니아는 허리에 손을 대고 싸우기라도 할 듯이 세라에게 대들었다.

아무래도 이 두 사람은 전부터 아는 사이인가 보군.

"펜드래건 자작! 신관이 없는 당신의 파티에, 차기 성녀로 이름 높은 제가 참가해 주겠다고 하는 겁니다! 영광스럽게 생각하세요!"

"죄송합니다만 거절하겠습니다."

당장 신관이 파티에 없어서 곤란할 게 없거든.

회복은 미아나 내 마법이 있고, 병이나 상태이상 대책은 마법약과 엘릭서까지 있다. 저주 떨치기는 스킬이 있으니까 맨손으로도 괜찮단 말이지.

"거, 거절한다고 한 건가요? 저를……?"

무녀 라비니아가 부들부들 몸을 떨면서, 잠꼬대처럼 믿을 수 없다고 중얼거렸다.

파티 가입을 거절한 게 그렇게 뜻밖이었나?

"그렇게 됐으니, 물러가 주세요."

세라가 움직일 생각을 안 하는 무녀 라비니아와 따르는 사제들에게 퇴장을 재촉했다.

제정신을 차린 무녀 라비니아가 표독스럽게 세라를 노려보았다.

"당신 따위, 성녀 후보에서도 탈락한 패배자 주제에!"

무녀 라비니아가 토해내듯 말했다.

그 순간, 신전 관계자와 오유고크 공작 관계자의 표정이 얼어붙었다.

"무, 무녀 라비니아!"

무녀 라비니아의 실언을 깨달은 사제가 창백한 표정으로 무녀를 데리고 퇴장했다.

사제는 꾸벅꾸벅 고개를 숙이며, 세라와 오유고크 공작에게 사과했다.

"세라 씨, 조금 장소를 옮기죠."

"네."

세라의 안색이 안 좋아서, 오유고크 공작에게 배당된 대기실로 이동했다.

나한테 말을 걸려고 모여든 사람들이 아쉬워했지만, 나로서는 세라가 훨씬 중요하다.

대기실은 호텔의 스위트룸처럼 거실과 몇 개의 개인실로 구성되어 있었다. 나는 세라를 데리고 응접실 중 하나에 앉았다.

"……그 사람이 말한 건 사실입니다."

세라가 조용히 중얼거렸다.

"사토 씨와 구를리안 시에서 헤어진 다음, 저는 마왕 신봉 집단에 붙잡혀서—"

세라가 거기서 말문이 막혔다.

무녀 라비니아가 말했던「탈락자」라는 건, 마왕「황금의 저왕」부활의 그릇이 되었던 일 때문이겠지.

"저는 무녀 실격—."

나는 세라 앞에 손을 들어 말을 막았다.

"설령 어떤 일이 있었든지, 세라 씨는 제가 아는 세라 씨입니다."

"……사토 씨."

"그리고 실격은 아닐 겁니다. 그건 지금도 테니온 신께 신탁을 받을 수 있다는 걸로 명백하지 않나요?"

내 뇌리에 조각상을 그릇으로 현현한 테니온 신의 모습과 목소리가 되살아났다.

『앞으로도 경건한 기도를 잊지 말고, 사랑을 하고, 아이를 낳아 키우며, 번영하도록 하세요.』

신자에게 그런 말을 하는 자애가 가득한 테니온 신이, 마왕의 그릇으로 이용당했을 뿐인 세라를 부정하다고 내칠 것 같지 않았다.

"실격이라고 단정하는 건 테니온 신께 실례입니다."

"……네."

농담처럼 말하자, 드디어 세라의 얼굴에서 딱딱함이 사라졌다.

"세라 씨, 신탁이라는 것은 신에게서 일방통행인가요?"

"네, 맞아요. 신께서 내리는 마음이나 말을 사람들을 위해 풀어내는 것이 무녀입니다."

전에 카리온 신을 통해 신계의 우리온 신과 교신했을 때 일을 떠올렸다. 무수한 말이나 의미가 한순간에 압축되어 쏟아지니까,

33

지력 수치가 최대치에서 멈춰있어도 이해가 힘들었었지.

"이쪽에서 물어볼 수 있다면 참 간단할 것 같은데요……."

"우후후. 제 고민 같은 사소한 일로, 위대한 테니온 신을 번거롭게 해드릴 수는 없어요."

세라가 농담처럼 말했다.

오베르 공화국 때처럼 테니온 신이 그릇에 강림을 해주면 편한데— 그렇지.

세계수 가지에서 잘라낸 목재는 아직 대량으로 있으니까, 그릇용 조각상을 만들어 공도의 테니온 신전에 기부하자. 기분이 내키면 그릇으로 강림해줄지도 모르니까.

"사토 씨는, 서방 소국들에 갔었다고 했죠? 그러면, 테니온 신이 강림하셨다는 소문을 알고 있나요?"

"네. 오베르 공화국에도 갔으니 알고 있습니다."

아예 당사자였어요.

물론 설령 세라가 상대라도 그렇게 말할 수는 없지만.

"정말인가요!"

"네. 멀리서 뵈었습니다만, 세라 씨와 닮으셨더군요."

세라가 성장한 모습을 이미지해서 만들었으니까.

"—저하고요?"

"네. 세라 씨가 조금 더 어른스러워진 것 같은 용모였습니다."

"정말인가요?"

"네, 틀림없어요."

내가 단언하자, 반신반의였던 세라가 미소를 지었다.

"무녀, 어디?"

"무녀, 어디?"

입구에서 고개를 내민 것은 바다사자 수인 아이들이었다.

"무녀, 있다!"

"마시타! 마시타 있어!"

바다사자 아이들이 문 사이를 빠져 나와, 뒤뚱뒤뚱 걸어서 이쪽으로 왔다.

나를 「마시타」라고 부르는 걸 보니, 분명히 공도에서 만났던 그 바다사자 아이들이겠군.

"공도에서 데리고 온 건가요?"

"네. 사토 씨와 나나를 만나고 싶어해서, 제 수행원으로 동행했어요."

세라가 바다사자 아이들의 머리를 상냥하게 쓰다듬었다.

"마시타, 나나는?"

"마시타, 나나 어디?"

나나는 알현실에서 나온 뒤 홀에서 헤어졌다.

맵 검색으로 나나를 찾아보니, 홀 앞의 정원에 있는 정자로 피난한 걸 발견했다. 제나 씨와 카리나 양도 함께 있군.

공간 마법 「원거리 통화」로 아리사랑 연결했다.

『아리사, 그쪽은 괜찮아?』

『주인님! 이쪽은 문제없어. 주인님이 대부분 살롱 쪽으로 끌고 간 틈에 이동했으니까. 끈질긴 귀족도 있었지만, 높은 창문으로 탈출했더니 아무도 못 따라왔어. 제나랑 카리나 님도 같이 있으니까 안심해.』

맵을 확인해서 안전해 보이는 경로를 찾았다.

『그러면 합류하자. 서프라이즈 게스트도 있으니까, 그쪽에 갈게.』

나는 그렇게 말하고 통신을 끊었다.

"마시타, 나나 없어?"

"마시타?"

바다사자 아이들이 내 무릎에 손을 올리고 아래쪽에서 얼굴을 들여다보았다.

"아무것도 아냐. 합류 장소는 정해졌으니까 데리고 가줄게."

"기뻐."

"마시타, 가자."

바다사자 아이들이 내 손을 잡고 얼른 가자고 끌어당겼다.

"세라 씨도 함께 가죠."

지금 상태의 세라를 여기에 홀로 남겨두기는 싫거든.


◆


"왕성에 이런 장소도 있었군요."

높이 2미터쯤 되는 수풀의 벽이 만드는 미로를 나아갔다.

지체 높은 신분인 분들이 밀회를 하는 장소일지도 모른다.

"왕성 안에는 역대 왕이나 왕비가 만든 정원이 잔뜩 있어요."

옆을 걷는 세라가 가르쳐 주었다.

지금은 나랑 세라가 각자 한 명씩 바다사자 아이들의 손을 잡고 있었다. 양손으로 잡으면 걷기 힘드니까.

함께 걷는 사이에 세라의 기분도 진정됐는지, 평소처럼 미소를 보여주게 되었다.

"쥔님~."

타마가 수풀을 훌쩍 넘어 내 어깨에 착지했다.

마중 나온 모양이군.

"뉴? 아는 사람."

"타마, 공도에서 만난 세라 씨야."

"헬로~."

타마가 내 머리 뒤에 숨으면서 세라에게 손을 흔들었다.

인사를 마치고, 타마의 안내를 받아 동료들이 있는 장소로 갔다.

다들 모여 있는 장소는 돔 모양의 지붕이 달린 정자였다. 서양식으로는 가제보라고 했던가?

"사토 씨, 이쪽이요!"

수풀 뒤에서 모습을 드러낸 나를 발견하고, 제나 씨가 크게 손을 흔들었다.

"—어?"

그런데 제나 씨가 손을 힘없이 멈추고, 놀란 표정을 지었다.

"예쁜 사람……."

엿듣기 스킬이 포착한 속삭임을 들어보니, 세라를 보고 놀란 모양이다.

같이 있던 카리나 양이 제나 씨에게 세라의 내력을 가르쳐주었다.

"주인님인 거예요!"

"어서 와."

포치와 미아가 이쪽으로 달려왔다.

"얍!"

세라와 잡고 있던 손을, 미아가 손날로 쳐서 떼어내고 내 손을 끌어안아 빼앗았다.

"안녕하세요? 미사날리아 님."

"응, 오랜만."

세라는 기분 상한 기색도 없이, 명랑한 느낌으로 미아에게 인사했다.

미아는 어색한 대답을 한 다음, 내 옷에 얼굴을 묻어 시선을 피했다.

"유생체!"

"나나, 있다!"

"나나, 만났어!"

바다사자 아이들을 발견한 나나가 달려오고, 바다사자 아이들도 뒤뚱뒤뚱 나나에게 달려갔다.

와락 얼싸안은 세 사람의 모습에, 세라가 「잘됐네요」 하고 자애로운 목소리로 중얼거렸다.

아리사가 정자에서 손짓하고, 권하는 자리에 세라가 앉았다.

그 옆에 내가 앉으려는 것을 미아가 재빨리 막았다. 사냥할 때보다 재빠른 움직임이군.

"스르~르."

앉자마자 목마를 타고 있던 타마가 무릎 위로 흘러내리듯 이동하고, 대신 포치가 내 등을 기어올라 뒤에서 목을 끌어안았다.

"니헤헤~인 거예요."

오늘은 둘 다 어리광쟁이군. 인파 탓에 불안했을지도 모르겠다.

"세라 씨, 이쪽은 세류 백작령의 영지군 마법병인 마리엔텔 사작 영애 제나 씨입니다. 제나 씨, 이쪽은 오유고크 공작가의 영애이고 테니온 신전의 무녀인 세라 씨입니다."

여기서 면식이 없는 건 제나 씨랑 세라 두 사람뿐이라 내가 대표로 두 사람의 소개를 도왔다.

"처음 뵙겠습니다, 세라 님. 마리엔텔 가문의 제나라고 합니다. 사토 씨— 펜드래건 자작님하고는 세류 시에서 제 목숨을 구해주신 덕분에 알게 됐습니다!"

"처음 뵙겠습니다, 제나 님. 테니온 신전의 무녀 세라입니다. 사토 씨하고는 무노 령에서 만난 뒤부터 가깝게 지내고 있어요."

공통의 친구인 나를 화제로 삼아 교류를 시작했다.

"사토 씨와 자주 봉사활동을 함께 하고 있어요. 양육시설에서는 사토 씨의 인기가 참 높답니다."

"그랬었군요. 미궁도시에서도 사립 양육시설을 세워 아이들을 받고 있어요."

"네, 편지로 알려주셨습니다. 사토 씨가 제가 아는 사토 씨 그대로라서 기뻤어요."

"저, 저도 편지를 받았어요! 사토 씨는 편지를 부지런히 써주시죠."

"네, 근황을 알 수 있어 기쁘죠."

제나 씨와 세라가 웃으며 대화한다.

"기분 탓인가? 두 사람 사이에서 불똥이 튀지 않아?"

"응. 파직파직."

아리사와 미아가 붙어서 그런 농담을 하고 있지만, 내가 보기에 두 사람의 대화는 평화롭다. 두 사람 너머에서는 카리나 양이 대화에 끼어들지 못해 허둥거리고 있었다.

"이대로 구경하는 것도 좋지만, 제나의 형세가 불리하니까 무사의 온정으로 도움을 좀 보내줄까?"

아리사가 「헛차」하고 나이든 소리를 내며 일어서더니, 세라와 제나 씨 쪽으로 걸어갔다.

"그건 그렇고 세라가 왕도에 오다니 희한하네."

"네, 할아버님을 따라서요."

"할아버님 따라서? 공작님이라면 세라가 따라오지 않아도 신성 마법을 쓸 수 있는 수행원이 얼마든지 있잖아?"

아리사가 그걸 지적하자, 세라가 조금 말을 머뭇거렸다.

"……사실은."

"펜드래건 경, 여기 있었는가!"

세라가 왕도에 온 진짜 이유를 말하려는 참인데, 탄탄한 남성의 목소리가 가로막았다.

"배, 백작님!"

제나 씨가 벌떡 일어서서, 방문자에게 병사의 경례를 했다.

찾아온 사람은 세류 백작과 호위 기사— 키고리 준남작 두 사람이었다. 둘 다 제나 씨의 상사다.

"응? 마리엔텔 가문의 제나로군. 어째서 왕도에 있지?"

"죄, 죄송합니다!"

세류 백작의 물음에 제나 씨가 사죄의 말을 했다.

"나는 이유를 묻고 있어. 미궁 선발대의 일원으로 미궁도시 세리빌라에서 임무를 맡고 있어야 할 그대가 어째서 왕도에 있나?"

"이야기가 길어집니다만—."

"마리엔텔 양은 왕명으로 저를 탐색하러 나서주었습니다."

어떻게 설명할까 망설이는 제나 씨 대신, 내가 단적으로 설명했다.

"왕명? 진정으로 그러한가?"

"네, 정확하게는 왕명을 받은 미츠쿠니 여공작님이 동행을 의뢰하셔서……."

"의뢰? 미츠쿠니 여공작이라면 왕— 그 미츠쿠니 여공작말인가?"

세류 백작이 뭔가 말하려다가 정정했다. 아마, 그도 미츠쿠니 여공작— 히카루의 정체가 왕조 야마토 본인이라는 걸 아는 모양이군.

"아, 네."

제나 씨가 고개를 끄덕였다.

"어째서, 여공작이?"

세류 백작의 말이 또 제나 씨에게 돌아가 버렸다.

"미궁에서 절 훈련 시켜주고 계셔서, 그 인연으로……."

"여공작이 훈련을 시켜주신다? 어째서? 아니, 그보다 어디서 알게 되었나?"

"렛세우 백작령에서 도시 방어전에 참가했을 때 알게 됐습니다."

"뭐라고? 처음 듣는 이야기인데? 보고를 게을리 했는가?"

"아, 아뇨! 보고는 했습니다! 고위 마법사님과 마법 검사들이 구원을 해줬다고 보고서에 적은 기억이 있습니다. 그 때는 이름을 물어볼 기회가 없었고, 그 뒤에 젯츠 백작령에서 재회했을 때도, 서민의 차림으로 미토라고만 이름을 밝히신지라⋯⋯."

"그렇군⋯⋯ 그 뒤에, 알게 되고서 보고가 없는 것은—."

"백작 각하, 아직 보고서가 도착하지 않은 것 아닐까요?"

제나 씨의 형세가 불리해져서 도움을 보냈다.

미궁도시에서 세류 시까지 편지를 보내면, 적어도 1개월 정도는 걸린단 말이지.

"그리고 마리엔텔 양이 미토 씨— 미츠쿠니 여공작님의 가문을 알게 된 것은 최근인 것 같으니까요."

세류 백작이 나를 날카로운 시선으로 보았다.

"펜드래건 자작은, 마리엔텔 가문의 제나와 미츠쿠니 여공작에 대해 잘 아는 모양이군."

"왕도로 돌아오는 여로에서 여러모로 대화를 했으니까요."

나는 사기 스킬과 무표정 스킬 선생님의 도움을 빌려서, 세류 백작의 추궁을 흘려냈다.

"마리엔텔 가문의 제나와 가까운 모양이군. 귀공의 연인인가?"

"아뇨. 마리엔텔 양은 저의 소중한 친구입니다."

제나 씨랑 세라가 거의 동시에 「친구」라고 중얼거렸다. 같은 단어를 중얼거리는 건데 온도차가 격렬한 것 같아.

"마리엔텔 가문의 제나, 틀림이 없나?"

제나 씨가 주저한 다음에 긍정했다.

"……네."

그렇게 싫은 표정으로 말하면, 죄책감 느끼는데.

"—그렇군."

세류 백작이 모두 이해했다고 말하는 것처럼 고개를 끄덕였다.

"백작 각하? 사토 씨에게 무슨 용건이 있었던 것이 아닌가요?"

"그랬었지— 무녀 세라 공이시군. 성녀님 비장의 무녀가 왕도에 있을 거라 생각 못해 인사가 늦었군. 용서하시오."

세라가 묻자, 세류 백작이 근엄하게 사과했다.

"펜드래건 자작—."

세류 백작이 나를 본 다음, 세라와 카리나 양 쪽으로 시선을 보내고는 말을 망설였다.

"이 자리는 자세한 이야기를 하기 좋지 않은 것 같군. 후일에 시간을 만들어주기 바라네."

그는 그렇게 나에게 말한 다음, 제나 씨 쪽을 보았다.

"—마리엔텔 가문의 제나."

"네!"

"한동안 왕도 근무를 명한다. 다른 명이 있을 때까지, 펜드래건 자작의 호위를 맡거라."

이 짧은 대화 속에서 세류 백작에게 어떤 심경의 변화가 있었는지 모르지만, 갑자기 제나 씨에게 그런 지령을 내렸다.

"머무를 곳이 정해지지 않았다면, 왕도의 세류 백작 저택 별관을 거점으로 쓰도록."

"마법병 제나, 임무를 받들겠습니다!"

세류 백작은 제나 씨의 대답을 만족스럽게 들은 다음, 나타났을 때와 같은 통로로 물러갔다.

"뉴~."

"긴장한 거예요."

내 등 뒤에 숨어 있던 포치와 타마가 연체동물처럼 축 힘이 빠졌다.

긴박한 상황에 피곤해진 모양이군.

"―제나 님!"

기운이 빠져서 주저앉은 제나 씨를 리자가 걱정스레 지탱해주었다.

"다행이네, 제나. 상사의 승인을 받아서 왕도에 있을 수 있어."

아리사가 태평한 표정으로 제나 씨에게 말했다.

"―네."

제나 씨가 내 얼굴을 본 다음, 해님처럼 미소를 지었다.


◆


여러 가지 일이 있었던 훈장 수여의 날부터 오늘까지, 아직도 내 저택으로 돌아가지 못하고 있다.

저택 주변에 죽치고 있는 구경꾼들이 너무 많아서 큰일이라, 재상의 권유로 첫날에 묵은 영빈관에 지금도 머물고 있었다.

"뭐, 어쩔 수 없지. 주변의 귀족들이 불평을 하는 것도 아니지 않니?"

니나 여사는 가볍게 신경 쓰지 말라고 했다.

지난 며칠 그녀와 무노 백작의 정략에 따라 다녔는데, 이제 슬슬 해방해줄 모양이다.

"그렇게 말해도 폐를 끼치고 있을 테니까, 뭔가 보상을 생각해야겠어요."

"그런 건 주변 집들의 다과회에 출석해주기만 해도 충분해. 너를 미끼로 인연을 가지고 싶은 집안에게 듬뿍 은혜를 베풀 수 있지."

"에~ 그건 니나 씨가 요 며칠 한 작전 아냐?"

"뭐 그렇지. 덕분에 여러모로 일이 잘 굴러갔다."

아리사의 비아냥에도 니나 여사는 미안한 기색이 없다.

"덕분에, 전혀, 주인님이랑 시간을 보낼 수가 없었어!"

"그리 화내지 마라. 어제까지 대강 접촉하고 싶은 귀족은 얼추 만났으니, 이제는 머무르는 동안 한 번이나 두 번 정도 고생해주면 돼."

"그러면 뭐 괜찮지만⋯⋯."

"다만, 야회나 다과회에 갈 때는 되도록 카리나 공도 데리고 가도록 해줘."

니나 여사가 내 쪽을 보고 말했다.

"걔는 자기가 나서서 사교를 하는 축이 아니고, 너도 원치 않는 혼인을 청하는 귀족에 대한 견제가 되잖니?"

"니나 씨, 주인님 주변부터 공략할 생각 아냐?"

"사토는 그 정도로 공략이 되는 녀석이 아니잖니?"

"그것도 그렇네."

"그러고 보니 카리나 공은?"

"리자 씨랑 같이 외출했어."

오늘만 그런 게 아니라, 나 말고 다른 동료들은 종종 관료들이 쓰는 공용 마차를 빌려 외출을 했다.

참고로 리자와 카리나 양이 간 곳은 시가 8검의 본거지인 성기사단의 주둔지. 제나 씨도 함께 가고 싶어했지만, 세류 백작이 내 호위 임무를 내렸으니 포기했다. 내 일정이 비면 같이 가자고 말해서 위로했다.

포치랑 타마는 전부터 다니던 왕립 학원에서 친구나 아우들과 친교를 다지고, 나나는 바다사자 아이들을 데리고 왕도 구경을 갔다. 루루는 영빈관의 주방에서 알게 된 궁정 요리사들과 교류하고, 미아와 아리사는 시스티나 왕녀와 다과회에 가거나 토론을 하는 모양이다.

"자작님, 손님입니다."

영빈관의 메이드가 세라를 안내해주었다.

세라는 오유고크 공작을 따라 매일 등성하고 있어서, 꽤 자주 놀러 오고 있었다.

"세라도 부지런하네~."

"할아버님을 따라왔어요."

"따라왔으면 따로 떨어지면 안 되는 거 아냐?"

아리사의 태클을 세라가 웃으면서 흘려냈다.

"오늘은 사토 씨를 도우러 왔으니까요. 그렇죠? 사토 씨."

세라가 의미심장한 표정으로 웃었다.

"잠깐! 그 분위기는 뭐야!"

"우후후."

"우후후, 가 아니고!"

오늘은 왕비님의 초청으로 로열한 다과회에 가야 하니, 그런 장소에 익숙한 세라에게 동행을 부탁했다.

"카리나 공도, 이 정도로 팍팍 밀어붙이면 좋겠다만~."

세라를 보면서 니나 여사가 투덜거렸다.

◆

그저 하염없이 지치기만 했던 로열한 다과회 다음날부터, 아는 사람과 상급 귀족이나 중신들의 초청에 응답하는 형태로 다과회나 야회에 초청을 받는 나날이 시작됐다.

명검이나 갑옷을 선물하거나, 딸과 혼담을 꺼내는 귀족이 많다.

특히 후자를 거절하는 게 힘들어서, 다과회나 야회에는 카리나 양, 세라, 제나 씨 중 누군가에게 파트너 역할을 부탁했다. 제나 씨는 호위라고 하면서 고사했지만, 다과회나 야회를 회피하고 싶은 카리나 양이 애원해서 파트너 역할을 맡아주었다.

딱 한 번 세라와 왕도의 양육 시설에 위문을 갔었는데, 내 정체가 들켜서 구경꾼이 쇄도하는 소동이 일어나 폐를 끼쳐 버렸기에 그 다음은 자중하고 있었다.

"주인님, 오늘 일정은?"

"왕자왕녀와 다과회, 아시넨 태수부인 일행이랑 점심 식사, 야회는 오유고크 공작 주최의 거창한 거야."

다만 오늘 야회는 오유고크 공작령의 먹보 귀족, 로이드 후작과 호엔 백작 두 사람이 열심히 준비하고 있다.

분명히 연회장에 맛있는 게 잔뜩 있을 테니, 생각보다 기대하고 있었다.

"그렇구나. 그러면, 얼티밋 포션의 비밀을 조사할 틈이 없겠네."

"이상한 이름 붙이지마."

아리사가 마법약의 작은 병을 흔들면서 말했다.

이건 「마신의 찌꺼기」 사건 마지막에, 내 팔을 재생시킬 때 사용한 상급 마법약을 작은 병에 덜어서 담은 거다.

"하지만~ 보통 포션이랑 다르잖아?"

본래는 단순한 상급 마법약이었는데, 지금은 전혀 다른 것으로 변했다.

원인은 알고 있다. 「마신의 찌꺼기」가 남긴 흔적에 침식되어 흑화된 팔을 베어냈을 때 흘린 내 피가 섞였기 때문이다. 그 피를 맞은 감자가 이상하게 성장하여 거대화한 것은 지금도 생생하게 기억하고 있다.

"생쥐를 현자 생쥐라는 생물로 진화시켜버렸잖아."

사건 뒤에 생쥐를 써서 효과를 실험했을 때 그런 일이 있었는데, 왕도를 떠난 뒤에 여러모로 사건이 많아서 완전히 실험을 까먹고 있었다.

그 실험에서 만들어낸 현자 생쥐 「츄타」가 영빈관의 침실에 훌쩍 나타나서 그걸 떠올렸다. 아마 내 기운이나 냄새를 맡은 거겠지.

"차라리 넥타르나 소마라고 부르고 싶어."

"넥타르나 소마는 좀—."

무슨 신주(神酒)냐?

마음속으로 태클을 거는데, 영빈관의 메이드가 나타났다.

"이제 곧 내객이 올 시간인가."

"수고해. 실험은 시간이 날 때까지 보류네."

"아무래도 밤중에 외출할 수는 없으니까."

다른 나라의 간첩을 필두로, 침실에 들고자 하는 영애들이나 어떻게든 인연을 가지고 싶은 수상한 사람이 밤마다 찾아온다. 그래서 밤낮을 가리지 않고 수많은 병사와 마법사가 주변을 경계하고 있었다.

그런 상황에서 마력의 흔들림이 커다란 전이 마법을 쓰면 괜한 의혹을 주기만 하니까, 실험 설비가 갖추어진 비밀기지로 가는 건 자중하고 있었다.

얼른 자유롭게 연구나 공작을 하고 싶군.

그런 생각을 하는데, 빨리도 오늘의 손님이 나타났다.


"안녕, 펜드래건 경! 타마 선생님 있는가?"

털털한 느낌으로 인사하며 영빈관을 찾아온 것은 예술가 기질의 제5왕자였다.

로열한 다과회에서 그가 좋아하는 조각상의 제작자가 타마라는 걸 알게 된 뒤로 부지런히 놀러 온다.

물론 타마는 그가 좀 거북한 모양이라, 타고난 제6감으로 접근을 감지하면 닌자답게 자취를 감춰버린다.

"죄송합니다. 오늘은 학교의 친구와 서민가를 탐색하러 간다고 했어요."

"그렇군……. 유감이야."

진심으로 아쉬워하는 제5왕자에겐 미안하지만, 나로서는 타마의 마음이 우선이다.

그리고 오늘은 그의 방문 예정이 없었을 텐데.

"어머나, 오라버니. 펜드래건 경이랑 다과회를 하는데 오라버니도 참가하시나요?"

"아니, 나는 됐어."

풀이 죽은 제5왕자랑 교대하듯, 이란성 쌍둥이인 제9왕자와 제11왕녀 두 사람이 나타났다.

로열한 다과회 이후 왕족과 접촉이 늘었다. 지금 현재 교류가 없는 건 견습 기사라는 제8왕자와 시집간 왕녀들, 그리고 요양하느라 왕도를 떠나 있는 제2왕비 정도다. 참고로 왕자는 다섯 명, 왕녀는 열 세 명 있다.

"오늘은 아리사 왕녀가 파트너?"

"왕녀가 아니라, 왕매 아니었던가?"

"그냥 아리사라고 해도 돼, 전하들."

"그래? 아리사나 펜드래건 경은 우리한테 태도가 딱딱하지 않아서 좋아."

아리사가 쿠보크 국왕인 엘루스 군의 여동생이라는 것을, 이 왕자와 왕녀는 아는 모양이다. 어머니인 제3왕비가 포프테마 백작가 출신이라서 정보통인 걸지도 모르겠군.

"그러고 보니 펜드래건 경은 샤로릭 오라버니가 실종된 이야기는 알아?"

"샤로릭 제3왕자 전하는 수도원에서 요양 중이라고 들었습니다만?"

"응. 그 수도원에서 사라져 버렸다고 해."

공도에서 만난 민폐 끼치는 제3왕자가 실종이라. 트러블의 예감밖에 안 드는걸.

"에디나 님이 요양하러 미마니로 간 건 샤로릭 오라버니를 숨겨주기 위해서라고, 내 추종자들이 말했었어."

제9왕자가 말하는 에디나 님이라는 건 제2왕비를 말하는 거다. 스토리지에 있는 귀족 연감에 따르면, 에디나 제2왕비는 제3왕자의 친모다.

맵 검색을 해봤는데 미마니에 제3왕자는 없다. 단순한 소문이겠지.

"음모의 냄새가 나네! 명탐정 아리사가 나설 차례일까?"

"아리사가 또 이상한 말을 하네."

"역시 아리사는 질리지 않아."

아무래도 이 두 사람은 나를 제쳐두고 아리사랑 놀고 싶은 것 같단 말이지.

◆

제9왕자와 제11왕녀의 다과회를 마치고, 점심 식사 시간까지 몇 건 면회를 했다.

대개 투자 요청이나 친족의 어필이 대부분이고, 상대가 격이 높은 귀족이나 대신의 소개장을 가져오지 않았으면 문전박대를 할만한 용건들뿐이었다.

"셰셰셰, 『마왕 살해』라는 위업을 이룩하신 것을 축하드립니다."

특징적으로 웃으며 인사를 한 것은 스아베 상회의 호미무도리 씨다. 그는 족제비 수인이라서, 족제비 수인족을 싫어하는 리자가 외출한 오늘을 면회일로 설정했다.

그와 만나는 건 붉은 밧줄 사건 이후 처음인가? 옥션에서도 보긴 했지만, 딱히 대화가 없었으니까 노카운트로 해도 되겠지.

"이것은 축하 선물이옵니다."

그가 말하면서 두루마리 세 개를 내밀었다.

AR표시에 따르면 모두 족제비 제국의 몽환 미궁산이다. 흙 마법인 「철 가르기」, 「철 쐐기」, 물 마법인 「녹 침식」이었다. 쓰기 어려워 보이는 라인업이네.

「철 가르기」 위에 아이언 크래쉬, 「철 쐐기」 위에 아이언 웻지, 「녹 침식」 위에 러스트 콜로션

"상당히 보기 드문 물건이군요."

"펜드래건 자작님은 두루마리 수집가라고 들었기에, 상회의 본점에 연락하여 가져왔습니다."

내 반응이 괜찮아 보였는지, 씨익 웃고 있던 호미무도리 씨가 더욱 웃음을 짙게 만들었다.

"그 밖에도 아가씨들이 좋아할 법한 물건을 준비했으니, 나중에 보시죠."

그렇게 말하고 호미무도리 씨가 세세세 웃으며 목록을 내밀었다.

악기나 조각이나 보기 드문 장식품 등, 동료들이 좋아할 법한 품목이 있었다.

확실히, 리서치를 잘했군.

"그 밖에도 작은 동물이나 작은 새 등을 취급하고 있으니, 조금이라도 흥미가 생기는 것이 있다면, 부디 저희 상회를 저택으로 불러주시면 감사하겠습니다."

그렇군. 상급 귀족이니까 점포로 부르는 게 아니라 상회 사람을 저택으로 부르는 거구나.

뭐 여러 가지 받았으니까, 왕도 저택으로 돌아가게 되면 한 번 정도는 스아베 상회의 상인을 불러야겠군.

호미무도리 씨에게 족제비 제국이나 데지마 섬 이야기를 듣는 사이에, 면회 시간이 끝나 버려서 뒷이야기는 다음에 듣기로 했다.


오전의 마지막 면회는 에치고야 상회의 지배인이었다.

에치고야 상회의 고문 직함을 가진 아리사도 동석했다.

"『마왕 살해』라는 위업을 이룩하신 것, 참으로 축하드립니다."

요즘에 자주 듣는 프레이즈로 시작된 회담은, 기본적으로 교역이나 정책 시행에 대한 감사와 배당금 따위의 어음을 받는 것이 메인이었다. 루루와 타마 몫의 어음도 있어서 대리로 받아뒀다.

"이것은 보수와 별개로, 저희들이 드리는 마왕 토벌 축하 선물입니다."

지배인이 내민 것은 몇 권의 마법서와 다수의 두루마리였다. 오늘은 두루마리랑 인연이 많은걸.

곧장 펼쳐서 확인하고 싶은 충동을 느꼈지만, 그건 좀 민망하니까 지배인에게 인사를 하고서 AR표시되는 정보를 읽어내기만 했다.

술리계 중급의 호신 공격 마법 「고리 톱 베기」, 불 계통의 군용 공격 마법 「루타식 화염구」, 「루타리오식 화염구」, 빛 계통의 하급 공격 마법 「빛 탄환」, 흡혈 미궁산의 어둠 마법 「암흑 방패」와 「저주 대항 결계」, 번마 미궁산의 물 마법 「비 소환」, 「안개 소환」, 흙 마법인 「잡초 함정」과 소환 마법인 「쥐 시종 소환」, 총 열 개다.

제법 흥미로운 마법이 많다.

내가 겉치레가 아닌 진심 어린 감사를 하자, 상대도 그걸 알아챘는지 만족스럽게 겸손을 표했다.

지배인과 대화를 하면 알맹이가 충실해서 즐겁지만, 다음 일정이 있어서 타임키퍼를 맡아준 집사의 신호로 면회가 종료됐다.

다음번에는 이쪽에서 에치고야 상회로 놀러 가야지.

그 전에 쿠로로서 일을 하러 가야겠군.

에치고야 상회의 지배인과 면회한 다음은, 미궁도시에서 축하하러 와준 태수부인과 귀족자제들이랑 점심 식사다.

"사토 공! 활약한 이야기 들었도다! 친구로서 본녀도 콧대가 높아진 것이니라!"

미궁도시에 머물고 있는 노로크 왕국의 미티아 왕녀가 활기차게 말했다.

태수 3남인 게릿츠 군과 그의 추종자인 먹보 루람 군, 듀케리 준남작 영애 메리안 양 등, 그리운 얼굴들이 모였다. 미궁에서 노력하고 있는지, 아이들의 레벨이 올랐고 표정이나 몸집도 성장한 것 같았다.

다만 루람 군의 통통한 체형만큼은 그대로였다.

"자작 각하, 이것은 아버님이 보내는 토벌 축하 선물입니다."

메리안 양이 듀케리 준남작의 선물을 건네자, 다른 귀족 자제들도 차례차례 부모가 보낸 선물을 건네주었다.

부모들도 동행하고 싶었던 모양이지만, 사람이 너무 많아지니까 이번에는 포기한 모양이다.

또한, 태수부인 말고도 녹색 귀족이었던 포프테마 전 백작도 동행하고 있었다.

"이 몸도 우리 나라에서 보낸 선물을 가져왔느니라. 다른 자들의 선물에 비하면 빛이 바래지만, 용서해다오."

"아뇨. 그렇지 않습니다. 참으로 멋진 선물이군요."

나는 겉치레가 아니라 진심으로 감사를 했다.

미티아 왕녀가 준 것은 노로크 왕국산의 치즈였다. 굉장히 맛있지만 생산량이 적어서 좀처럼 구하기 어렵단 말이지.

"어머? 펜드래건 경은 치즈를 좋아했나요?"

태수부인이 뜻밖이라는 식으로 말했다.

"노로크 왕국의 치즈는 일품입니다."

"하얀 치즈는 나도 좋아해요."

노로크 왕국의 치즈는 모짜렐라와 비슷한 하얀 치즈뿐 아니라, 곰팡이가 뒤덮은 까망베르 같은 치즈도 최고다.

한동안 치즈의 화제나 미궁도시의 소문, 실험 농장의 현재 상황 같은 얘기를 들었다.

오랜만에 재회라 화제가 끊이질 않았는데, 내가 다음 일정이 있어서 헤어지게 되었다.

"펜드래건 경—."

태수부인 일행을 현관까지 배웅하는 도중에, 포프테마 전백작이 신경 쓰이는 소문을 들려주었다.

"—사가 제국에서 비밀리에 용사 소환을 한 흔적이 있다고 합니다."

나에게만 들리도록 속삭이는 소리였다.

"용사 하야토 님의 다음, 이라는 건가요?"

"네, 그래요. 물론 상당히 엄중하게 정보 통제를 하고 있는 모양이라 자세하게는 알 수 없습니다."

포프테마 전백작 말에 따르면, 새로운 용사의 인물상은 남녀마저 판별할 수 없을 만큼 정보가 혼란스럽다고 한다. 그의 견해로는 기만 정보도 상당히 섞여 있을 거라고 하는데.

"이건 국왕 폐하와 상층부들만 알고 있는 비밀이니. 부디 내밀하게 부탁합니다."

"저한테 이야기를 하셔도 되는 거였나요?"

"당신에게는 도저히 갚을 수 없는 은혜를 입었으니— 무엇보다도 용사와 만날 기회가 많으니까요."

포프테마 전백작은 그렇게만 말하고, 빠른 걸음으로 태수부인 곁에 돌아갔다.

나는 그의 호의에 마음속으로 감사했다.


그리고 태수부인과 포프테마 전백작도 제3왕자의 실종은 알고 있었다. 실종된 다음의 소식을 전혀 알 수 없는 것 때문에 제3왕자의 실종은 돌발적인 것이 아니라 사전에 꼼꼼하게 준비를 한 것이라는 견해였다.

이 애기는 왕도의 귀족들 사이에 다 퍼져 있어서, 초대 받은 다과회나 야회마다 한 번은 들을 정도였다.

그리고 소문을 처음 들은 지 며칠 뒤—.

"샤로릭 전하를 발견했다고요?"

정보통인 릿튼 백작부인이, 제3왕자의 소식이 판명됐다는 이야기를 했다.

벽령 경계를 순찰하고 있던 와이번 부대가 비공정에 탄 제3왕자와 마주쳤다고 한다.

가까운 시일 안에 왕도로 돌아오는 모양이라, 릿튼 백작부인의 살롱에서는 제3왕자의 실종 이유에 대한 화제가 다시 떠오르고 있었다.

물론 화제는 그것뿐이 아니다.

"에마 님도 라유나 님도 멋진 브로치로군요."

"가문의 문장을 조각한 보석이 다른 보석 안에? 마치 전설의 보석 마법사 쥬엘의 작품 같답니다."

"우후후, 근사하죠?"

릿튼 백작부인이 나에게 의미심장한 시선을 보냈다.

꽤 전에 오더메이드 약속을 했던 가문 문장판 룬 광주를 드디어 릿튼 백작부인과 랏홀 자작부인에게 건넬 수 있었다. 마음에 든 모양이라 참 다행이군.

"왕가 이야기라면, 도리스 전하가 근사한 작은 새를 선물 받으셨다는 이야기는 아시나요?"

내가 더 주문을 받기 싫어하는 걸 아는 릿튼 백작부인이 다른 화제를 꺼내주었다.

"물론, 알고 있어요. 보석처럼 아름다운 새라고 하죠?"

"대륙의 동쪽 끝에서만 사는 희귀한 종이라고 해요."

"외조부인 비스탈 공작이 선물한 걸까요?"

"듣자니 드나드는 상인이 헌상했다고 해요."

"도리스 전하는 동복인 솔트릭 왕태자의 귀여움을 받으시니까요."

"장수를 잡기 위해 말부터, 라는 걸까요?"

이 속담은 시가 왕국에도 있구나.

히카루가 퍼뜨린 건가?

"우후후, 말이라면 성기사단의 그 분이 있죠."

"어머나, 싫어라. 대낮인데요."

소문 이야기는 멈출 줄 모르고, 차례차례 바뀌었다.

한가로운 마담들이 소문을 좋아하는 건 동서고금은 물론 세계가 달라도 상관없는 모양이네.

# 붉은 밧줄, 또 다시

"사토입니다. 부엌의 해충이 아무리 퇴치해도 또 생기는 것처럼, 프로그램의 버그도 수정할 때마다 새로운 버그가 발생할 여지가 생깁니다. 이세계에서는 마물이 그런 느낌일까요—."

"역시, 사토 님과 함께하면 연구 진행이 잘 되는군요."

그렇게 말하며 반짝이는 눈빛을 보내는 것은, 금서고의 주인이란 별칭을 가진 시스티나 제6왕녀였다.

오늘은 그녀의 친구인 아리사와 미아 두 사람과 함께, 그녀의 사실에서 다과회에 참가했다.

"아 그렇죠. 전에 문제점을 가르쳐주신 루타식 화염구의 수정 계획이, 왕립 연구소의 마법 편찬국에서 시작됐어요."

루타식 화염구라는 건, 시스티나 왕녀와 만났을 때 화제로 삼았던 군용 마법이었다.

"그건 다행이군요."

"그렇지만, 정말로 사토 님의 이름을 연구자로 넣지 않아도 될까요? 당신은 그럴 자격이 충분히 있는데……."

"네. 물론입니다. 저는 문제점을 지적했을 뿐이니까요."

디버그는 특기거든요.

"전하—."

시스티나 왕녀의 시녀가 왕녀에게 귓속말을 했다.

엿듣기 스킬로 들어보니, 그녀의 동복 여동생인 도리스 제12왕녀가 방문한다는 소식이 있었다고 한다. 자기 형제자매를 만날 때도 먼저 연락이 필요하다니, 왕족도 참 힘들겠어.

시스티나 왕녀는 우리들에게 양해를 구하고, 도리스 왕녀의 방문을 허가했다.

"시스티나 언니!"

자그마한 도리스 왕녀가 시스티나 왕녀에게 달려가 안겼다.

도리스 왕녀는 언니에게 한차례 어리광을 부린 다음, 이번에는 미아 쪽을 돌아보고 신이 나서 말을 자아냈다.

"미아 님! 오늘은 미아 님을 위해서 희귀한 금이랑 히스이를 가져왔어!"

도리스 왕녀가 히스이라고 하기에 보석인 비취를 말하는 건가 했는데, 전에 들은 비취 빛깔의 깃털을 가진 예쁜 새—비취새의 이름이었다.

히스이는 호화로운 새장 속에서 아름다운 소리로 지저귀고 있었다.

"예쁜 새네."

"울음소리도 좋아."

릿튼 백작부인의 다과회에서 화제가 될 정도라 그런지, 아리사와 미아도 마음에 든 모양이다.

"있지, 미아 님, 이거 연주해줘!"

미아가 금을 받아서 현을 손가락으로 뜯어 음계를 확인했다.

금은 대국의 왕녀가 가지기에 걸맞은 신비적인 물건이었다. 수정 같은 보석질의 본체에, 황금으로 만든 것 같은 현을 걸어놓았다.

또한, 본체의 기둥 부분에 긴 머리칼의 여성이 양각되어 있었다.

그 여성상은 단순한 조각이 아니라 반향관 역할을 하는지, 미아가 진지한 표정으로 악기의 특징을 파악하려고 시행착오를 하고 있었다.

미아가 상대해주지 않아 한가해졌는지, 도리스 왕녀가 나를 향해 쪼르르 걸어왔다.

"사토 님, 『마왕 살해』의 이업을 이루카신 거 축하드립니다."

도리스 왕녀가 아마도 암기해온 축하의 말을 해주었다.

"감사합니다, 전하. 왕비님의 다과회에서도 정정했습니다만, 저는 『마왕 살해자』가 아닙니다. 용사 하야토 님의 마왕 토벌을 도왔을 뿐이죠."

"같은 거 아냐?"

평소처럼 정정했지만, 어린 도리스 왕녀는 차이를 잘 모르는 모양이다.

그녀는 두리번거리며 내 좌우를 보더니, 아리사를 보았다.

"아리사, 거기 비켜줘."

"시~러."

일국의 왕녀를 상대하면서 아리사는 건성으로 명령을 거부했다.

거절할 거라고 생각 못했는지, 왕녀의 시선이 이리저리 방황했다.

내 좌우에는 아리사와 미아가 앉아 있었다. 미아에게 비키라고 할 수는 없는지 잠시 난처한 표정을 지은 다음, 뭔가 깨달았는지 활짝 웃더니 나에게 양손을 내밀었다.

—어쩌라고요?

"사토 님, 나를 무릎 위에 올리세요."

그렇군. 무릎 위에 앉고 싶었구나.

명령조인데 나에 대한 호칭이 「님」인 것은, 시스티나 왕녀가 그렇게 부르기 때문이겠지.

"도리스, 실례입니다."

"공주님, 시스티나 전하 옆에 앉으시옵소서."

시스티나 왕녀와 도리스 왕녀의 유모가 그녀를 타일렀지만, 포기를 못하겠는지 나에게 매달리는 시선을 보냈다.

"—안 돼?"

"알겠습니다, 도리스 전하."

나는 그녀의 허리를 잡아서 무릎 위에 올려줬다.

미아와 아리사가 불만스러워 보이지만, 아직 어린 애의 귀여운 어리광 정도는 용서해주자.

◆

현의 조정을 마친 미아가 금을 연주하기 시작했다.

미아의 곡이 마음에 들었는지, 비취색의 작은 새도 곡에 맞추어 지저귀기 시작했다.

—응?

마력의 파동이 느껴지네.

AR표시의 상세정보에 따르면 금의 소재가 된 수정수란 나무에서 유래된 능력으로, 듣는 자의 감수성을 민감하게 만드는 효과가 있는 모양이다.

간단히 말하면 감동하기 쉽게 만드는 추가 효과가 있는 물건이군.

실제로 레지스트한 나 말고는 여기 있는 사람들이 다들 미아의 곡에 푹 빠져서 귀를 기울이고 있었다.

결코, 내 감수성이 썩어 있는 게 아니라고.

딱히 해가 있는 것도 아니니까 미아의 곡을 들어볼까—.

그때 삐리리릭하는 새의 비명이 들리고, 금속이 터지는 이상한 소리가 방에 울려 퍼졌다.

이어서 사용인들의 새된 비명이 방을 혼란으로 이끌었다.

내 시선 끝에 부서진 새장 위에서 날개를 펼친 마물 한 마리의 모습이 보였다.

에메랄드 그린의 새 마물이 새빨간 두 눈을 부라렸다.

그 보석 같은 날개 위에는 붉은 밧줄 모양의 마법진이 떠올라 있었다.

—붉은 밧줄의 마물, 이라고?

연말의 왕도에 나타나 왕도 안을 혼란에 빠뜨린 「붉은 밧줄의 마물」이 왜 여기에?

또 누가 생물을 마물로 바꾸는 「전마환<sup>몬스터 시드</sup>」을 왕도에 들인 건가—.

"히스이의 새장이!"

"마, 마물이다!"

"저, 전하를 안전한 곳으로!"

나는 어린 소녀 세 명을 방의 구석으로 훌쩍 던지고, 시스티나 왕녀를 끌어안아 방의 구석으로 이동했다.

"전하아아아아아아!"

졸도할 것 같은 시녀에게는 미안하지만, 내가 손이 두 개밖에 없거든.

나는 어린 소녀 세 명의 낙하지점에서 시스티나 왕녀를 내려놓고, 떨어지는 소녀들을 순서대로 받아냈다.

이 상황에서도 내 입술을 노리는 아리사는 거물이라고 생각한다.

아리사를 받아내는 도중에 마물이 행동을 개시하려는 낌새가 느껴지기에, 묵직한 소파 하나를 차서 마물을 향해 날렸다.

"우웅."

"어째서, 이런 곳에 **붉은 밧줄의 마물**이?"

"일단은 쓰러뜨리자."

미아와 아리사의 의문은 당연한 것이지만, 여기엔 비전투원이 너무 많아.

누군가 다치기 전에, 얼른 마물을 제거하는 게 최선이겠어. 시스티나 왕녀의 시녀 두 명은 레벨이 30이나 되지만, 둘 다 요인 경호나 대인전투에 특화된 사람들이라 전력으로 여길 수는 없겠어.

"안 돼! 히스이를 죽이지 마!"

마물을 제거하려는 나를, 도리스 왕녀가 온몸으로 막았다.

역시 저건 도리스 왕녀의 작은 새가 변화한 거군.

"미안, 전하."

나는 작은 도리스 왕녀에게 사과하고 마물에게 달려갔다.

유감이지만, 준비 부족이야.

―KYURYEEEEEEE!

작은 새가 뿜어내는 초음파 브레스를 무영창 「바람 벽」으로 상쇄하고, 마물의 몸통에 장타를 때려 넣었다.

"히스이이이이이이이!"

도리스 왕녀의 필사적인 비명이 내 등을 때렸다.

―반성하자.

무리 같아도, 간단히 포기하면 안 되지.

여러 사람들의 도움이 있었다지만, 마왕화한 자자리스 교황도 본래대로 돌려놨잖아. 전마환으로 마물화한 새 정도는 구해내야지.

나는 일단 마물을 때린 손바닥으로 「마력 강탈」을 써서 마력을 모두 빼앗았다.

마물의 몸을 지키고 있던 붉은 밧줄 모양의 마법진이 사라졌다.

여기까지는 예상대로다. 여기서부터는 운이야.

술리 마법 「투시」로 위치를 파악하려고 했지만, 마핵이 너무 작은 건지 못 찾겠다.

역시 무리인가…….

―잠깐, 어쩌면!

나는 독기시와 마력시를 겹쳐 써서, 마력의 경로와 독기 농도를 가늠했다.

―좋아!

마물의 몸 안에 있는 마소의 분포가 느껴진다.

핏줄이나 몸 표면을 따라서 마력의 경로가 있고, 위장 부분의 독기가 짙었다.

그 둘이 겹치는 장소가 마핵일 거야.

나는 저주 떨치기용의 마법진 장갑을 장비하고, 마력 치유 스킬을 쓰면서 관수로 마물의 몸속에서 마핵을 뽑아냈다.

그러나, 이대로는 그냥 마물을 죽이는 것뿐이라고 내 감이 말한다.

—다음은 어쩌면 좋지?

몸 속에 스며든 독기를 제거하면 되나?

나는 그 생각을 실행했다.

저주와 달리, 온몸에 스며들어 퍼진 독기를 제거하는 거야.

근육 조직이나 모세혈관, 세포에까지 스며들어서 작은 새를 마물로 바꾸는 독기를 붙잡아, 흙 속에서 잡초 뿌리를 뽑아낼 때처럼 신중하게 뽑아냈다.

체감 시간으로 몇 시간은 지난 것 같지만, 실제로는 몇 초였겠지.

마물의 몸에서 9할 정도 독기를 뽑아냈다.

마물의 몸이 축소되고, 작은 새의 모습으로 돌아갔다.

"히스이!"

"공주님, 안됩니다!"

"싫어~! 이거 놔!"

달려오려는 도리스 왕녀를 유모가 붙잡았다.

작은 새의 눈이 도리스 왕녀를 포착했지만, 힘없이 벌어진 입에서 지저귀는 소리가 나오진 않았다.

기적적으로 본래 모습을 되찾았지만, 작은 새가 버티기에는 대미지가 너무 컸던 모양이군.

생명의 불빛이 꺼져간다.

스토리지 안의 마법약 스톡을 확인했다.

엘릭서는 과하겠지만, 아무리 그래도 하급 마법약은 논외다. 중급약이라면 가능할지도 모르지만, 성공한다는 확신이 없군.

"주인님! 상급 마법약이야!"

아리사가 뒤에서 내민 마법약을 새의 상처에 뿌리고 나머지는 작은 부리에 흘려 넣었다.

―삐, 삐, 이, 삐리리, 삐리, 삐삐이리리.

단말마 직전이었던 새가 점점 건강해졌다.

"히스이! 다행이야!"

역시 상급 마법약이군.

―어, 이 병은 실험에 쓰던 내 피가 들어간 상급 마법약이잖아.

그때 그 감자처럼 새가 거대화하지 않은 건 다행이지만, 가능하면 보통 상급 마법약을 줬으면 좋았을 텐데.

"아리사?"

"미안해. 당황해서 그걸 줘버렸어."

아리사가 식은땀을 흘리면서, 얼버무리듯 손가락으로 볼을 긁적였다.

"마, 마물이…… 보, 본래 생물로 돌아갔어?"

열병에 걸린 듯 들뜬 시스티나 왕녀의 목소리를 듣고, 아리사와 서로 마주보았다.

좀 사고친 기분이 들었지만, 도리스 왕녀에게 이상한 트라우마가 생기지 않고 넘어갔으니 다행인 거겠지.

근데 이걸 어떻게 변명하지…….

명백하게 보통의 상급 마법약보다도 고성능이었고, 엘릭서하고는 사용시 이펙트가 달랐다.

뭔가 특별한 느낌이 드는 굉장한 약품 탓으로 하자. 재현성이 낮으면 더욱 좋아.

"사토 님, 이것은……."

"시스티나 님, 방금 전 쓴 약은 『신주(神酒)』라는 것으로, 어느 유적의 가장 안쪽에서 발견한 것인데—."

힘내라, 「사기」 스킬.

평화로운 내일은 너에게 달렸다!


◆


"그런 귀중한 물건을……."

나는 시스티나 왕녀에게 넥타르가 재입수 불가능한 물건이라 말하고, 추악한 쟁탈전이 일어나지 않도록 숨기고 있었다고 했다.

또한 히스이를 본래의 작은 새로 되돌린 것은, 넥타르에 더해 방금 마물화해서 불안정한 상태였던 것도 요인 중 하나라고 이야기를 지어냈다.

저주 떨치기용으로 만든 성비 회로가 들어간 장갑을 보여주고 파란 성광을 보여주면서, 독기를 떨쳐내는 마법의 무구라고 해서 지어낸 이야기의 신빙성을 높였다.

이것만 가지고는 충분하지 않은 것 같아서, 유명한 문헌이나 「예지의 탑」의 이름을 이용해 마물화 해제의 근거를 지어냈다.

"—이것이 고문서에 적혀 있던 내용입니다."

"사토 님은 박식하시군요."

시스티나 왕녀는 주문 매니아라서 마물화한 새를 본래 상태로 복원한 기적에 그다지 흥미가 없는 모양이라, 「그 고문서 안에는 뭔가 보기 드문 마법 이론이 있었나요?」 하고 상관없는 질문을 받았다.

시녀들은 의문스럽게 생각한 모양이지만, 자신들의 주인을 제쳐두고 끼어들지는 않았다.

"히스이이. 다행이야."

어린 도리스 왕녀에겐 히스이가 본래대로 돌아온 게 더 중요한 모양이고.

"도리스도 사토 님에게 감사하세요."

"네, 언니. 고마워, 사토 님."

"천만에요."

내 시선을 깨달은 시스티나 왕녀가 재촉하자 도리스 왕녀가 감사 인사를 했다.

"공주님, 히스이는 언제 또 마물로 변할지 알 수 없습니다. 제가 맡겠어요."

"싫어—!"

도리스 왕녀의 유모는 한 번 마물이 된 히스이를 도리스 왕녀와 떨어뜨려 놓고 싶은 모양이지만, 도리스 왕녀는 그것을 완고하게 거부했다.

도리스 왕녀가 꼭 끌어안은 상태라 작은 새가 괴로운 기색으로 삐리리리 도움을 청했다.

### 유닛명 「히스이」가 소속을 바라고 있습니다. 허가하겠습니까?(YES/NO)

히스이랑 겹쳐서 팝업 윈도우가 나타났다.

—이게, 뭐지?

일단 좀 위험해 보이니까 NO를 골랐다.

내가 거부하자 히스이가 쇼크를 받은 표정으로 눈물을 지었지만, 마음을 단단히 먹자.

아무래도 트러블의 예감이 팍팍 든단 말이지.

"잠깐만. 로리 공주님. 그렇게 꼭 끌어안으면 기껏 구해낸 새가 죽을 거야."

"응, 위험."

아리사와 미아가 주의를 주자, 히스이의 상태를 깨달은 도리스 왕녀가 끌어안은 손의 힘을 조금 풀었다.

그 틈을 타서, 히스이가 도리스 왕녀의 손을 빠져나가 창밖으로 날아가 버렸다.

"아아아아, 히스이가 도망갔어……."

자기 실수에 도리스 왕녀가 엉엉 울었다.

나중에 회수할 수 있도록, 히스이에게 마커를 달아두자.

밤중에는 못 날아다닐 테니까, 그때 회수하면 되겠지.

도리스 왕녀의 유모는 걱정하고 있지만, 히스이가 다시 마물이 될 가능성은 낮을 거야. 그렇게 독기를 뽑아냈으니, 인위적으로 조작되지 않는 한은 괜찮을 거다.

"사도오, 히쯔이자바저어."

도리스 왕녀가 울면서도, 손은 내 옷자락을 꼭 붙들었다.

"공주님. 아무리 자작님이라도 하늘을 나는 새를 잡는 건 무리입니다."

"싫어~! 히스이이."

그때 새로운 손님이 나타났다.

"무슨 일이냐? 도리스. 히스이가 도망갔니?"

"솔트릭 오라버니이. 히스이 잡아줘어."

나타난 것은 올해 32세가 되는 시가 왕국 제1왕자였다. 힘찬 눈썹 탓인지, 귀공자라기보다 우직한 군인 같은 인상을 받았다. 그는 시스티나 왕녀와 도리스 왕녀의 동복 오빠다.

"해주고말고. 그대들, 그물을 챙겨서 새를 잡으러 가라. 솜씨 좋은 바람 마법사를 데리고 가도록."

왕자가 데리고 온 측근 한 명에게 명하고, 히스이 포획을 진행해 주었다.

그는 마물화한 히스이가 날뛴 흔적이 남은 방을 의문스럽게 둘러보았다.

나와 눈이 마주치자 조금 놀란 표정을 지었지만, 그가 말을 건 것은 시스티나 왕녀였다.

"티나. 방이 어째서 이런 모습이냐?"

"오라버니. 사실은 이 방에 마물이 나타났습니다."

왕자의 물음에, 시스티나 왕녀가 너무 쉽게 대답해 버렸다.

이대로는 기껏 구해낸 히스이가 처분 당할 거야.

시스티나 왕녀도 내뱉고 나서야 그걸 깨달은 모양인지 황급히 이야기의 방향을 수정했다.

"그, 그렇지만! 여기 있는 펜드래건 자작의 활약으로 마물이 토벌되어 안개처럼 사라져 버렸습니다."

—무리잖아! 무리가 있어요, 시스티나 왕녀!

그런 시스티나 왕녀의 목소리를 지우듯 굉음이 울렸다.

"무슨 일이지?"

"전하! 저쪽 방향에서 연기가 오르고 있습니다!"

왕자의 측근이 주위를 둘러보았다.

"혹시, 히스이는 양동이었을까?"

"가능성이 높겠어."

목소리를 죽이면서 아리사와 상황을 확인했다.

"알현실 방향이군— 간다! 폐하의 안부를 확인해야 한다."

"기다려 주세요."

달려가려는 왕자를 막았다.

"전하는 여기 계십시오. 제가 확인하러 가겠습니다."

국왕과 계승권 1위 왕태자가 동시에 위험한 장소로 가면 안 되지.

"—주인님."

"이쪽은 맡길게."

나는 뒷일을 아리사와 미아에게 맡기고, 알현실을 향해 달려 갔다.

국왕 곁에는 시가 8검과 근위 기사단이 있으니까 괜찮을 거라 생각하지만, 만에 하나가 있으면 곤란하거든.

◆

나는 달려가면서 맵 검색을 하여, 붉은 밧줄의 마물이 시스티 나 왕녀의 사실이나 알현실뿐 아니라 왕도의 여러 장소에도 나타 난 것을 알아냈다.

『아리사, 전술 대화로 모두 연결해줘. 붉은 밧줄의 마물이 다 른 장소에도 나타났어.』

나는 「원거리 통화」 마법으로 아리사에게 연락했다.

연말과 달리 이번에 붉은 밧줄의 마물이 출현한 것은 국군과 기사단 주둔지나 대귀족의 저택뿐이다. 일반 시민에 대한 피해는 걱정 안 해도 된다. 주둔지는 말할 것도 없고, 대귀족의 저택에 도 싸울 수 있는 인재는 반드시 있으니까.

『전술 대화 연결했어.』

『주인님, 성기사단의 주둔지에 붉은 밧줄이 나타났습니다. 성 기사들이 제압을 마쳤습니다.』

아리사의 통신 직후에, 리자가 간결하게 보고했다.

『보고 고마워. 다른 주둔지에도 습격이 있었던 것 같지만, 우세

73

하게 싸우고 있는 것 같다.』

붉은 밧줄에 고전했던 연말과 상황이 다르다. 에치고야 상회에서 「영걸의 검」 시리즈를 판매한 보람이 있군.

『그밖에 습격 받은 장소는?』

『귀족 저택이 몇 군데 있어. 다들 그쪽 지원을 하러 가.』

습격을 받은 귀족 저택은 어째선지 영주 저택들뿐이다. 오유고크 공작 저택, 가니카 후작 저택, 무노 백작 저택, 세류 백작 저택 등 왕국 동부의 영지들뿐이군. 같은 동방 영지라도 크하노우 백작 저택은 타깃이 아닌 모양이다.

나는 리자를 제나 씨가 있는 세류 백작 저택으로, 포치와 타마를 카리나 양이 있는 무노 백작 저택으로, 나나와 루루를 세라가 있는 오유고크 공작 저택으로 파견했다.

가니카 후작 저택은 뒤로 미뤘지만, 여기에도 레벨 40급의 기사가 있으니까 자기들이 어떻게든 하겠지. 일단, 「물질 전송」 마법을 써서 가장 가까운 주둔지에 가니카 후작 저택 습격을 문서로 전달했다.

『우리는 안 가도 돼?』

『미안하지만 대기야. 미아, 실프를 소환해서 왕성 상공을 경계해줘.』

『응, 맡겨둬.』

붉은 밧줄을 미끼로 다른 세력이 습격해올지도 모르니까.


지시를 마치고 달리면서, 공간 마법 「멀리 보기」와 「멀리 듣기」

를 통해 알현실 상황을 확인했다.

위험한 상태라면 사토가 아니라 용사 나나시로 달려갈 생각이었다.

『붉은 밧줄에 빙의하여 숨어 들다니 약삭빠른 마족 놈!』

시가 8검 「성방패」 레이라스 씨가 알현실의 높은 천장에 닿을 법한 거대한 중급 마족을 상대하고 있었다.

레이라스 씨가 파란 빛을 두른 성방패로 마족의 맹공을 버텨내고, 그의 등 뒤에서 로브를 입은 마법사가 공격 마법으로 마족의 접근을 막고 있었다. 근위기사들도 레이라스 씨와 함께 싸우는 모양이군.

자세히 보니, 거뭇한 피부를 가진 마족의 발치에 붉은 밧줄의 마물로 보이는 시체가 몇 개 있었다. 마물과 전투를 마친 뒤에 마족이 나타난 모양이군.

『왕조님께서 내리신 성방패 프리드웬이 있는 한, 폐하의 손가락 하나 건드릴 수 없다! ─《수호결계》.』

레이라스 씨는 국왕과 왕비를 등 뒤에 두고, 주변에 있는 중신들과 함께 성방패가 만드는 파란 빛의 돔 안에 보호했다. 역시 「성방패」 레이라스 씨다. 주위에 시가 8검 필두 쥬레바그 씨가 안 보이니까, 오늘 국왕의 호위는 그 혼자였나 보군.

『폐하! 폐하는 무사하신가아아!』

좌우의 통로에서 근위기사들이 지원하기 위해 쏟아져 들어왔다.

그들 뒤에 로브를 입은 궁정 마법사─ 시가 33지팡이의 모습도 보였다.

『우음! 붉은 밧줄의 마물이 아니다!』

『상대는 마족! 중급 이상! 아마도 상급 마족일 것이다.』

『1번대, 대열을 다시 짜라! 레이라스 님을 방해하지 마라!』

『『『예!』』』

마족은 시끄럽다는 기색으로 근위기사들을 본 다음, 연막처럼 짙은 칠흑의 숨결을 뿜어냈다.

『독일지도 모른다. 모두 물러나라!』

『바람 마법사 부대, 연막을 밀어내라!』

마법사 일부가 발동이 빠른 마법을 써서 연막을 밀어냈다.

죽었어야 할 마물의 시체가 움직이기 시작하고, 언데드화하여 근위기사들과 마법사 쪽으로 움직였다.

『왕의 힘이여! 내 종들에게 싸울 힘을 내리라! ―《용기의 마음》[브레이브 하트], 《천인의 힘》[사우전드 파워], 《왕의 벽》[킹스 가드].』

국왕이 가진 왕홀에서 파란 빛이 뿜어져 나오고, 레이라스 씨를 비롯한 기사들과 마법사들의 몸을 감쌌다.

아마 도시 핵의 힘을 이용한 지원 마법이겠지.

『왕의 힘이여! 내 적을 묶으라! ―《가시 덩굴》[쏜 프리셉트], 《끈끈한 바다》[딜레이 플로어], 《빛 무리》[위스프 스월].』

이번에는 마족과 언데드들에게 저해 마법을 거듭 걸었다.

둘 다 영창이 안 들렸으니, 영창 파기로 도시 핵의 힘을 쓴 모양이군. 하긴 나도 벽령이나 대사막 지하의 도시 핵에 명창 없이 구두 명령을 하고 있으니까 신기할 건 없지.

버프로 강화된 근위기사들이 디버프로 움직임이 둔해진 언데드들을 유린했다.

이쪽은 괜찮아 보인다. 문제는—.

—FZWCHURUURYUUU!

마족이 칠흑의 탄환을 차례차례 쏘아내고, 공포를 부추기듯 천천히 레이라스 씨에게 다가갔다.

레이라스 씨가 성방패의 성구로 만들어낸 돔이 칠흑의 탄환을 받아내면서 점점 깎여나간다. 국왕이 도시 핵의 힘으로 수호결계를 다시 쳤지만, 이대로는 점점 벼랑에 몰릴 것이다. 여유 부리다간 부상자나 사망자가 나올 거야.

나는 영상을 닫고, 복도를 달리는 속도를 높였다.

◆

알현실이 있는 장소의 벽이 크게 무너진 것이 보였다.

나는 지름길을 선택하여, 벽을 달려 올라가 알현실로 뛰어들어갔다.

"—우옷."

착지와 동시에 전방에서 뭔가 날아왔다.

반사적으로 피하려다가, 그것이 레이라스 씨라는 걸 깨닫고 받아냈다. 그 너머에 긴 꼬리를 휘두른 마족의 모습이 보였다.

—FZWCHURUURYUUU!

마족이 포효를 지르고, 칠흑의 탄환을 난사했다.

나는 레이라스 씨를 어깨에 지고서 옆으로 뛰어, 그대로 구르며 탄환을 피했다. 중급 술리 마법 「자유 방패」나 백은 갑옷의 팔랑크스를 쓴다면 여유 있게 받아낼 수 있지만, 이번엔 평범하게 피하는 선택을 했다.

레이라스 씨를 차폐물 뒤에 내리고, 검을 뽑아 뛰쳐나갔다.

마족이 시선으로 나를 추적했다.

"네 상대는 나다!"

내가 도발 스킬을 목소리에 실어 외쳤다.

마족이 공격 태세를 취한 다음 순간, 마력포로 보이는 광선이 마족의 장벽에 격돌했다.

내가 들어온 구멍 너머에 소형 비공정이 보였다. 왕가의 전용정이다.

비공정이 단숨에 접근하여 그대로 마족에게 격돌하는 것처럼 보였지만, 직전에 기수를 올려 건물 위를 플라이패스했다.

""—앵화일섬!""

비공정에서 뛰어내린 형체 둘이, 착지와 동시에 마족에게 돌진계 필살기를 뿜었다.

"왕가의 문장?"

메탈릭한 은색 갑옷을 입은 한 명은 시가 왕가의 문장이 자수된 파란 망토를 달고 있으며, 둥그스름한 모양의 은색 갑옷을 입은 또 한 명도 성기사단의 문장이 자수된 하얀 망토를 입고 있었다.

메탈릭 갑옷의 검사가 마족과 거리를 벌리고 싸울 자세를 잡았다.

"역시 상급 마족, 일격으로는 안 죽는 것인가—."

어디서 들어본 목소리다.

"—앵화난무!"

앵화일섬이 떠오르는 파고들기로 마족에게 접근하여, 장대한 대검으로 마족을 장벽 위에서 마구잡이로 벤다.

시가 8검이었던 고우엔 씨가 떠오르는 호검 연타에, 아무리 마족이라도 방어일변도였다.

마족의 크기를 생각해 보면 검사의 신장은 장신인 레이라스 씨보다 머리 하나 분량 더 크다. 갑옷의 디자인도 독특하고, 시가 왕국에서 일반적인 갑옷보다도 로봇 같은 인상이었다.

"샤로릭 전하!"

내 옆에 있던 레이라스 씨가 검사를 향해 외쳤다.

들고 보니, 여성처럼 긴 백발을 흩날리며 싸우는 것은 공도에서 만난 샤로릭 제3왕자랑 똑같이 생겼다. AR표시로 본인인 것을 확인했다.

마지막으로 봤을 때 마물의 「생명 강탈」로 레벨이 20까지 떨어졌었는데, 지금은 레벨 50 이상으로 돌아와 있다. 지방의 수도원에서 요양하고 있단 소문을 들었는데, 사실은 어디서 무사 수행이라도 했었던 걸까?

"별난 갑옷이군요. 국보 같은 건가요?"

제3왕자는 레이라스 씨보다 키가 작았던 걸로 기억하는데, 왕자가 입고 있는 건 파워드 슈츠 같은 갑옷이 아닐까?

메카 왕자라고 부르고 싶어지는 모습이란 말이지.

"아니, 저런 갑옷은 모른다."

레이라스 씨가 모른다면, 극비로 개발한 건가?

AR표시에 따르면 왕자의 갑옷은 「성해동갑주」라고 한다. 꽤 거창한 이름이네.

"그건 그렇고 강하군요."

공도에서 사고친 모습만 기억하고 있어서 언제든지 커버할 수 있도록 준비하고 있었는데, 이대로 가면 도울 필요가 없을 것 같다.

"음. 내가 아는 전하보다 훨씬 강해지셨군."

부상을 입은 근위기사단의 치료는 자력으로 충분한 모양이고, 만에 하나의 사고에 대비하여 나랑 레이라스 씨는 왕자의 싸움을 지켜보면서 국왕과 재상을 등 뒤에 두는 포지션으로 이동했다.

"또 한 명은 성기사단 분인가요?"

"저런 갑옷을 입은 자는 기억에 없다만……."

둥그스름한 갑옷을 입은 검사는 양손에 하나씩 묵직해 보이는 마검을 붕붕 휘둘러 왕자를 지원하고 있었다.

AR표시에 따르면 「테르바」란 이름의 검사인데, 유감이지만 내 기억에는 없다. 아마 왕자의 호위겠지.

"상급 마족이란 것이 고작 이 정도인가!"

제3왕자 무쌍이 멈추질 않네.

통상 공격이 고우엔 씨의 필살기 급이야.

레벨 50전반에 저 정도 파워는 없을 테니까, 저 성해동갑주가 왕자를 부스트 해주는 거겠지.

『주인님, 그쪽은 어때?』

아리사의 통신이 들어왔다.

『이쪽은 제3왕자가 무쌍하고 있어.』

『어? 제3왕자라면 공도에 있던 그 민폐 왕자? 왜 그렇게 됐어?』

그건 내가 알고 싶다.

『다들 상황은 어때?』

『제나 님에게 협력하여 토벌을 완료했습니다. 지금은 병사들이 붉은 밧줄이 출현한 구멍을 조사하고 있습니다.』

『포치도 타마랑 카리나랑 같이 토벌해버린 거예요! 찢고 던지고, 찢고 던지는 대활약이었던 거예요!』

『붉은 밧줄 구멍은 타마가 조사중~?』

『주인님, 루루입니다. 오유고크 공작 저택의 붉은 밧줄은 아직 조금 남아 있습니다. 중간에 마족이 나왔지만, 나나 씨랑 둘이서 쓰러뜨렸습니다.』

『마스터, 유생체와 무녀 세라는 무사하다고 보고합니다.』

동료들은 남은 적을 처리중인가 보군.

가니카 후작 저택은 쉘터에 대피하여 지원을 기다리는 상태로, 이제 곧 시가 8검 「총성」 헤르미나 양과 정예 성기사 소대가 도착하니까 괜찮을 것 같다.

각지의 주둔지는 붉은 밧줄의 수가 많아서 고전하는 모양이지만, 시가 8검 「잡초」 헤임 씨나 「풀 베기」 류오나 여사, 「풍인」 바우엔 씨가 제각각 성기사 소대를 이끌고 지원을 하러 갔으니 이제 곧 수습되겠지.

남은 시가 8검, 「부도」 쥬레바그 씨와 「붉은 귀공자」 제릴 씨 두 사람은 왕성을 향해 이동 중이다.

―FZWCHURUURYUUU!

형세가 불리하다고 판단한 마족이 왕자에게서 거리를 벌렸다.

마족이 여러 개 돋아난 뿔을 뽑아내서, 그걸 권속으로 바꾸었다.

"테르바, 잔챙이를 처리해라."

테르바가 양손에 하나씩 든 마검으로 하급 마족을 차례차례 베어냈다. 이쪽도 상당한 솜씨군.

AR표시에 따르면 둥그스름한 모양의 갑옷은 「동갑주」란 이름이었다.

아마도, 왕자가 입은 「성해동갑주」의 하위호환품이 아닐까 싶은데.

"왜 그러나, 마족! 나를 더 즐겁게 해봐라!"

왕자의 검이 마족의 장벽을 부수고, 갑옷 같은 외피를 파헤쳤다.

―FZWCHURUURYUUU!

마족의 포효와 함께 몸에서 무수한 가시가 돋아나, 그것이 왕자에게 쏟아져 내렸다.

근접 거리에서 뿜어져 나온 가시가 근접 신관 미사일처럼 차례차례 폭발하여, 왕자를 홍련의 불꽃으로 둘러쌌다.

"―전하!"

레이라스 씨가 왕자를 걱정했다.

물론, 그럴 필요는 없었다.

"가소롭군!"

왕자는 건재하다.

구 모양의 하얀 장벽이 지키고 있다.

어디선가 본— 그렇군. 카리나 양이 가진 「라카의 수호」랑 비슷하네.

"소멸해라, 마족!"

왕자의 흉부 갑옷이 좌우로 열리고, 무지개색 빛이 춤추었다.

"—《용염섬(龍焰閃)》!"

빛이 갑옷의 전방 2미터 정도 앞에 모이더니, 광선이 되어 마족을 꿰뚫었다.

광선이 한순간에 마족의 몸통을 날려버리고, 그 기세 그대로 알현실의 절반이 소멸했다.

조금 늦게 폭풍과 열파가 휘몰아쳤다.

타는 걸 넘어 벽이 녹아 버리고, 바닥에 깔린 융단에 불이 붙기 시작했다. 참으로 민폐 공격이군.

그런 내심의 비난이 들린 건 아니겠지만, 왕자가 투구의 바이저를 밀어 올리고 승리를 뽐내는 표정으로 이쪽을 보았다.

왕자와 눈이 마주쳤다.

그쪽도 내 얼굴을 기억하는지, 승리를 뽐내는 표정이 한순간 험악해졌다.

"활약하지 못하게 됐구나, 애송이."

왕자가 나를 내려다보면서 비아냥거리는 어조로 말했다.

"샤로릭 전하, 그 모습은?"

"레이라스로군. 그 얘기는 나중에 하지."

어떻게 대답할까 고민하고 있는데, 레이라스 씨가 끼어들었다.

뒷일은 그와 국왕에게 맡겨야지.

"그러면, 저는 다른 장소를 지원하러 가겠습니다."

"그럴 필요는 없다."

이 자리에서 물러나기 위한 변명을 왕자가 부정했다.

내가 내심 고개를 갸웃거리며 맵을 확인해보자, 붉은 밧줄의 마물과 마족이 굉장한 속도로 사라지고 있었다.

신경 쓰여서 맵 검색을 하자, 동갑주를 장비한 왕자의 부하가 그걸 실행하고 있었다.

마치, 붉은 밧줄의 마물이 어디서 발생하는지 알고 있는 것처럼…….

# 대결

"사토입니다. 대전 게임의 늪으로 끌고 가기 위한 접대 플레이는 좋습니다만, 졌다고 기분이 틀어지는 상대를 기분 좋게 만들어주기 위한 접대 플레이는 피하고 싶어요. 역시, 게임은 즐거워야죠."

—삐삐이, 삐리, 삐리.

작은 새가 지저귀는 소리에 눈을 떴다.

졸음이 남은 눈을 비비고, 주위를 둘러보았다.

한 침대에서 잠든 동료들 너머에 비취색 작은 새가 있었다.

어제 시스티나 왕녀의 다과회에서 마물화되었지만, 기적적으로 본래대로 돌아온 어린 도리스 왕녀의 애완동물이다.

"히스이?"

—삐리리, 삐이.

내가 이름을 부르자 기뻐하며 응답했다.

"왜 여기에?"

**유닛명 「히스이」가 소속을 바라고 있습니다. 허가하겠습니까? (YES/NO)**

팝업 윈도우가 나왔다.

물론 지난번과 마찬가지로 나는 NO를 선택했다.

YES를 누를 때까지 루프되는 강제 이벤트는 싫다고.

—삐이.

내가 다시 거부하자 히스이가 슬퍼 보이는 표정으로 눈물을 짓더니, 고백했다가 차인 사춘기 소녀처럼 방 밖으로 날아갔다.

유리창을 깨지 않고 날아가는 걸 내 눈으로 확인해 버렸다.

아마 방금 방으로 침입한 것도, 같은 방법을 썼겠지.

"그건 그렇고 『신조』라니……."

맵으로 확인한 히스이의 스테이터스가 전하고 완전히 바뀌어 있었다.

레벨은 10이라 평범하지만, 분류가 환수, 종족이 「신조(神鳥)」가 되어 있었다.

종족 고유 능력은 「물질 투과」, 「단거리 전이」 「보호색」이라는 게 있었다.

테임하면 우수한 첩보원이 될 것 같— 아니지. 나에 대한 전달 수단이 없구나. 삐리리삐 울어도 번역이 안 되니까.

그리고 그런 목적이라면 박쥐 소환으로 불러낸 「그림자들이 박쥐」가 있다.

히스이를 잡아서 도리스 왕녀에게 돌려주면 좋았을 거라고 이제 와서 떠올렸지만, 그럴 필요는 없겠다. 맵에 비치는 히스이의 광점을 보니, 왕성으로 간 모양이야.

이번에야말로 도리스 왕녀에게 돌아간 거겠지.

아침부터 상당히 떠들썩하지만, 이제부터 내 피가 섞인 그 상급 마법약은 섣불리 쓰지 않도록 주의해야겠다.

"—으엑."

다른 마법약과 폴더 구분을 따로 해두려고 확인했더니, 아이템 이름이 「신주」로 바뀌어 있는 걸 깨달았다.

아마도 시스티나 왕녀에게 변명한 내용이 퍼져버린 탓이겠지.

거창한 이름이지만, 밖으로 유출할 생각이 없고 구분이 되니까 좋겠지. 긍정적으로 생각하자.


◆


"상급 마족이 왕성을 습격했다는 건 정말인가요?"

"정말이랍니다! 제 남편이 있었어요!"

"샤로릭 전하가 상급 마족을 쓰러뜨렸다는 소문은?"

"네, 사실이랍니다. 압도적인 검기로 토벌을 하셨다고 해요."

요전 붉은 밧줄 사건 이후로, 다과회나 야회에서 중급 마족을 단독으로 쓰러뜨린 제3왕자의 화제가 뜨겁다.

마족을 감정한 인물이 없었는지, 시가 왕국의 기준으로는 그게 상급으로 판정되는 건지는 모르겠지만, 사교계에는 알현실에 나타난 중급 마족이 상급으로 퍼져 있었다.

그 다음에 맵 검색을 해보니 왕도의 동쪽 오두막과 무역도시 타르투미나에 있는 마왕 신봉 집단의 거점을 발견했다. 괴멸시키러 가기 전에 주변을 체크했더니, 이미 왕국의 간첩이 감시를 하고 있기에 괜히 손대지는 않았다. 풀어두고 있는 상대를 처리하면 수사를 방해하게 되니까.

또한 마족이나 붉은 밧줄을 만들어내는 전마환, 내 맵 검색을 저해하는 「도신의 장신구」나 「마신의 손자국」 같은 건 발견되지 않았다. 히스이를 도리스 왕녀에게 보낸 상인이나 그 배후관계는, 도리스 왕녀의 동복 오빠인 제1왕자가 진두지휘를 하여 조사하고 있는 모양이다.

뭐 평범하게 생각하면 마왕 신봉 집단이 붉은 밧줄 테러의 실행범이겠지.

붉은 밧줄이 나왔을 때, 지난번에 용의가 걸려 있던 족제비 제국의 스아베 상회를 맨 먼저 조사했지만, 딱히 수상한 움직임은 없었다.

"사토 씨. 화제를 빼앗겨서 쓸쓸한가요?"

"아뇨. 대환영입니다."

농담처럼 말하는 무녀 세라에게, 아주 진지하게 대답했다.

이대로 내 「마왕 살해자」라는 오해가 잊히는 걸 기대하고 있었다.

"저도 싸워보고 싶었답니다."

아쉬운 기색의 말을 한 것은 무노 백작가 차녀인 카리나 양이다. 오늘은 호위인 마법병 제나 씨도 포함하여 세 사람을 에스코트하고 있었다.

그건 그렇고, 기껏 호화로운 드레스와 액세서리로 드레스업을 해서 평소 이상으로 미녀도가 올라가 있는데 그런 발언을 하니까 꽝이잖아.

"카리나 님. 저희들의 실력으로는 아직 무리입니다."

"그러고 보니 제나 씨는 고향에서 상급 마족과 대치한 적이 있었다고 했죠."

제나 씨가 카리나 양을 타이르고, 세라가 제나 씨에게 화제를 돌렸다.

처음에는 「제나 님」, 「세라 님」이라고 어색하게 불렀는데, 우리들과 함께 교류하는 사이에 친해져서 「제나 씨」, 「세라 씨」로 변했다.

참고로 제나 씨의 의상은 세류 백작이 제공했다. 나를 호위하는데 드는 필요경비라고 한다.

오늘은 세라도 테니온 신전의 무녀복이 아니라, 오유고크 공작이 보냈다는 가련한 드레스를 입고 있었다. 옅은 녹색을 띤 흰 드레스다. 아마도 최상급의 비취 비단을 쓴 거겠지.

"—펜드래건 경!"

앳된 목소리가 날 불렀다.

돌아보자, 비스탈 공작가의 소미에나 양이 있었다.

그녀는 시가 8검이었던 고우엔 씨 일로 만난 것을 마지막으로 오랜만에 재회였다.

오늘은 비스탈 공작 주최의 야회니까 사교계에 데뷔하기 전인 그녀도 참가할 수 있었던 거겠지. 담소를 하면서 근황을 나누었다. 그녀는 고우엔 씨의 가족과 교류가 제한되고 있는 모양이라, 내가 아는 내용을 이야기해주었다.

"사토 님, 이쪽에 계셨군요."

"오랜만입니다, 메네아 님."

소미에나 양과 교대하듯, 핑크색 머리칼을 가진 르모크 왕국의 메네아 왕녀가 나타났다. 소국 출신이라 그런지 보석이나 드레스는 유행의 최첨단이 아니었지만, 본래 소재가 좋기도 하고 화장을 깔끔하게 잘 해서 주위의 시선을 모으고 있었다.

그녀와 이야기하고 있는데, 뒤에서 누가 말을 걸었다.

"『마왕 살해자』쯤 되면, 숙녀들이 내버려두질 않는군요."

허스키한 목소리의 그는, 여성인가 싶을 정도로 요염한 분위기를 가진 미형 청년이었다. 아마도 초면인 것 같은데.

그의 뒤에는 세류 백작이 있었다. AR표시에 따르면 이 미형 청년은 세류 백작의 가신인 모양이다.

"펜드래건 자작, 이 자는 우리 영지의 마법사로 루돌프라고 하네."

"베크먼 남작 가문 차기 당주 루돌프입니다. 기억해 주십시오."

루돌프 씨가 연극적인 느낌으로 인사를 했다.

은하제국이라도 건국할 것 같은 이름이네.

"베크먼 남작 가문이라면―."

"그래. 벼락 영감의 손자야."

제나 씨의 물음에 세류 백작이 대답했다.

나중에 알았는데, 벼락 영감이라는 건 벼락 마법을 쓰는 세류 백작령 필두 마법사의 애칭이라고 한다.

"잘 부탁드립니다. 아름다운 마법병 아가씨."

루돌프 씨는 제나 씨에게 인사를 하더니, 연극적인 태도 그대로 그녀의 손등에 키스를 했다.

그는 동석한 카리나 양과 세라에게도 인사를 했지만, 내성적인 카리나 양과 청결한 세라는 손등의 키스를 거부했다. 전자는 고레벨 모험가의 기민함으로, 후자는 철벽의 미소와 태도로.

그가 제나 씨 일행의 얼굴을 순서대로 둘러본 다음, 부드러운 표정으로 버릇없는 질문을 했다.

"펜드래건 자작은 어느 분을 마음에 두신 건가요?"

"루돌프, 오늘은 간단하게 인사만 하러 왔다."

"그랬었죠. 버릇없는 발언을 사과드립니다."

세류 백작의 말을 듣고, 루돌프 씨가 제나 씨에게 윙크를 하더니 물러갔다.

"뭘 하고 싶었던 걸까요?"

무시당한 메네아 왕녀가 기분이 틀어져서 중얼거렸다.

"당주 교체를 앞둔 가신을 소개하고 인사하러 다니는 거겠지만, 여성에게 헤픈 건 안 좋네요."

세라의 엄격한 발언에 카리나 양이 끄덕끄덕 고개를 움직이고, 제나 씨가 쓴웃음을 지었다.

"어라? 뭘까요?"

홀의 입구 쪽에서 술렁거림이 퍼졌다.

사람들이 다들 고개를 돌려 입구를 주목했다.

"샤로릭 전하셔요!"

유행에 민감한 영애와 부인들이 새된 소리를 질렀다.

인파 너머에 제3왕자의 모습이 보였다. 야회인데 알현실에서 만났을 때와 같은 갑옷 차림이다.

왕자 뒤에는 둥그스름한 동갑주 차림의 테르바라는 호위 말고도, 전에 세라에게 시비를 건 성녀 후보 무녀 라비니아가 따르고 있었다. 내가 거절하니까 왕자를 찾아간 건가?

"사토 씨, 조금 바람을 쐬러 갈까요?"

세라가 왕자를 보고 눈썹을 찌푸리더니, 그들과 떨어질 수 있는 장소를 제안했다.

물론 나는 거부하지 않았고, 제나 씨와 카리나 양을 데리고 발코니로 밤바람을 쐬러 갔다. 메네아 왕녀는 호기심에 져서 왕자를 구경하러 가버린 모양이다.

"신사숙녀 제군! 오늘 이 좋은 날에, 제군에게 낭보를 전하게 된 것—."

발코니까지 왕자의 목소리가 들렸다.

그가 괜히 뜸을 들이며 말한 내용을 요약하면, 「잃었던」 성해동갑주라는 것을 발견했다고 귀족들에게 보고하는 모양이다.

발견이고 나발이고, 왕자가 입고 있는 갑옷이 성해동갑주잖아.

이제 와서 뜸 들이며 발표하는 의미를 몰라 마음속으로 고개를 갸웃거렸다.

"사토 씨, 왜 그러세요?"

태도에 드러났는지, 세라가 신경 쓰며 물었다.

"아뇨, 저쪽에서 『성해동갑주』라는 말이 들려서요."

"사토는 모르나요? 왕조님의 전설에 있는 두 종류의 『성해동갑주』를!"

카리나 양이 주먹을 움켜쥐고 들뜨며 나에게 다가왔다.

"카리나 님은 잘 아시나요?"

왕조 전설에 있다면 왕조 본인에게 물어보는 게 제일 확실하지만, 지금 카리나 양을 무시하면 성대하게 삐질 것 같아서 물어보았다.

"네, 물론이랍니다!"

카리나 양 말에 따르면, 성해동갑주라는 것은 「무적동갑주」라고도 불린 왕조의 파워드 슈츠 같은 마도 갑옷을 가리키는 경우와 거인 사이즈의 골렘인 「성해거신」을 가리키는 경우, 둘이 있는 모양이다.

"그러면 샤로릭 전하는 그 성해거신을 발견했다고 말씀하시는 거군요."

그렇군. 납득했다.

여담이지만 시가 왕국 각지에 있는 왕조상이나 초상화 대부분은 성해동갑주를 입은 왕조의 모습을 그린 거라 한다.

어쩐지 여성인 히카루가 신장 3미터의 위장부로 묘사되더라니.

"이걸로 수상쩍은 용사 따위에게 의지하지 않고도, 마왕을 토벌할 수 있는 힘을 손에 넣은 것이다!"

그렇게 선언하는 왕자의 목소리가 들렸다.

그는 현대의 사가 제국 용사를 중상할 셈인 모양이지만, 시가 왕국을 건국한 왕조 야마토도 용사니까 왕자의 발언에 눈썹을 찌푸리는 귀족도 많았다.

시가 왕국에는 국왕이나 재상을 비롯하여, 왕조님 러브인 사람이 대단히 많으니까.

◆

"연설도 끝난 모양이니, 전하가 퇴석하실 무렵을 가늠해서 철수하죠."

"—사토 씨."

제나 씨가 소매를 당겨서, 그녀가 가리키는 홀 쪽으로 고개를 돌렸다.

왕자가 영애나 숙녀들을 이끌고 이쪽으로 오는 게 보였다.

난처하게도, 이 발코니에서 홀로 돌아가는 길은 정면의 유리문 밖에 없다.

"어머나, 전하— 무슨 일이신가요?"

추켜올려주니까 기분이 좋았던 왕자가 나를 발견하고 표정이 험악해지더니, 함께 있는 세라를 보고 더욱 험악해졌다.

—으엑.

왕자가 이쪽을 노려보면서 다가온다.

그의 험악함에 카리나 양이 겁을 먹으며 내 등 뒤로 숨고, 제나 씨가 나를 지키듯 앞에 섰다. 세라는 숙녀답게 내 팔에 자기 팔을 걸었다.

누가 보면 인기 만점인 한심이로 보이겠다.

그런데, 카리나 양. 뒤에 숨는 것도 내 옷을 잡는 것도 괜찮은데, 흉기처럼 가슴을 밀어붙이는 건 그만두세요. 그쪽에 의식이 쏠릴 것 같잖아요.

"이런 곳에 숨어 있었나—."

왕자가 부추기는 기색으로 시비를 걸었다.

등 뒤의 감촉이 아쉽지만, 몇 걸음 앞으로 나아가 제나 씨 앞에 나섰다.

나는 그렇다 치고, 그녀가 왕자의 노여움을 사면 여러모로 큰일이니까.

"무지렁이가 마왕 살해자라고 추켜세워주니까 우쭐해진 모양이군."

딱히 우쭐해진 건 아니지만, 그에게는 그렇게 보이는 모양이군.

"샤로릭 님. 이 자리에서 진짜 검사의 실력을 보여, 그에게 분수를 알려주는 것도 고귀한 자의 사명이 아닐까요?"

왕자 옆에 선 성녀 후보가 괜한 말을 했다.

"재미있겠군."

거봐, 왕자가 의욕을 내버렸잖아.

"저로서는 전하의 상대가 되지 못합니다. 그 힘은 시가 왕국을 지키기 위해 사용해 주십시오."

"흥. 조금은 분수라는 말을 아는 모양이군."

다행이다. 물러나줄 모양이군.

"정말로 바보네."

"―네놈인가? 헤르미나."

갑자기 왕자에게 시비를 건 것은 시가 8검의 「총성」 헤르미나 양이었다.

"시가 8검씩이나 되는 자가, 전하께 이리도 불경하다니. 용서받지 못할 일이에요."

"입 다물어, 이 계집애야."

왕자 옆에서 대든 성녀 후보를 헤르미나 양이 한 번 노려보아 입 다물게 만들었다.

"내 여동생을 가지고 논 걸로 모자라서, 이번에는 이런 어린애 한테까지 손대는 거야?"

"옛날 일을 들먹이지 마라. 그것은 키리크 백작과 타협을 봤다."

헤르미나 양이 흥 코웃음을 쳤다.

"어린애가 아니에요! 당신이야 말로 전하께 저지른 불경을 사과 하세요!"

성녀 후보가 헤르미나 양에게 항의했다.

소형견이 군용견에게 깽깽 짖어대는 이미지가 뇌리에 떠올랐다.

"불경? 바보니까 바보라고 한 거야."

"무슨 말을 하는 거지?"

왕자가 헤르미나 양을 노려보았다.

"사토 말이야. 체면치레로 거절한 것도 이해 못하다니, 안쓰럽네."

"사토?"

"아아, 정말! 펜드래건 자작 말이야! 저 애는 말이야. 우리들 시가 8검이랑 연전을 한 다음에, 쥬레바그 님과 호각으로 싸우거든?"

"─뭣이, 라고?"

어째 전개가 수상해지기에 아가씨들의 손을 끌고 그 자리에서 몰래 거리를 벌렸다.

**"시가 8검이었던** 당신 따위를 상대할 필요가 없다고─ 거기 도 망가지 마! 정말! 귀찮은 일을 금방 피하려고만 하는 건 나쁜 버릇이야!"

역시 현역 시가 8검. 눈썰미 좋게 발견해서 목덜미를 잡혀버렸다.

"정원으로 나와라. 네놈의 본색을 밝혀주지."

왕자가 어깨를 들썩이면서 발코니를 뛰어넘어 정원으로 뛰어내렸다.

이대로 물러가면 안 될까?

"사토, 지명이야."

헤르미나 양이 사악한 웃음을 지으며 정원에서 올려다보는 왕자를 턱짓으로 가리켰다.

"시비를 걸 거면 직접 해주세요."

"내가 걸면 여러모로 핑계를 대면서 받아주질 않거든."

"그렇다고—."

"에이, 왕자를 이기면 아침까지 어울려줄게."

"놀리지도 마시고요."

카리나 양이랑 제나 씨랑 세라가 그 농담을 진심으로 받아들이면 어쩌라고요.

힐끔 보니, 제나 씨가 눈물이 그렁그렁하고, 카리나 양과 세라가 불안한 표정을 짓고 있었다.

"이봐! 전하가 기다리신다!"

세 사람을 안심시키려고 몸을 돌리자, 왕자의 추종자로 보이는 청년 귀족이 불평을 했다.

어쩔 수 없지. 오늘 밤은 접대 플레이를 해주자.

나는 세 사람에게 미소를 짓고, 발코니에서 뛰어내렸다.

"나를 기다리게 만들다니."

정원에 놓여 있던 의자나 테이블을 사용인들이 아주 급하게 정리하고 있었다.

일을 늘려서 미안하네.

"무기는 어디 있나?"

왕자가 내 허리춤을 보고 표정을 찌푸렸다.

그는 거의 키 만한 장대한 대검을 종자에게 받아 뽑았다. 오, 상당한 마검이군. 아마 왕도에서 인기 있는 「영걸의 검」보다 격이 높은 물건이겠지.

"무문에 속한 자가 무기 하나도 없이 어쩌려고?"

"전하, 저는 문관입니다."

이래봬도 관광 대신이거든. 무관이 아니라고.

"펜드래건 경, 이걸 써라!"

정원에 모인 갤러리 중에서 누가 무기를 던져주었다.

"케르텐 놈. 그토록 내가 봐주었거늘, 의리가 없는 남자로군."

왕자가 짜증을 내며 중얼거렸다.

아무래도, 검을 빌려준 것은 군무 대신 케르텐 후작인가 보네.

무기는 호신용 세검인데, AR표시에 따르면 마검은 아니지만 미스릴 합금제의 명품이다.

아마 드워프 자치령에 있는 도하루 노인의 고위 제자가 단조한 물건이겠지.

"심판이 필요하지 않으십니까?"

신사 한 명이 나섰다.

"릿튼 백작이군. 피비린내나는 결투는 싫다고 하지 않았던가?"

"네, 싫어합니다. 그러나, 오늘 밤은 달인들의 결투이니 피비린내는 나지 않겠지요."

릿튼 백작이 말하고, 시선을 왕자에서 나에게 돌렸다.

그는 왕도의 사교계에 절대적인 영향력을 가진 에마 릿튼 백작 부인의 남편으로, 내 기억이 분명하다면 외무대신으로 나라를 지탱하는 인물이다.

"승패는 왕조님이 정하신 룰에 따라, 무기를 잃거나 이마에 감은 천이 떨어진 쪽의 패배로 합니다."

사용인이 건네준 반다나 같은 천을 이마에 감았다.

"양자, 시작 위치로."

왕자와 10미터쯤 떨어진 장소로 이동했다.

저쪽은 이미 의욕이 넘치고, 타오르는 불꽃같은 마인으로 대검을 감쌌다. 사전의 전투 준비는 묵인되는지, 그가 착용한 성해동 갑주가 출력을 올리고 몇 가지 지원 기능으로 왕자를 강화했다.

그리고 안 들킬 거라고 생각했을 지도 모르지만, 측근들 뒤에서 성녀 후보가 몰래 왕자에게 지원 마법을 걸고 있었다. 그걸 깨달은 세라가 대항하려고 했지만, 제스처로 필요 없다고 전했다.

"이제부터 결투를 시작한다. 왕조님 앞에서 자랑스러워할 수 있는 싸움을 기대한다."

심판이 선언하고 결투 구역에서 벗어났다.

그와 동시에, 신관과 마법사들이 결투 구역을 결계로 감쌌다. 꼼꼼하게도 챙겨주시네.

"어딜 보고 있나!"

시작 신호와 동시에 돌진해온 왕자의 공격을 순동으로 회피했다.

—으엑, 빨라.

내 예상을 웃도는 속도로 펼치는 연격을 세검으로 받아 흘렸다.

위험하네. 왕자가 입은 성해동갑주가 예상 이상으로 고성능인가 본데. 마력을 물처럼 쏟으면서 펼치는 공격을 받을 때마다 세검에 두른 마인이 깨져 버린다.

어쩔 수 없으니 마인을 「마인 장검(裝劍)」스킬로 바꾸었다. 본래 시가 8검이었던 고우엔 씨랑 시합하면서 배운, 마인을 다층화하는 기술이다.

"간단히 패배하는 건 인정 못한다! 나를 즐겁게 해봐라!"

왕자가 노호와 같은 기세로 공격을 해온다.

나를 죽일 생각으로 공격해오는 왕자를 비껴내고, 아슬아슬하게 지는 식으로 할 생각이다.

자칫해서 이겨 버리기라도 하면 분명히 끈질기게 달라붙는 타입이거든, 이 왕자.

"왜 그러나, 애송이! 『마왕 살해자』는 도망이나 다니면서 얻은 칭호인가!"

회피에 전념하면서 방침을 정하고 있는데, 왕자가 공세로 나서지 않는 것을 야유했다.

이대로는 접대 플레이가 들킬 테니까, 적당한 공격을 섞어 긴박감을 올려보자.

"—우웃."

어이쿠, 위험해라.

분명히 아슬아슬하게 피할 수 있는 공격을 했는데, 왕자가 미처 못 피해서 세검 끝이 왕자의 눈을 찌를 뻔했어.

얼굴은 관두자. 긴박감을 올리는 데는 가장 좋지만, 자칫하면 왕자의 실수로 치명상이 될지도 모른다.

그걸 주의하면서 열심히 접전을 연기했다.

일진일퇴의 공방에 갤러리도 만족한 모양이다.

"성해동갑주를 입고서도 압도하지 못한다고?"

오기가 생긴 왕자가 기어이 필살기까지 쓰기 시작했다.

"순동— 앵화일섬!"

지면을 파헤치면서 파고든 왕자가 돌진계 필살기를 썼다.

접전을 연기할 수 있을 법한 타이밍이라, 상대에게 맞추어 이쪽도 같은 필살기로 대응했다.

―굉장하군.

마인 장검의 다층화 마인이 한 장 남기고 부서져 버렸다.

베이스가 되는 세검의 마력 전달률이 나쁘긴 하지만, 이건 예상 밖이네.

"참으로 어마어마한 싸움이군!"

"이것이 시가 8검 제2위 샤로릭 전하와 마왕 살해자의 결투인가!"

화려해 보이는 필살기의 격돌이었기 때문인지, 갤러리가 끓어올랐다.

"봐라! 전하의 마인에 흔들림이……!"

"마검에 손상이 생긴 게 틀림없어."

아뿔싸. 왕자의 검에 대미지가 들어가 버렸어.

대미지가 축적되지 않도록 힘 조절을 했었는데 깜빡 실수를 해 버린 모양이군.

"펜드래건 경의 기술이 한 걸음 앞선 것이군."

"역시, 상급 마족을 토벌한 것보다, 마왕을 토벌한 쪽이 한 수 위였던가."

아, 갤러리. 괜한 말 좀 하지 마.

왕자의 기분이 더 나빠졌잖아.

애당초 부모의 원수처럼 노려보고 있었는데, 지금은 분노의 불꽃이 보일 정도로 화를 내고 있어.

"이제 봐주는 시간은 끝이다."

왕자가 영문 모를 말을 했다.

"사람의 몸이 가진 한계를 알아라!"

그가 입은 성해동갑주의 가슴 부분에서 무지개색 빛이 흔들렸다.

중급 마족을 쓰러뜨렸을 때의 비상식 공격을 쓰려는 건가 싶어 대비했지만, 아무리 왕자라도 그 정도로 생각이 없지는 않은가 보군.

무지개색 빛이 성해동갑주 바깥의 양각을 따라 흐르더니, 그것이 내부로 빨려 들어갔다.

아하, 특수한 신체강화를 한 거구나. AR표시에 따르면 「물리 공격력 300퍼센트 상승」이었다. 세류 시 지하 미궁에서 싸운 칠흑의 상급 마족 수준의 신체강화네.

"자신의 아둔함을 후회해라!"

왕자의 모습이 사라졌다.

―위기 감지.

내 왼쪽 측면에 나타난 왕자가, 연속계 필살기 「앵화난무」를 썼다.

노호 같은 공격이 나를 덮쳤다.

위험해. 이대로는 빌린 세검에 상처가 날 거야.

나는 전력으로 왕자의 맹공을 비껴냈다. 아무래도 금단의 가속약 수준으로 부스트를 한 모양인데.

물론 부스트로 상승한 동체시력 덕분에 이쪽의 견제를 전력으로 피해주니까, 어떻게든 세검에 상처를 안 낼 수 있었다.

―왔다! 절호의 타이밍이다.

나는 천재일우의 호기를 포착하여, 왕자가 내가 들고 있던 세검을 튕겨내도록 하는데 성공했다.

아주 좋아. 세검이 상하지도 않았고, 더욱이 나도 다치지 않았으니 최선의 결과를 낸 거지.

"항복입니다."

무기를 잃었으니 내 패배가 확정됐다. ―그럴 텐데, 왕자가 공격을 멈추지 않고 끈질기게 계속 공격했다.

"승자, 샤로릭 전하!"

심판이 판정을 해도, 왕자는 공격을 멈추지 않았다.

"전하! 검을 거두어 주십시오! 승패는 정해졌습니다!"

"시끄럽다!"

심판이 말려도 왕자가 오기를 부리며 공격했다.

나한테 일격을 넣지 않으면 납득 못하는 느낌인가?

어쩔 수 없지. 일격을 받아주자.

발치의 풀에 뒤꿈치가 걸린 식으로 자세를 무너뜨려, 왕자의 공격을 받아내도록 유도했다.

다음으로 공격을 맞는 순간에 맞추어 범위를 좁혀 방패 팔찌를 발동하여, 땅을 차고 위력을 죽이면서 화려하게 날아갔다. 방패 팔찌의 장벽을 상대의 검에 들이대서, 상대가 제대로 벤 감촉을 느꼈을 거야. 내가 한 거지만 완벽하다.

"흥, 꼴사납군."

왕자가 어깨를 들썩이면서 잘난 기색으로 허세를 부렸다.

"근사하군요! 역시 샤로릭 전하세요!"

성녀 후보가 달려가 왕자를 절찬했다.

그대로 열심히 그의 기분을 띄워주세요.

"사토!"

"사토 씨!"

카리나 양과 제나 씨가 발코니에서 뛰어내려 이쪽으로 달려왔다.

발코니에 세라의 모습이 없는데, 그녀는 계단을 써서 이쪽에 오는 모양이다.

"호오? 애송이의 여자로 두기엔 아깝군."

위험해. 왕자가 어수선한 말을 하네.

"너, 못 보던 얼굴인데."

왕자가 카리나 양의 팔을 잡아 억지로 끌었다.

"놔, 놔줘요!"

『카리나 님!』

—앗.

카리나 양의 거절에 반응해서, 왕자의 손이 라카의 수호에 막혔다.

왕자가 입은 성해동갑주의 장벽과 라카의 장벽이 간섭해서, 어마어마한 불똥과 섬광이 일어났다.

"……프루 제국의 유물인가? 설마 또 존재할 줄이야."

그렇게 말한 왕자가 카리나 양과 거리를 벌렸다.

"계집, 허락할 테니 이름을 밝혀라."

"아, 저기……."

"이름도 말 못하는가!"

갑작스런 말에 반응 못한 카리나 양에게 왕자가 호통을 쳤다.

"전하, 숙녀에게 그런 태도를 보이는 것은 간과할 수 없군요."

세라가 왕자와 카리나 양 사이에 끼어들었다.

"린그란데의 여동생이군. 오랜만이야. 언니에게는 미치지 못해도, 꽤 쓸만하겠군. 내 곁으로 돌아온다면 받아주마."

왕자가 세라의 지뢰를 힘차게 짓밟았다.

세라는 린그란데 양에게 콤플렉스를 가졌단 말이지.

"거절합니다. 애당초 저는 전하의 비호에 들어간 적이 없어요."

세라는 가시 돋친 목소리로 딱 잘라 거절했다.

"린그란데도 그렇고, 오유고크의 여자들은……!"

거절할 거라고 생각 못했는지, 왕자가 폭발했다.

그의 성해동갑주에 마력이 흘렀다.

야야야, 맨몸의 소녀한테 완전무장한 남자가 손찌검을 할 생각은 아니겠지?

왕자의 경우 그런 경거망동을 부정할 수 없단 말이지.

"헛."

그의 주의를 끌고자 가벼운 기합 소리를 내며 일어섰다.

"사토 씨, 무사하셨군요."

"네. 조금 정신을 잃었던 모양입니다."

상처 하나 없지만, 립서비스로 그렇게 말했다.

"무사, 하다고?"

"역시 『상처 모르는』 펜드래건."

"성해동갑주를 입은 전하의 맹공에도, 상처 하나 없군요."

왕자의 말에 겹치듯, 갤러리에서 괜한 말이 들렸다.

"애송이! 나에게 승리를 양보했다고 생각하나!"

왕자가 분노한 표정으로 흥분했다.

접대 플레이가 들킨 모양이네.

"당치도 않습니다. 저는 전하의 강렬한 일격으로 정신을 잃고 서—"

"우롱하는 것도 작작해라!"

어떻게든 커버하려고 했지만, 내 말을 안 듣는 상대한테는 「설득」 스킬도 「변명」 스킬도 효과가 약하다.

"내 손에 클라우솔라스가 있었다면, 네놈 따윈 첫 일격으로 처리할 수 있었을 것이다."

"네, 옳은 말씀이랍니다! 전하께 걸맞은 성검만 있었다면, 그 앞을 가로막을 수 있는 자 따위 없어요."

왕자가 수치를 거듭하는 발언을 하고, 성녀 후보가 그의 발언을 긍정했다.

어떻게 수습해야 할까 고민하고 있는데, 짝짝짝 하는 메마른 박수 소리가 갤러리 쪽에서 들렸다. 사람들의 시선이 그쪽으로 모였다. 그곳에는 야회의 주최자인 비스탈 공작이 있었다.

"전하의 멋진 검기, 참으로 보기 좋았습니다. 부디, 오늘 밤은 성해동갑주를 발견한 모험담을 듣고 싶군요."

"흥, 좋다. 오늘 밤은 경의 체면을 세워주지."

비스탈 공작의 중재로, 여흥이 끝났다.

"자아, 전하. 모두가 전하의 영웅담을 기다리고 있습니다."

"재촉하지 마라, 비스탈 공작."

왕자는 아직 할 말이 남은 느낌이었지만, 비스탈 공작이 재촉하자 살롱으로 모습을 감추었다.

이제 트러블은 배부르게 먹었으니, 우리도 얼른 야회에서 철수해야겠다.

# 성기사단

"사토입니다. 한때 유행하고 사라지나 싶었던 네일 아트가, 어느샌가 완전히 패션의 정석 중 하나로 확고한 지위를 구축한 것 같습니다. 저는 한 적이 없지만, 요즘은 남성용도 있다고 하더군요."

야회 다음날, 기분도 풀 겸 성기사단의 주둔지를 찾아왔다.

평소의 멤버에 제나 씨, 카리나 양, 세라까지 세 사람을 더한 인원으로 실례했다.

"거합발또, 『마인선풍』<sup>뱅퀴시 슬라이서</sup>인 거예요!"

투기장에서는 맨 먼저 포치와 시가 8검 「잡초」 헤임 씨가 시합을 하고 있었다.

"—어설퍼!"

헤임 씨가 포치의 필살기에 카운터 필살기를 맞추어 흘려냈다.

포치는 그래도 버티고, 돌진계 「마인돌격」<sup>뱅퀴시 스트라이크</sup>으로 전환하여 헤임 씨에게 도전했다.

"으리야아아아아아아아아인 거예요!"

"흐음!"

다 피할 수 없다고 판단했는지, 헤임 씨가 억지로 내리 휘둘러 포치의 검 끝을 억눌렀다.

"헤임 나리답지 않은걸."

"그래? 거친 검은 평소랑 같지 않아?"

내 옆에서 시가 8검 「풀 베기」 류오나 여사와 「총성」 헤르미나 양이 대화를 나누었다.

"알겠어? 사토."

"네, 조금 억지였어요."

포치의 기술을 억지로 억눌렀을 때, 헤임 씨의 검에 금이 간 모양이다.

내 엿듣기 스킬로도 희미하게 들렸을 뿐인데, 류오나 여사는 용케 눈치를 챘네. 야생의 감이란 건가?

"흐~응, 역시 대단해. 그보다도 결판이 난 모양이야."

승부는 포치의 자폭으로 헤임 씨가 근소하게 승리했다. 오늘은 백은 갑옷의 지원 기능을 쓰지 않고 있다지만, 레벨 10 이상 차이가 있는 포치에게 지지 않다니 역시 시가 8검이군.

헤임 씨가 포치의 성장을 칭찬하고, 자폭의 원인이 된 포치의 부주의함을 지적해 주었다.

"우리들 차례네. 상대 부탁할 수 있을까?"

"이봐! 헤르미나 치사하잖아! 내가 먼저다!"

헤르미나 양과 류오나 여사가 순서를 두고 말다툼을 했다.

"그러면 결판이 날 때까지, 본관이 펜드래건 자작을 상대해 주도록 하겠소이다."

시가 8검의 신입인 「풍인」 바우엔 씨가 나섰다.

참고로 필두인 쥬레바그 씨와 「성방패」 레이라스 씨, 「붉은 귀공자」제릴 씨 세 사람은 왕성의 경비를 하러 가서 여기엔 없다.

인선은 요인 경호의 적성에 맞추어 고른 모양이군.

"기다려라, 바우엔!"

"우리를 제쳐두고 새치기를 하다니, 10년은 일러!"

두 사람이 바우엔 씨에게 소리쳤다.

"대인기네요, 사토 씨."

"대인기는 리자랑 나나 쪽이죠."

세라의 말을 정정했다.

리자와 나나는 헤임 씨가 싸우고 있던 곳 반대쪽에서, 아까부터 100인 돌파의 기세로 성기사들을 상대하며 연전을 하고 있었다.

바다사자 아이들의 응원을 받아서 나나가 신이 났군. 지나치지 않을까 걱정이네.

"저, 저기! 저희들에게 지도를 해주실 수 있을까요!"

가까이서 관전하고 있던 제나 씨가, 시가 8검 세 사람에게 말을 걸었다.

저희들, 이란 건 제나 씨와 카리나 양 두 명이겠지.

"엉? 아가씨를? ─사토, 이 애들은 어느 정도야?"

"어디보자. 마물 상대라면 성기사들과 비슷할 정도로 싸울 수 있을 거라 생각합니다."

레벨을 따지면 제나 씨랑 카리나 양이 대다수의 성기사들보다 위다. 1대 1로 싸운다면, 그렇게 뒤쳐지진 않을 거야.

"흐~응. 그렇다면 어디 한 번 주물러줄까? 튼튼한 쪽부터 와라."

"저부터 가겠어요!"

"그러면, 본관은 이쪽 아가씨 상대를 하겠소이다."

"부탁드립니다!"

의욕이 충만한 카리나 양이 류오나 여사에게 도전하고, 긴장하는 제나 씨 상대는 바우엔 씨가 담당해주는 모양이다.

"그렇게 됐으니까, 처음은 나야."

나는 어부지리를 얻은 헤르미나 양과 싸우게 된 모양이다.

아리사와 미아는 세라와 함께 부상자를 치료하고 있었다. 참고로, 타마는 어린 용 류류와 함께 볕이 잘 드는 관객석에서 몸을 동그랗게 말고 낮잠을 자고 있다.

◆

"—아, 정말. 믿을 수가 없어. 화살도 아니고, 총탄을 전부 베어 내다니, 동체시력이 어떻게 된 거야?"

시합을 마친 헤르미나 양이 불평을 했다.

오늘 헤르미나 양은 쌍권총을 쓰는 격투전으로 임해서, 총탄 베어내기 경험을 좀 쌓을 수 있었다.

"저기, 헤르미나 님. 총을 사용하는 근접전에 대해 가르쳐주실 수 있을까요?"

"메이드 양도 흥미 있니? 그러면 가르쳐줄게. 권총 있니?"

"네, 주인님이 주신 마법총이 있어요."

루루는 헤르미나 양의 쌍권총 격투술에 흥미가 생긴 모양이군. 장거리 저격이 특기인 스나이퍼 루루가, 호신술이 아닌 격투전

까지 마스터하면 어떻게 되는 거냐. 장래가 좀 무서운걸.

"자자자 왜 그래? 벌써 끝이니?"

"카리나, 파이팅~."

"카리나! **네버기법**인 거예요!"

—LYURYU.

카리나 양이 류오나 여사에게 녹다운 당하는 걸 보고, 타마와 포치와 류류가 성원을 보냈다.

내가 시합을 하는 사이에 잠꾸러기들도 눈을 뜬 모양이군. 참고로 류류의 존재는 상당히 놀라면서 받아들였지만, 진짜 드래곤이라고 생각하지는 않고 용과 비슷한 모습을 가진 아룡의 일종으로 인식하는 느낌이었다.

"아직 멀었답니다!"

카리나 양이 응원을 받아 일어섰다.

"근성이 좋군. 그래야 단련하는 보람이 있지."

몇 번 쓰러져도 일어서는 카리나 양을 보고, 류오나 여사가 만족스런 미소를 지었다.

"그렇소이다! 바람 마법은 검을 휘두르는 것에 맞춰 쓰면, 상대의 방심을 노릴 수 있는 것이외다!"

"네! 바우엔 선생님!"

바우엔 씨는 교사 적성이 있는지, 제나 씨가 검을 쓴 중거리 전투법을 마스터해가고 있었다. 제나 씨는 기본적으로 마법을 써서 싸우지만, 검도 평범한 병사 정도의 기량으로는 쓸 수 있단 말이지.

"다녀왔어~."

부상자 케어를 하고 있던 아리사와 미아가 돌아왔다.

"사토."

미아가 안기기에 받아주고 머리를 쓰다듬었다.

"어서 와. 그쪽은 이제 괜찮니?"

"세라 혼자서 충분해."

"응, 대인기."

세라 앞에 행렬이 생겨 있었다.

리자랑 나나에게 진 성기사들이 긴장 풀린 미소를 지으며 치료를 받고 있었다.

"그리고, 성기사는 경상 정도라면 자기가 치료하니까. 응급처치 같은 거 필요가 없었어."

"아아, 그러고 보니 그렇네."

성기사는 모두 빛 마법을 쓸 수 있고, 부상이 많은 군인이라면 간단한 치유 마법은 필수과목일 테니까.

중상을 입어야 기사단 소속 신관이 나서게 된다.

"―으엑."

아리사가 투기장 입구를 보고 표정이 굳었다.

그곳에 어제, 내가 접대 플레이를 한 샤로릭 제3왕자가 있었다.

"잠깐, 다녀올게."

입구 근처에 부상자를 치료하는 세라가 있으니까.

◆

"어째서, 영광스런 성기사단의 주둔지에 아인 따위가 있지?"

투기장 입구 근처에서, 염려하고 있던 세라가 아니라 리자가 왕자에게 붙들려 있었다.

왕자는 인간족 지상주의인지, 「아인」이라는 인간족이 아닌 종족을 가리키는 단어를 멸칭처럼 썼다.

"쥬레바그 공에게, 언제든지 주둔지에 와도 된다는 허가를 받았습니다."

"누가 직답을 허락했나! 평민 따위가 주제넘군!"

정식으로 허가를 받아 여기 있다고 호소하는 리자에게 왕자가 매도를 쏟았다.

그가 폭력을 휘두르기 전에 두 사람 사이로 끼어들었다.

"전하, 그녀는 평민이 아닙니다. 국왕 폐하께 명예 여준남작 작위를 받은 귀족입니다."

"네놈도 있었나― 마침 잘 됐군. 이번에는 봐주지 않고 때려눕혀주지."

왕자가 말하고 아름다운 검을 뽑았다.

―성검 클라우솔라스.

물론 그의 손에 있는 그것은 내가 만든 레플리카다. 진짜는 서방 소국에 성묘를 간 히카루가 가지고 있다.

가짜 클라우솔라스를 본 성기사들 사이에 술렁거림이 흘렀다.

"호국의 성검 클라우솔라스가 내 손에 있는 한, 너에게 승리는 돌아오지 않는다."

왕자가 무기에 의지하는 한심한 짓을, 당당한 태도로 잘난 어조를 곁들여 선언했다.

참고로 왕자가 가진 건 2대째 가짜 클라우솔라스로, 에치고야 상회에서 판매하는 비천홍검을 만들었을 때 흥이 올라 만든 거다. 1대와 달리 하늘도 날고, 마력이 흩어지지도 않는다. 진짜랑 달리 13장의 칼날로 분신은 못하지만.

"전하, 성기사단의 주둔지에서 외부인의 사적인 결투는 사양해 주십시오."

가까이 있던 헤임 씨가 왕자의 폭거를 막으러 와주었다.

"외부인이라고— 테르바."

외부인 취급을 받은 왕자가 흥분하여 호위인 테르바의 이름을 외쳤다.

둥그스름한 동갑주의 외모와 달리, 그는 재빠른 움직임으로 헤임 씨를 공격했다.

헤임 씨는 즉시 반응하여, 마검으로 테르바의 쌍검을 받아냈다.

—앗.

파캉하는 소리가 나면서 헤임 씨의 마검이 부러지고, 테르바의 쌍검이 헤임 씨의 몸을 스쳤다.

포치와 싸우면서 상한 마검이 동갑주의 파워를 못 버틴 모양이군.

"물러나 있어라, 잡초."

왕자가 깔보는 어조로 명했다.

"물러나는 건 당신이야, 샤로릭 전하."

"아니면 시가 8검 네 명을 상대로 밀어붙여 볼래?"

헤르미나 양과 류오나 여사가 왕자를 도발했다.

"본관도 말이외까? 성검을 상대하는 건 처음이겠구려."

영문도 모르고 달려온 바우엔 씨가 그렇게 말하면서 싫지 않은 표정을 짓고 있었다. 정말이지. 시가 8검은 전투를 너무 좋아해.

얼른 왕자의 결투를 받아서 어젯밤을 재현하는 것도 생각했지만, 류오나 여사가 접대 플레이를 간파할 것 같단 말이지.

그리고. 이 촌극도 금방 끝난다.

"—전하!"

힘찬 목소리가 투기장에 울려 퍼졌다.

지금 그 목소리는 시가 8검 필두인 쥬레바그 씨다. 그의 옆에는 「붉은 귀공자」 제릴 씨도 있었다.

아무리 그래도 「성방패」 레이라스 씨는 없다. 국왕의 수호를 한 명도 안 둘 수는 없을 테니까.

"왕국의 보물창고에서, 폐하의 허가도 없이 성검을 꺼내가다니, 용서받을 수 있는 일이 아닙니다!"

멋대로 꺼내온 거냐? 난처한 왕자로군.

"클라우솔라스는 내 성검이다. —《춤춰라》, 클라우솔라스!"

왕자가 가짜 클라우솔라스에 마력을 주입해 공중에 띄웠다.

이야, 내가 만들었지만 좋은걸.

"이렇게 클라우솔라스를 쓸 수 있다는 것. 그것이야말로 클라우솔라스에게 인정받은 정통 후계자의 증거다!"

왕자가 그렇게 주장하지만, 신이 내린 성검과 달리 내가 만든 가짜 클라우솔라스는 계승자 설정 기능이 없다. 한 쌍이 되는 팔찌만 장착하면 누구든지 장비할 수 있어.

"허가 없이 꺼내간 것은 변함이 없습니다. 폐하께서 대단히 노여워하십니다. 즉시 왕성으로 출두하여, 말씀을 들으십시오."

쥬레바그 씨와 왕자가 노려보았다.

"네 체면을 세워주지."

아무리 그래도 국왕을 소홀히 할 수는 없는지, 쥬레바그 씨의 물러섬 없는 결의가 느껴지는 눈빛에 졌는지, 왕자가 은혜를 베푸는 것처럼 말하고 몸을 돌렸다.

쥬레바그 씨 덕분에 귀찮은 일은 회피한 모양이다.

"기껏 기분전환을 왔는데, 왕자 탓에 다 짱이야."

어깨를 으쓱거리는 아리사의 머리를 쓰다듬고, 왕자가 돌아오지 않는 사이에 주둔지에서 철수했다.

◆

"─연기됐다고?"

이튿날 쿠로의 모습으로 변신하여 무노령 이민 계획의 최종 회의를 하러 에치고야 상회로 갔더니, 이민 계획이 연기되었다는 보고를 받았다.

"무슨 문제가 있나?"

"사실은 실종됐다는 소문이 돌던 샤로릭 전하가─."

지배인 말에 따르면 제3왕자가 발견한 거인 사이즈의 성해동갑 주—— 성해거신을 운반하기 위해 대형 비공정을 동원하게 됐다. 그쪽이 우선되기 때문에 이민 계획이 연기됐다고 한다.

  그러고 보니 요전의 야회에서 왕자가 그런 발견을 했다고 연설을 했었지.

  "알았다. 기다리게 된 이민 예정자들의 케어는 맡기지."

  "알겠습니다. 그들에게는 에치고야 상회에서 준비한 숙소를 제공하고, 앞으로 개척 생활에 도움이 되는 일용직을 알선하고 있습니다."

  역시 지배인. 빈틈이 없어.

  "이민 예정인 개척지는 준비해뒀다. 대형 비공정의 수배가 끝나는 대로, 내 명령을 기다리지 않고 실행해도 좋다."

  "역시 쿠로 님. 멋지십니다!"

  지배인과 티파리자는 곧장 칭찬을 해주지만, 새롭게 간부 후보가 된 아이들은——

  "……어느 틈에."

  "그, 그렇지만, 지난달에는 아직 아무것도 없었다는 보고가…….'

  ——이러면서 놀라고 있었다.

  "쿠로 님이 하시는 일에 일일이 놀라면 몸이 남아나질 않아."

  그걸 들은 고참 간부 아가씨들이 이해한다는 표정으로 충고를 했다. 응, 열심히 익숙해지세요.

  "쿠로 님. 렛세우 백작의 요청이 있었습니다."

  단적으로 말하면, 「우리 영민을 돌려줘」라는 부끄러운 요구다.

시가 왕국에서는 거주지를 옮길 권리가 왕국법으로 보장되기 때문에, 그의 요구에는 정당성이 없다.

참고로, 이 「거주지 이동의 자유」는 「직업 선택의 자유」와 함께 왕조 야마토가 강하게 바라서 실현됐다고 한다.

"상대할 필요는 없습니다. 이번 이민 계획은 국왕 폐하의 허가를 얻었고, 재상 각하도 후원해주시고 있습니다."

"그래. 적당히 얼버무려라."

정면으로 거부하면 괜한 짓을 할 것 같으니까.

"쿠로 님. 신제품 일람입니다. 확인해 주세요."

티파리자에게 받은 서류를 확인했다.

아오이 소년이 제안한 가전의 마법 도구판 몇 개가 빠르게 실용화된 모양이군.

"이 도구들을 펜드래건 자작에게 보내고 싶습니다만, 괜찮을까요?"

"애송이에게? —그렇군, 애송이를 광고탑으로 쓰는 거군. 좋다, 허가하지."

한순간 당황했지만, 금방 지배인의 의도를 이해하고 허가했다.

오해가 원인인 「마왕 살해자」의 인기도, 광고에 쓸 수 있다면 쓰면 되는 거군.

편리해 보이는 가전에도 흥미가 있어.

"있잖아, 쿠로 님."

돌 늑대를 탄 간부 아가씨 로우나가 뒤에서 말을 걸기에 돌아봤더니, 괴상한 화장을 한 로우나의 모습이 보였다.

무표정 스킬 선생님의 활약으로 웃음이 터지는 걸 억누르고, 로우나에게 물었다.

"그것은 무슨 가장이지?"

"가장 아니야! 고오쿠츠 상회에서 발매된 『코스메』 상품이야!"

로우나가 「짜잔」 입으로 말하고, 마법의 가방에서 화장품과 미용기구를 꺼냈다.

모두 현대 일본에 있던 미용기구를 마법 도구로 재현한 것이 많았다.

"이 화장품은 종래의 것과 다른가?"

"응, 아주 편리해."

그 밖에도 부착식 속눈썹이나 손톱 따위도 판매된다고 했다.

"쿠로 님, 이거 봐. 아카사키 네일 살롱에서 했어."

로우나가 동료의 손을 들어 올려서, 네일 아트로 예쁘게 장식된 손톱을 보여줬다.

그러고 보니, 이 계통은 손대지 않았었군.

─잠깐?

"아카사키라면─."

"네, 아오이와 같은 『용사의 나라』에서 온 분입니다."

유이 아카사키는 르모크 왕국이 다른 세계의 일본─ 남일본 연방에서 소환한 전직 아이돌 소녀다. 지금은 약혼자인 통통한 소년의 집인 고오쿠츠 상회에서 일하고 있다.

그녀도 아오이 소년과 마찬가지로 이세계에 와서 자신의 길을 걷고 있는 모양이군.

"에치고야 상회에서도 손을 땔까요?"

동향인 애의 노력을 방해하고 싶지 않으니, 당분간은 지켜보라고 일렀다.

선행 이익을 확보할 무렵에는 다른 상회도 흉내를 낼 테니까 한 때의 유행이 아니게 되면 참가하는 정도가 좋을 거야. 네일 아트는 시가 왕국에서도 유행할 것 같으니까.

"지배인. 실험적으로 만든 검을 시험하고 싶다. 시가 8검 중에 대검을 쓰는 자가 있나?"

"예전에는 고우엔 님이 있었습니다만, 지금이라면 『잡초』 헤임 님뿐이라고 생각합니다."

"그러면, 헤임이란 자에게 양도하여, 사용감이나 개선점을 물어봐라."

지배인의 대답을 유도하여, 헤임 씨에게 마검을 건넬 구실을 만들었다.

변상하려는 건 아니지만, 그의 검이 부러진 것은 포치랑 싸우면서 금이 간 탓이다. 나를 성가신 일에서 지켜주려고 한 결과이기도 하니까, 대신할 검을 선물하고 싶었다.

"검을 살펴봐도 될까요?"

흥미진진한 지배인과 간부 아가씨들에게 허가를 내렸다.

그녀들은 전직 탐색자라서 그런지, 마검 같은 걸 꽤 좋아한단 말이지.

"이것은 혹시—."

"굉장해! 아다만타이트다! 이 빛은 틀림없어요!"

123

"예쁜 검. 그리고 참 강해 보여."

"위험해! 이건 엄청 위험해요!"

헤임 전용 마검은 성검 듀랑달을 모방한 대검이다. 「영원의 칼날」
이라는 명령어로 날카로움을 되찾는다.

진짜랑 달리 칼날이 나간 정도라면 어떻게 되지만, 아무리 그
래도 부러진 상태에서 복원되는 건 제대로 안 됐다.

이 마검은 아다만타이트 재질이라 튼튼함은 보증한다.

"그러면, 부탁하지."

"네."

나는 마검을 지배인에게 맡긴 다음, 연구소에서 박사들에게 연
구성과를 받고서 추가 기재나 소재를 제공했다.

◆

"헤~ 여기가 네일 살롱? 설마 이세계에 네일 살롱이 생길 줄
은 몰랐어."

에치고야 상회의 용건은 오전에 끝났으니, 오후에는 다들 불러
서 유이가 경영하는 아카사키 네일 살롱을 방문했다.

소란이 일어나면 곤란하니, 나랑 리자는 선글라스와 색이 다
른 가발로 변장했다.

"넬 있어~?"

"어? 타마 선생님? —어 그러면 젊은 나리아님까! 오랜만입다!"

타마가 가게 안을 스르륵 이동하여, 에치고야 상회에서 일하는

붉은 머리 넬을 발견했다.

넬과 이야기하고 있는데 점원이 용건을 들으러 왔다.

"처음 오신 분인가요? 저는 점장인— 어, 사토 씨! 기쁘다! 와 줬구나?"

점원처럼 보였는데, 점장인 유이였다.

선글라스와 가발로 변장했지만 지인에게는 안 통하는군.

"유이 아냐! 점장이라니 출세했네."

"에헤헤~ 달링의 후원으로 가게를 열었더니, 그때부터 쭉쭉 손님이 늘고 있어!"

아리사가 칭찬하자, 유이는 조금 쑥스러운 표정으로 자랑스럽게 가슴을 쭉 폈다.

"열심히 하고 있네."

"응, 아오이에게 질 수 없으니까!"

열심히 하는 애는 응원하고 싶다.

"오늘은 네일 살롱의 소문을 듣고서 우리 애들이랑 친구들을 데리고 왔어."

"우와~ 고마워! 오늘은 예약이 적으니까 금방 할 수 있어! 이쪽에 샘플이 있으니까 골라봐! 사토 씨도 해볼래?"

"아니, 나는 됐으니까 다른 애들 상대를 부탁해."

일본에서는 남성이라도 네일을 하는 사람이 있지만, 나는 공작 같은 걸로 손가락을 혹사하니까 심플한 편이 좋단 말이지.

"우와~ 생각보다 종류가 많네. 이건 루루한테 어울리지 않을까?"

"안 돼, 아리사. 나는 이런 화사한 건 안 어울려."

"그렇지 않아! 언니 정도로 예쁜 사람이라면, 어떤 네일이든 잘 어울려! 점장인 내가 예쁘게 해줄 테니까 맡겨줘!"

유이와 아리사가 루루에게 해줄 네일에 대해 신이 나서 대화한다.

"포치는 고양이랑 강아지가 좋은 거예요!"

"타마는 강아지랑 고양이가 좋아~?"

포치와 타마는 심플하게 원포인트를 하는 모양이다.

"카리나도 같은 걸로 하는 거예요!"

"같이 해~?"

"에엑? 저도?"

카리나 양에게는 조금 앳된 느낌이 될 것 같기도 하지만, 점원이 조언을 해주니까 괜찮을 거야.

"리자, 이런 느낌은 어떤가요?"

"네, 제나 님에게 잘 어울립니다."

"아니요. 리자의 손톱에 하는 거예요."

"저, 저 말입니까?"

이런 느낌으로 리자와 제나 씨는 둘이 같은 걸로 시크한 느낌이 될 모양이다.

"나나, 이거 귀여워."

"나나, 이것도 귀여워."

"유생체의 추천을 실행한다고 고합니다. 점원, 아트를."

나나가 바다사자 아이들과 함께 네일을 골랐다.

바다사자 아이들의 손톱은 인간족과는 상당히 다르지만, 제대로 손톱의 형태에 맞춰주는 모양이다.

"위트는 이게 좋다고 주장합니다."

"트리아는! 트리아는 이게 귀엽다고 생각합니다."

"당신들, 떠들 거면 밖에서 하세요."

나나의 자매들은 장녀 아진에게 조금 잔소리를 들으며 떠들썩하게 네일을 골랐다.

"미아 님은 덩굴무늬가 예뻐요."

"응, 세라도."

세라는 테니온 신의 성인을 고른 모양이군.

이번에는 사람 수가 많아서, 점원들에 더해 점장인 유이까지 총동원되어 대응해주었다.

"후우, 지쳤다. 사토 씨는 기다리느라 지치지 않아?"

시술을 마친 유이가 부스에서 나왔다.

안정제가 마를 때까지의 케어는 생활마법을 쓸 수 있는 어시스턴트가 대응하는 모양이군.

"그렇지 않아. 그보다, 유이한테 물어보고 싶은 게 있는데—"

나는 북일본 인민공화국에 대해서 물었다.

요새도시 아카티아에서 대마녀를 저주한 악마소환사 조마무고미의 거점에, 북일본 인민공화국제 약병이 있었으니까.

"북일본 인민공화국은 제2차대전에서 **소바에트 제국**에게 점령된 동도쿄 이북의 군사독재국가야. 일당 독재라고 하던가? 아사자도 엄청 나와서 위험한 느낌인 곳."

어쩐지, 가공전기물에서 나올 법한 나라군.

"묘스노기 제약의 이름은 들어본 적이 있지만, 자세히는 몰라. 소문으로는 독가스나 스파이용의 독 같은 걸 만들었대. 전쟁영화나 스파이 소설에서 대인기라고 반 구석에 있던 애들이 말했, 던가?"

덤으로 묘스노기 제약에 대해서 물었는데, 가십 정보 정도밖에 몰랐다.

"르모크 왕국에 소환된 사람 중에, 북일본 인민공화국 사람은 없었어?"

"아마, 없을 거야. 아오이가 메네아 왕녀에게 일람표를 받아서 볼 때 같이 봤는데, 없었어."

소환 뒤에 금방 살해당한 사람은 잔류물로 판단한 모양이다.

"아, 여덟 명째는 몰라."

그녀가 말하는 여덟 명째는 소환 뒤에 금방 마족에게 잡혀간 사람이다.

소환 직후에 마족이 습격을 해서, 출신국은커녕 용모도 분명치 않다. 흑발 소년이라는 목격 정보가 있었던 것 같은데.

"하지만, 어째서 그런 걸 물어봐?"

"여행지에서 용사의 나라 문자가 적힌 병을 발견했어. 거기 적혀 있던 문자가—."

"북일본 인민공화국의 묘스노기 제약이었다고?"

"응. 그래서 전에 행방을 몰랐던 여덟 명째가 연관된 걸지도 모른다고 생각해서 물어봤지."

"흐~응, 그렇구나~."

마지막 변명은 완전히 지금 생각한 것이지만, 사기 스킬이 지원을 해줬는지 단순히 유이가 흥미가 없었을 뿐인지 딱히 의문 없이 흘려주었다.

"아, 끝났나 봐."

유이의 시선에 돌아보자, 동료들이 시술 부스에서 나오는 게 보였다.

나는 유이에게 정보에 대한 감사인사를 하고, 동료들에게 갔다.

"사토 씨, 이거 보세요."

기분이 좋아 보이는 세라가 예쁘게 네일을 받은 손을 나에게 보여줬다.

성인을 중심으로 작은 꽃이 고리를 그리듯 장식되어 있었다.

"어떤가요? 사토 씨."

"무척 잘 어울립니다."

"사토, 칭찬해줘."

세라의 네일을 칭찬했더니, 미아가 칭찬하라며 손을 내밀기에 칭찬했다.

그 뒤로 다른 애들도 칭찬을 받으려고 모여들기에, 어휘력이 시험 받게 되었다.

◆

"어라? 저 탑은 어쩐지 눈에 익어."

다 함께 네일을 보여주면서 가게를 나서자, 아리사가 가까운 탑을 올려다보며 중얼거렸다.

"저건 성기사단의 주둔지에 있는 파수탑이야."

"헤~ 네일 살롱이 주둔지 근처에 있었구나."

기왕 가까우니 네일을 보여주러 가자고 아리사가 말하기에, 다 함께 성기사단 주둔지로 갔다. 세라가 조금 걱정되지만, 제3왕자는 없으니 안심이다.

"헤임 대선생님인 거예요!"

"오, 포치구나! 마침 잘 됐다, 한 번 겨뤄보겠냐?"

성기사단 주둔지에 가자 기분이 좋아 보이는 헤임 씨가 있었다.

낯익은 아다만타이트 마검을 들고 있는 걸 보니, 우리가 네일 살롱에 있는 사이에 에치고야 상회에서 도착한 모양이다.

"네, 인 거예요! 포치는 쌈무정신인 거예요!"

아마 포치는 상무정신이라고 말하고 싶었던 게 틀림없어.

"포치, 안 돼! 전투를 하면 기껏 한 네일이 떨어질 거야."

"꽈~앙인 거예요."

아리사가 지적하자 포치가 쇼크를 받고 있었다.

"죄송합니다인 거예요."

"그래, 어쩔 수가 없군."

헤임 씨는 실망하면서도, 포치의 네일을 보고 「귀엽구만」이라고 칭찬해 주었다.

배려가 가능한 좋은 사람이라서, 내가 포치를 대신하여 조금 상대를 맡았다.

"기껏 자랑하러 왔는데, 헤르미나가 없을 줄은 몰랐어."

"성기사 분이 칭찬을 해줬잖아요."

"뭐~ 그렇지."

아직 시간이 일러서 윈도우 쇼핑을 하러 가고 싶지만, 「마왕 살해자」의 네임 밸류는 아직 건재해서 포기하고 왕성의 영빈관으로 돌아갔다.

영빈관에는 히카루의 편지가 와 있었다.

서방 소국에서 돌아온 모양이군.

# 막간: 저주받은 의수

"젠장, 실험체를 놓쳤다!"

"도망치는 건 재빠른 애송이구만."

"아직 약효가 남아서 멀리 도망치진 못했을 거다. 흩어져서 찾아라!"

추적자의 발소리가 들리지 않게 되자, 드디어 나는 쓰레기 더미 속에서 긴장을 풀었다.

안도해서 잠들 것 같았지만, 아직 안심하기엔 이르다. 그 빌어먹을 지하실에서 맞은 약 탓에 의식이 몽롱하다.

―생각해라.

뭐든지 상관없으니 생각해서, 의식을 붙잡아둬라.


나는 스미— 아니, 존스미스.

르모크 왕국이란 소국에서 소환된 일본인이다.

전이할 때 얻은 「매몰」이란 수수한 레어 스킬과 사람 좋은 왕녀님 덕분에, 연금되어 있던 성에서 빠져 나왔다. 그 바로 뒤에 숲에서 사마귀 괴물에게 먹힐뻔했지만, 엘프 귀를 한 사가 제국의 밀정이 도와준 덕분에 팔 하나를 희생하고 살아남았다.

그 다음은 이쪽 말을 배우고, 다크 엘프 비슷한 밀정과 헤어져 계속 여행을 했다.

다행인지 일본에 있을 무렵부터 이세계물 웹 소설이나 만화에 너무 빠져서, 내가 이세계에 갔을 때를 위해 여러 가지 지식을 메모장에 적어놨었다. 그 정보를 이용해 하루하루 먹고 살 수 있었다.

스마트폰 안에는 역대 메모장 분량의 방대한 지식이 있었지만 진작에 배터리가 다 떨어져 쓸 수 없게 됐고, 요루스카에서 진탕 취했을 때 도둑맞았다. 지금쯤 어떤 호사가가 가지고 있겠지. 그러고 보니 메모장 절반도 그때 잃었지.

『헤~ 이거 네가 생각했어? 대단한걸.』

세류 시에서 노점 아저씨랑 손잡고 크로켓을 퍼뜨리고 있을 때 릴리오랑 만났다.

괜히 친근하게 구는 녀석이었지만, 여자에 익숙지 못한 나는 금방 들떠서 그 녀석에게 끌렸다.

가정을 가지라고 노점 아저씨가 권했지만, 나는 결단하지 못했다.

이 불편한 세계에서, 팔 하나로는 그 녀석을 지탱해줄 자신이 없었다. 릴리오는 왼팔 정도는 자기가 대신해줄 거라고 말하며 웃었지만, 내 마음이 좁아서 그걸 수긍할 수 없었다.

『팔이라…… 돈이 있으면, 왕도에서 의수를 만들 수 있을 텐데.』

크로켓에 빠진 행상인이 은근슬쩍 흘린 말이 뇌리에 내리꽂히게 되어 내 귀에 닿았다.

듣자니 그 의수는 마법의 도구라서, 자기 팔처럼 움직일 수 있다고 한다. 눈알이 튀어나올 만큼 미친 가격이었지만, 크로켓으로 벌어들인 돈을 밑천 삼아 메모장의 지식을 사용하면 못 벌 정도는 아니었다.

나는 릴리오한테 왕도에서 의수를 구해오겠다고 말하고, 세류시를 뛰쳐나왔다.

왕도까지 여행하는 건 난리도 아니었다. 얼굴이 똑같고 코드네임 같은 이름의 미녀 일곱 명이나 미토랑 만난 유적 탐색도 어지간했지만, 릴리오를 구하려고 마물의 대군이랑 전쟁하는데 고개를 들이밀었을 때는 정말 끝장인 줄 알았다.

그런 짓을 하고도 용케 살아있다. 감탄스러워.

그 미토랑 일곱 명하고도 젯츠 백작령의 깊은 산 속에서 헤어지고, 나는 홀로 왕도에 도착했다.

목적인 의수 기사는 금방 찾아냈지만, 귀족의 소개가 없는 나는 말 한 마디도 못 나누고 문전박대를 당해 버렸다.

그래도 매달려봤더니 위병을 부르기에, 나는 권토중래를 노리고 서민가의 식당에 하숙을 하고 있었다.

하숙비로 요리 레시피를 제공해서 식도락가 귀족을 낚을 계획이었는데, 낚인 귀족이 터무니없었다. 이 나라의 제3왕자 휘하에 있다는 소켈이란 귀족으로, 소개장이란 미끼를 써서 유적 탐색에 동원됐다.

"의수라……."

나는 **잃었던 왼손**을 들어 올렸다.

메탈릭해서 로봇이 떠오르는 팔이다. 몇 개의 파이프나 인공 근육 같은 어두운 색의 튜브랑, 혈관을 대신하는 하얀 액체가 흐르는 가는 관으로 구성되어 있었다.

유적 탐색은 베테랑 탐색자인 야사쿠 아저씨 일행 덕분에 성공했는데, 그 다음이 안 좋았다. 나는 보수를 준다는 말에 낚여 의수기사의 저택으로 끌려갔고, 마취로 잠들었다가 깨어났더니 이 팔이 달려 있었다.

이건 유적 안쪽에서 발견한 파워드 슈츠나 거대 로봇이랑 같은 장소에 있던 거였다.

이 의수는 내 손처럼 자유롭게 움직일 수 있다.

그것뿐이면 내가 바라던 그대로지만—.

"끄으으으으으으!"

격렬한 통증이 내 왼팔을 좀먹었다.

붙잡고 있던 철 파이프가 종이공작처럼 찌그러졌다.

신경접속이 어설픈 건지, 애당초 이 나라에 그만한 기술이 없는 건지, 주기적으로 통증이 찾아온다.

지금은 억누를 수 있지만, 처음 며칠은 통증에 이성을 잃고 감금되어 있던 건물을 반파시킬 정도로 날뛰었다고 한다.

그 놈들 말로는 「성해동갑주의 저주」라고 하는데, 그 저주를 푸는 것과 성능 시험을 위해 내가 선택된 모양이다. 고른 이유는, 애당초 한쪽 팔에 의수를 달기 위해 팔을 자를 수고를 덜 수 있으니까. 그것뿐이었다고 한다. 뭐 내가 평민인 데다가 떠돌이라는 것도 있겠지.

"이제 슬슬 괜찮을까……."

방금 그 통증 덕분에 약 기운이 좀 가셨다.

나는 매몰 스킬에 의지하여, 뒷골목의 으슥한 곳을 골라 이동했다.

어떻게든 눈에 익은 서민가까지는 왔다. 그렇지만 하숙방으로 돌아가는 건 좋은 생각이 아니다. 만에 하나를 대비해 뒷골목에 파묻어둔 돈을 회수하여, 잠잠해질 때까지 미궁도시 같은 곳에 잠복해야겠군.

"있다! 실험체다!"

하얀 옷을 입은 추적자가 있었다.

나는 즉시 몸을 돌려 달렸다.

완전히 따돌렸을 거고, 이 근처에는 돈을 숨겼을 때 딱 한 번 왔었다.

놈들이 날 어떻게 발견했지?

전력질주하는 내 시야에, 메탈릭한 왼팔이 보였다.

그렇군……. 이거냐.

이걸 표식으로 추적한 거구나.

"귀찮게 움직여대는군! ■■……."

위험해. 마법 영창을 시작했다.

"기다려, 팔뿐이지만 성해동갑주를 부술 셈이냐!"

"……■, 놓치는 것보다는 낫다. —화염구!"

뒤에서 날아온 불꽃 덩어리를 감으로 피했다.

저건 폭발하는 거다. 나는 벽을 차고 반대쪽 창문으로 뛰어들 었다.

불덩어리가 폭발하고, 불꽃이 골목을 채웠다.

—아파.

창문에 뛰어들었을 때, 한 발 늦은 왼쪽 발목이 그을렸다.

화상이 심각하지만 발을 멈출 수는 없다.

나는 이를 악물고 다른 사람 집 안을 달려서, 당황해서 허둥대는 집주인을 밀어내고 출구로 뛰쳐나갔다.

"있다! 둘러싸라!"

재수 옴 붙은 날이군.

뛰쳐나간 곳에 추적자의 별동대가 있었다.

검을 뽑은 몇 명의 추적자들이 살기가 담긴 표정으로 나에게 다가왔다.

이렇게 되면, 이 왼손의 힘을 써서—.

"여러 명이 한 명을 괴롭히는 건 금지야!"

지붕 위에서 여성 한 명이 뛰어내렸다.

"—미토!"

오랜만이지만, 그 얼굴은 틀림없었다.

"어라? 존 군, 오랜만~."

검을 든 남자들에게 둘러싸여 있는데, 미토의 표정에는 긴장도 비장함도 없다.

"사라져라, 여자. 지금이라면 눈감아주지."

추적자 리더가 미토에게 최후통고를 했다.

"그럴 수는 없겠는걸? 존 군은 아는 사이거든."

"그러면, 조금 험한 꼴을 당해줘야겠다."

남자들이 압박하듯 천천히 포위를 좁히기 시작했다.

겁먹는 기색이 없는 미토를 보고, 남자 한 명이 리더에게 말했다.

"대장, 마법사일지도 모릅니다."

"그렇군— 영창을 시작하면 네놈을 벤다. 우리가 필요한 건 그 남자뿐이다."

추적자 리더가 미토를 협박했다.

그러나, 미토는 어디서 바람이 부나 싶었다.

"존 군, 인기 좋네~."

"내가 아냐. 놈들이 노리는 건 이 의수다."

"—어?"

소매를 걷어 왼팔의 의수를 보여줬다.

"성해동갑주?"

"여자! 어째서 그걸 알고 있나!"

미토가 의수의 정체를 알고 있었다.

"이 여자도 잡아라! 어느 곳의 끄나풀인지 조사해야겠어."

추적자들이 포위를 좁혔다.

그런데 미토는 내 의수를 보면서 움직이지 않았다.

"미토! 멍하니 서 있을 때가 아냐!"

"—그랬었지. 미안, 존 군."

남자들의 팔이 미토에게 닿으려는 순간, 무수한 충격파가 나타나 남자들을 때려눕혔다.

"말도 안……."

"……무영창이라고?"

남자들이 잠꼬대처럼 중얼거리면서 기절했다.

"존 군, 새삼 오랜만이네~."

미토가 태평한 표정으로 한 손을 들어 인사하고, 그 다음에 시선을 내 의수로 돌렸다.

"그 의수를 추적하고 있는 건, 이 녀석들뿐이야?"

"아니. 또 있다."

적어도 길거리에서 화염구를 쏴대는 정신 나간 놈과, 소켈 자식이 있을 거야.

"의수를 떼어 버릴 수는 없지?"

확인하는 미토에게 고개를 끄덕였다.

"지하실에 있던 하얀 옷 아저씨들은, 이 의수가 저주를 받아서 뗄 수 없다고 했었어."

접합 부분— 내 육체를 도끼로 절단하려는 성질 급한 놈도 있었지만, 의수가 멋대로 발생시킨 장벽에 막혀 버렸다.

그 장벽을 자유롭게 다룰 수 있게 되면, 아까 그 파이어볼 자식한테 화상을 입을 일도 없었을 텐데…….

"일단, 이동하자."

미토가 나를 데리고 하늘을 달려, 어느 저택으로 데리고 갔다.

"누구 저택이야?"

"내 거야. 방은 잔뜩 남아 있으니까 사양 말고 머물러."

이런 말도 안 되게 큰 저택에 살고 있다니—.

"좋은 집 아가씨였구만."

"아하하. 태어난 건 평범한 샐러리맨 가정이야. 이 집은 내가 은거하라고 샤로릭 군이 준 거야."

그 말을 들은 순간, 나는 미토와 거리를 벌렸다.

샤로릭이라는 건, 소켈 자식이 말했던 그 녀석 주군의 이름이다.

"왜 그래? 존 군."

"넌 제3왕자랑 무슨 사이야?"

"—제3왕자?"

미토가 의미를 모르겠다는 표정으로 고개를 갸웃거린 다음, 손뼉을 쳤다.

"아아, 아니야. 내가 말하는 샤로릭 군은 2대 국왕이야."

"—뭐?"

이 녀석, 뭔 말을 하는 거지?

"어라? 존 군한테는 말 안 했나? 나는 존 군이랑 만난 몽정영묘에서 잠들기 전에, 샤로릭 군 — 2대 국왕이야 — 이랑 같이 나라를 만들고 있었어."

어, 잠깐 기다려—.

몽정영묘에 누가 잠들어 있다고 했었지?

그 영묘의 수수께끼에 일본어가 쓰인 건 왜지?

"설마, 왕조 야마토?"

내가 떨리는 손으로 미토를 가리키자, 미토가 고개를 끄덕였다.

그거라면 납득이 되네. 왕조 야마토, 용사 야마토, 사가 제국에서 용사로서 소환된 일본인. 그게 미토였다는 거다.

"그러면 미토라는 건 가문 이름인가?"

아니, 그러면 미토 야마토잖아.

여성이라면 미토가 이름일 수도 있지. 야마토 미토인가?

"아하하. 미토라는 건 내가 나중에 붙인 이름이야. 그쪽 가문

명은 미츠쿠니라고 해.”

미토 미츠쿠니[#1] — 미토 코몬 — 그 유명한 부장군님 이름이냐.

이 녀석의 바보 같은 센스에 힘이 빠져서, 주저앉아 버렸다.

“그러고 보니 왕조 이야기에서 세상을 바로잡으러 여행을 했었다고 했지.”

“그건 절반 이상 후세의 창작이야.”

메이드가 차를 가져다주기에, 우리는 푹신푹신한 소파로 장소를 옮겼다.

나는 미토랑 헤어진 뒤의 전말을 대략적으로 이야기한 다음, 제3왕자의 명령을 받은 소켈과 유적을 탐색해서 성해동갑주를 발견한 흐름을 이야기했다.

“그건 유적이 아니라, 묘지야.”

고개 숙인 히카루가 말했다.

유적 이야기를 시작했을 때부터, 미토의 안색이 안 좋다.

“미안.”

“존 군 탓이 아냐.”

그런 괴로운 표정을 지으면 도저히 그렇게 생각할 수가 없다고.

“뒷일은 맡겨줘. 지금 당장은 무리지만, 유적 안에 있던 정비용 열쇠를 쓰면 그 의수도 해체할 수 있을 거야.”

미토가 말하고 일어섰다.

그 옆 모습은, 내가 아는 미토하고는 딴판으로 엄격했다.

---

**#1 미토 미츠쿠니** 도쿠가와 미츠쿠니. 이에야스의 손자다. 암행어사처럼 신분을 숨기고 다니다가 탐관오리를 발견하면 신분을 드러내고 처벌하는 이야기가 유명하다.

# 조사

"사토입니다. 요즘 조사는 인터넷 검색으로 끝나는 일이 많습니다만, 그것이 없던 시절에는 어떻게 조사를 했는지 신경 쓰입니다. 역시 도서관에서 책을 찾아보거나, 알고 있는 사람을 찾아 발품을 팔아 조사했을까요?"

"와오~ 사람 잔뜩~?"

왕성 안쪽 광장은 타마가 말한 것처럼 사람이 잔뜩 있었다.

요전에 우리가 「마왕 살해자」로서 수훈을 받을 때보다도 사람이 많다.

"주인님, 히카루를 발견한 거예요."

포치가 가리키는 특설 단상 객석 중앙에, 국왕 일가와 재상에 섞여 히카루가 앉아 있었다.

광장을 반포위하는 형태로 만들어진 객석에는 왕도 주변의 귀족들이 대집결해 있었다.

"히카루 안색 나쁘지 않아?"

"응, 기운 없어."

아리사와 미아가 걱정스럽게 말했다.

"어제, 왕도에 돌아온 거지? 연락은 했지?"

"원거리 통화로 말을 걸어봤는데―."

뭔가 급한 용건이 있었는지, 거의 얘기를 못했다.

아무래도 고민이 있는 느낌이었으니까, 이 식전이 끝나면 천천히 이야기를 들어볼 생각이다.

지금 여기 있는 건 평소의 멤버와 제나 씨뿐이고, 카리나 양은 무노 백작과, 세라는 오유고크 공작과 함께 있었다.

바다사자 아이들은 위험하니까 나나의 자매들과 함께 집을 보고 있었다. 막내인 위트만, 종마인 쿠모스케를 만나러 비밀기지에 갔다고 했지.

"주인님, 온 것 같아요."

루루가 멀리서 접근하는 세 척의 대형 비공정을 발견했다.

다른 아이들은 아직 안 보이는 모양이라 모두에게 망원경을 나눠주었다.

"마스터, 목표를 시인했다고 고합니다."

"뭔가 매달려 있는 모양입니다. 저게 그걸까요?"

대화하는 사이에 점점 비공정이 다가온다.

이제 슬슬 망원경이 없어도 비공정이 보이게 됐는지, 주변 사람들이 술렁거리기 시작했다.

우리가 여기 모인 것은 세 척의 대형 비공정에 매달려 있는, 사람 모양의 저걸 보기 위해서다.

"성해동갑주다! 왕조님의 무적동갑주다!"

평민 구역에서, 괜히 커다란 소리가 들렸다.

그렇다. 저건 샤로릭 제3왕자가 야회에서 연설하고 있던 거인 사이즈의 성해동갑주— 성해거신이다.

"뭐라고 해야 할까? 『불의 7일』을 일으킬 것처럼 매달려 있네."

"그건 한 척에 매달려 있지 않았나?"

아리사가 말하는 건 문명이 붕괴한 뒤 벌레와 맹독의 숲에 위협받는 세계가 무대인 초명작 애니메이션에 나오는 거인 같은 존재다.

"저 대형 비공정은 우리가 왕도에 왔을 때 탄 거랑 같은 사이즈지?"

아리사의 물음에 고개를 끄덕였다.

"그러면— 신장이 75미터 정도?"

손가락을 L자 모양으로 해서 대략적인 사이즈를 눈어림했다.

"그 정도로 크진 않아. 35미터쯤 될걸."

"그러면 체중은 550톤도 안 되겠네."

슈퍼 로봇이잖아.

신형 대형 비공정이라도 그 정도의 적재량은 못 될 테니까 100톤이나 200톤 정도 더 가벼울 거야.

"그건 그렇고 커다랗군요."

"숲 거인보다."

"훨씬 크다고 고합니다."

리자의 말에, 미아와 나나가 고개를 끄덕였다.

왕자는 이 성해거신을 거인 사이즈라고 표현했지만, 지금까지 만난 중에서 가장 커다란 숲 거인이라도 10미터 좀 넘으니까 표현이 지나치다고 생각한다.

"……미안해. 미안."

엿듣기 스킬이 희미한 목소리를 포착했다.

히카루다. 입가를 누르고, 눈물을 흘리고 있었다.

주변에 있던 국왕과 재상이 그것을 깨닫고 술렁거렸다.

"주인님, 무슨— 히카루!"

내 시선을 따라 히카루의 모습을 본 아리사가 놀라서 소리쳤다.

무심코 히카루 곁에 앞뒤 생각 없이 달려갈 뻔했지만, 아리사의 목소리에 냉정함을 되찾고 공간마법 「원거리 통화」로 히카루에게 말을 걸었다.

『히카루, 무슨 일이야!』

『이치로 오빠…….』

내 이름을 부른 다음 히카루는 오열을 흘리기만 하면서 명료한 말을 못하고 있었다.

그래도, 히카루가 사과하고 있는 것이 광장에 착륙한 성해거신에 대해서라는 것만큼은 짐작할 수 있었다.

◆

히카루하고 그 이후로 만나지 못했다.

『이치로 오빠한테 위로를 받아서 용서 받은 기분이 들면 안 되거든. 이건 내가 스스로 짊어져야 할 십자가니까. 내가 마음이 정리되면 말할게.』

원거리 통화로 그렇게 거절하기에, 맵의 마커 일람에서 히카루의 상태를 확인하기만 하고 이쪽에서 원거리 통화를 걸지는 않

았다.

가끔 아진과 여동생들이 교대로 미츠쿠니 공작 저택을 방문하고 있지만, 히카루는 만나지 못한 모양이다.

"오랜만에 집에 돌아왔네."

왕도의 펜드래건 저택 문을 지나면서, 아리사가 감개 깊은 기색으로 말했다.

"그렇게 말할 정도로 살지는 않았지만 말이야."

마왕 살해자의 저택을 구경하러 밀려들었던 구경꾼들은, 높은 지역에 있는 왕성의 성벽 너머로 보이는 성해거신으로 타깃을 변경한 모양이다.

물론 모두는 아니지만 마차가 드나들 정도로는 줄어들어서, 왕성의 영빈관을 떠나 왕도 저택으로 귀가했다.

"""어서 오십시오, 주인 나리."""

왕도 저택의 사용인들이 모두 모여 맞이해 주었다.

나는 메이드장에게 부재중의 일을 확인하면서 집무실로 갔다.

─으엑.

편지랑 선물이 잔뜩 있어.

게다가 메이드장 말로는 미처 수납하지 못한 편지는 응접실에, 귀족들이나 상인들이 보낸 너무 많은 선물은 뒤뜰에 증설한 가설 창고에 넣어둔 모양이다. 가치가 높은 물건은 자물쇠가 달린 객실에 보관하고 있다고 한다.

일단 혼자서 다 처리할 수가 없으니, 우리 애들한테도 도와달라고 해야지.

"포치도 돕는 거예요!"

"타마도 힘내~?"

"그러면 구분 작업을 도와줘. 미아랑 나나는 창고의 분류를 부탁해."

"응, 맡겨둬."

"예스, 마스터."

포치, 타마, 미아, 나나 네 명이 창고로 간다.

"리자는 다른 방의 선물 체크를 부탁해. 아리사는 편지를 분류해줘."

"알겠습니다."

"오케이~! 맡~겨둬!"

리자가 날카로운 표정으로 방을 뛰쳐나갔지만, 체크용 리스트를 잊고 가서 큰 소리로 불러 세웠다. 조금 창피한 기색으로 리스트를 받으러 돌아왔다.

"저기, 주인님, 저는……."

루루에게는 중요한 임무가 따로 있다.

"미안하지만, 비밀기지에 가서 시즈카가 어떤지 보고 와줄래?"

"네, 알겠습니다."

지금 체크해보니, 우울증 마왕에서 히키코모리 부녀자로 전직한 시즈카의 상태가 「기아: 가벼움」이었단 말이지.

암자 주변에는 내가 「경작」 마법으로 만든 가정 텃밭도 있고, 식량고에도 식재료가 있을 텐데 말야…….

전에는 히카루가 정기적으로 식사를 가져다 줬었지. 어쩌면 시즈카는 요리를 잘 못하는 사람일지도 모르겠다.

"루루, 원고에 너무 빠져서 식사를 잊고 있을 지도 모르니까, 간단하게 먹을 수 있는 식사도 가져다 줘."

"응, 알았어. 오래 가는 반찬 같은 것도 만들어서 갈게."

아리사가 루루에게 의뢰했다.

덤으로 요새도시 아카티아에서 양산한 보존식이 들어 있는 「마법의 가방」도 건네두자.

벽령에서 해방한 도시 지하공장에서 대량 생산한 보존식도 있지만, 그건 맛이 단조로우니까 질린단 말이지.

◆

『—이치로 오빠, 미안. 조금만 더 혼자 있을게.』

성해거신이 왕도에 운반된 뒤로 사흘 정도 지났는데, 아직도 히카루는 부활하지 않았다.

"표정을 보니까 아직인 모양이네."

아리사의 말에 고개를 끄덕였다.

"로보."

미아가 엘프답지 않은 단어를 말했다.

"로보? 거대한 성해동갑주 말이니?"

"응."

미아의 말을 확인하자, 고개를 끄덕였다.

분명히 아리사나, 아니면 보르에난 숲에 일본 문화를 들여놓은 용사 다이사쿠의 문화 해저드일 거야.

"타이밍을 봐서, 히카루를 고민하게 만드는 건 저게 확실하네."

"응. 나도 그렇게 생각은 하는데—."

히카루에게 사정을 물어보려 해도 면회나 원거리 통화마저 거절해버린단 말이지.

그 녀석 한 번 풀이 죽으면 누가 참견하는 거 싫어하니까— 이건 내가 있던 세계의 히카루지만, 이쪽 히카루도 같은 타입일 거야.

"전문가."

미아가 단어로 중얼거렸다.

"전문가— 혹시 성해동갑주를 잘 아는 사람?"

"응. 물어봐."

그렇군. 성해동갑주의 전문가에게 물어본단 말이지.

그런 전문가로 짚이는 사람이—.

"있네. 무노 백작한테 물어보자."

성해동갑주라고 하면 왕조 야마토. 왕조 야마토라면 용사. 용사라면 용사 연구의 1인자인 무노 백작이다.

나는 한가한 아리사와 미아를 데리고 무노 백작 저택으로 갔다. 제나 씨는 세류 백작 저택에 용건이 있어 외출했다.

"사토! 어서 와요!"

무노 백작 저택에 도착하자, 함박웃음을 지은 카리나 양이 현관에서 맞이해 주었다.

"카리나 님! 방으로 돌아가세요! 예의범절 선생님이 화나셨습니다!"

시녀인 피나가 현관 홀 너머에서 외쳤다.

아무래도, 카리나 양은 예의범절 수업에서 이스케이프한 모양이군.

"저는 예의범절보다도, 사토와 함께 성기사단의 주둔지에서 훈련이나 시합을 하고 싶답니다!"

그건 상급 귀족의 영애로서는 좀 문제가 있지 않을까?

"정말! 자작님도 매일 놀러 다니시는 게 아니라니까요."

피나가 「그렇죠?」 하고 귀엽게 동의를 구하기에, 분위기를 읽어 고개를 끄덕였다.

그러고 보니 일다운 일은— 그렇지. 관광 대신으로서 각지의 특산품이나 요리 레시피 같은 걸 정리한 자료를 재상에게 제출하는 걸 잊고 있었네. 나중에 잊지 말고 제출해야지.

"……사토."

"예의범절 수업 열심히 하세요."

카리나 양이 글썽거리는 눈으로 호소했지만, 예의범절 공부를 하는 건 그녀를 위한 것이기도 하니까 웃으면서 배웅했다.

나는 피나 말고 다른 시녀의 안내를 받아 무노 백작의 집무실을 찾아가서, 인사도 빨리 끝내고 성해거신에 대해 물어보았다. 특히 유적에 봉인되어 있었던 부분을 중점적으로—.

"그 성해거신은 시가 왕국 건국시에 왕조님이 묘지에 봉인하셨다고 하는데, 봉인된 이유까지는 남아 있지를 않아."

"애당초 저 로보— 성해거신은 뭘 위해서 만든 거야?"

"본래는 프루 제국에서 마왕용 병기로 개발된 것이야."

"프루 제국이라면, 시가 왕국 건국 전에 대사막 부근에 있던 대제국 말이지?"

"정확하게는 이 근처— 후지산 산맥 서쪽도 프루 제국의 판도에 포함된다."

"헤~ 예상 이상으로 커다란 제국이었네."

아리사가 감탄하면서 고개를 끄덕였다.

"탈선."

"아~ 미안미안."

미아가 지적해서, 이야기를 본래 노선으로 되돌렸다.

"누군가 성해거신이 봉인된 경위를 잘 아는 분이 없을까요?"

"흠. 꼭 알고 싶다면, 그러고 보니 그 분야를 연구하고 있던 연구자가 분명히—"

무노 백작이 책장에 있는 서적을 뒤졌다.

"으~음. 영지 쪽에 두고 온 건가? ……아아, 있군. 여기에 이름이 실려 있을 거야."

명부 같은 것을 넘겨서, 목적하는 인물에 손가락을 멈추었다.

"토케 남작. 지금은 아들이 가문을 이었을 테니까 전남작일까? 그가 잘 알 거야."

호오, 아는 사람이네. 미궁도시 세리빌라에서 태수부인의 만찬 등에 참가했을 때 만난 적이 있다. 시장 조사라는 이름의 노점 군것질을 좋아하는 통통한 소년 루람 군의 할아버지다.

"성해동갑주의 전문가라면, 성해거신을 보러 왕도까지 오지 않았을까?"

아리사 말을 듣고 맵 검색을 해봤는데, 토케 전남작은 미궁도시 세리빌라에 있다.

맵 정보를 보니 요통으로 누워 있는 모양이다. 남작 가문이라면 마법약이나 치유 마법으로 고칠 법도 한데, 신기한 일이군. 요통은 만성이 되면 재발하기 쉬우니까, 마사지나 자연치유를 고른 걸지도 모르겠다.

나는 무노 백작에게 인사를 하고 왕도 저택으로 돌아가, 얼른 여행 준비를 갖추어 미궁도시 세리빌라를 향해 떠나기로 했다.

미궁도시에 가는 건 나 혼자라도 괜찮았는데, 사토로서 방문할 필요가 있으니 전이를 쓸 수도 없다. 당일치기가 안 되니까 동료들도 소집해서 같이 가볼까.

호위인 제나 씨와 어쩌다 놀러 와있어서 미궁도시행을 알게 된 세라도 함께다.

카리나 양은 예의범절이나 댄스의 수업이 있어서 왕도에 남고, 나나의 자매들도 히카루를 걱정해서 왕도에 남았다. 바다사자 아이들을 공작 저택에서 두고 가는 건 가여우니까, 세라와 동행하게 됐다.

우리는 미궁도시에 가려고 에치고야 상회의 소형 비공정을 빌렸다.

에치고야 상회에 토케 남작가 출신이 사무원으로 일하고 있어서 토케 전남작의 취향이나 인품을 물어보러 간 것뿐인데, 우리가 미궁도시에 간다는 걸 안 지배인이 흔쾌히 대여해 주었다.

◆

지배인 덕분에 예정보다 빨리 미궁도시에 올 수 있었다.

"""자작님, 어서오세요!"""

"무사히 귀환하신 것, 그리고 『마왕 살해』라는 위업을 달성하신 것, 축하드립니다."

오랜만에 저택으로 돌아오자, 메이드장 미테르나를 필두로 소녀 메이드들과 애기 메이드들이 맞이해 주었다.

미리 연락을 넣은 것도 아닌데 다 모여있네.

듣자니, 공항에서 우리를 본 탐색자가 대신 연락을 해준 모양이다.

나는 토케 전남작에게 보내는 면회 신청 편지를 메이드장 미테르나에게 맡기고, 회신을 기다리는 사이에 탐색자 길드의 길드장이나 미궁방면군의 에르탈 장군에게 서방 소국 방문의 기념품을 주러 갈 생각이었다.

태수부인에게는 왕도에 있을 때 인사를 했지만, 이쪽에서도 인사를 하러 가는 편이 좋겠지. 미테르나가 돌아오면 태수성으로 연락 편지를 보내야겠다.

"며칠 머무를 거니까, 다들 놀러 가도 돼."

내가 허가하자 포치와 타마가 저택을 뛰쳐나가고, 나나도 바다사자 아이들을 데리고 사립 양육시설로 갔다. 루루는 저택의 주방에 들른 다음, 메이드들을 데리고 근처에 기념품을 나눠주러 다닌다고 한다.

"오늘은 면회 없는 느낌?"

"당일 면회는 어렵겠지."

가문을 넘기고 은거한 귀족이니까 한가할 것 같지만, 면회 예약을 해도 만날 수 있는 건 보통 다음날 이후다.

"그러면, 나도 악동들 보고 올게."

"응, 확인."

아리사와 미아 둘도 아는 아이들을 만나러 외출했다.

여기 남은 것은 나와 리자, 제나 씨, 세라 네 명이다.

"제나 씨도 숙사에 들렀다 오세요."

릴리오와 제나 부대 동료들을 만나고 싶을 테니까.

"그, 그렇지만……."

"태수부인의 눈길이 있으니까, 미궁도시에서 저를 해치려는 괘씸한 자는 없어요."

"제나 님, 제가 제나 님 대신 주인님의 호위를 맡겠습니다."

숙사에 들르고 싶지만, 세류 백작이 명한 임무도 중요하다. 이런 제나 씨의 망설임을 보고 리자가 호위를 대신한다고 나서주었다.

리자는 세류 시에 있을 무렵, 제나에게 받은 은혜를 중요하게 생각하고 있으니까.

"리자도 이렇게 말하니까요."

"그러면, 기껏 말씀해주셨으니─ 고마워, 리자."

"제나 님께 도움이 된다니 다행입니다."

만족스러워 보이는 리자와 함께 제나 씨를 배웅했다.

"사토 씨."

세라가 나를 불렀다.

"저, 사토 씨가 만든 사립 양육시설을 견학하고 싶어요."

"좋아요. 갈까요?"

저택의 집무실에도 왕도 저택과 마찬가지로 처리를 기다리는 편지나 선물이 쌓여 있을 테지만, 그건 돌아온 다음에 처리해도 된다.

세라와 리자를 데리고 양육시설로 갔다.

"아! 젊은 나리다!"

"바보야! 자작님이라고 해야 된다니까."

**자작**님, 어서 오세요!"

나를 발견한 아이들이 일제히 달려왔다.

"사토 씨, 인기가 굉장하네요."

함께 둘러싸인 세라의 눈이 핑핑 돌고 있었다.

"언니, 미인!"

"나 알아! 신전의 무녀님이야!"

"무녀?"

"신의 목소리를 들을 수 있는 굉장한 신관님이야!"

"굉~장해!"

세라의 미모에 놀란 아이들이 의상을 보고 세라의 정체를 간파했다.

그녀의 상냥한 분위기가 전해졌는지, 아이들은 아무 경계심 없이 초면인 세라를 따랐다.

"있잖아, 무녀님."

작은 여자애가 세라의 소매를 당겼다.

"뭔가요?"

"신은 나한테 뭐라고 하셔?"

"건강하고 착한 아이라고 말씀하세요."

"와~아! 나 건강해!"

세라의 부드러운 대답에, 여자애가 폴짝 뛰면서 기뻐했다.

"저기, 나는!"

"내가 먼저야!"

"싸우면 안 돼요. 순서대로 말해줄게요."

아이들이 싸우기 시작하는 걸 능숙하게 타이르고, 순서대로 그 아이의 좋은 점을 말해주었다. 장난꾸러기로 보이는 애한테는 「어린 애들을 잘 보살펴 주세요」라고 덧붙이고, 내성적으로 보이는 아이에게는 좋아하는 일을 물어보는 등 유연하게 대응한다.

마치 프로파일러처럼 아이들에 대해서 맞추고 있는데, 공도에 있을 때부터 양육시설 위문을 자주 했던 세라에게는 평범한 일일지도 모른다.

"무녀님, 안내해줄게!"

보아하니 아이들의 프로파일링―이 아니라, 신의 말씀을 모두 전한 모양이다.

"자작님, 가자! 선생님도 만나고 싶어해!"

아이들의 손에 이끌려 건물 안으로 들어갔다.

"에헤헤~."

"나나, 그림책 읽어줘."

"아하하, 얘 귀여워~."

건물 안에서는 나나가 작은 아이들에게 둘러싸여 있고, 바다사자 아이들이 다른 애들과 함께 실내 놀이기구로 놀고 있었다. 바다사자 아이들은 실내 놀이기구를 본 적이 없었는지 엄청 흥분하고 있었다. 공도에 돌아갈 때 방해가 안 되는 사이즈의 장난감을 선물해줄까.

"자작님! 잘 오셨습니다! 마왕 토벌, 참으로 축하드립니다."

원장이 안쪽에서 총총 달려와 나에게 고개를 숙였다.

나는 용사를 도운 것뿐이라고 정정하고, 세라를 소개한 뒤 원장실에서 양육시설의 운영에 대해서 들었다. 딱히 문제는 없는 모양이라 안심했다.

주방에 타우로스 고기랑 여러 가지 식재료를 선물했다.

"우와아! 엄청 커다란 고기! 냉장고에 들어갈까?"

"괜찮아, 괜찮아. 다 안 들어가면 오래된 고기는 오늘 식사 배급에 쓰면 돼."

"―식사 배급?"

주방 직원들의 말을 들은 세라가 고개를 갸웃거렸다.

"이 사립 양육시설에서는 매일 아침 식사 배급을 하고 있습니다."

식사 배급을 하는 장소는 서쪽 길드 뒤쪽 광장이지만, 식재료 보관이나 조리는 여기서 하고 있다.

"저기, 여기 있는 동안, 저도 참가할 수 있을까요?"

"저희들은 대환영이지만―."

직원이 허가를 바라며 나를 보기에 고개를 끄덕였다.

"괜찮은 모양이니, 아침 종이 올리기 전까지 여기에 와줘. 늦잠을 자면 안 기다려주니까, 아무도 없으면 길드 뒤쪽 광장으로 와주면 돼."

"네, 알았어요."

신전 관계자는 기본적으로 이른 아침에 일어나니까 괜찮겠지.

"세라 님. 자선 사업에 흥미가 있으시다면, 자작님의 위업을 직원실에서 소개해드릴까요?"

"원장 선생님—."

"네! 꼭 듣고 싶어요!"

세라가 적극적으로 긍정했다.

나는 조금 창피해서, 세라를 원장에게 맡기고 탐색자 길드의 길드장이나 미궁방면군 에르탈 장군에게 서방 소국 방문의 기념품을 주러 간다는 변명을 하고 양육시설을 떠났다.

◆

서쪽 길드에서 수많은 탐색자들에게 둘러싸였지만, 기본적으로 멀찍이서 보기만 하고 말을 걸지 않아서 금방 길드장을 만날 수 있었다.

"기어이 마왕까지 죽여 버릴 줄이야~."

"『마왕 살해』라는 건 오보입니다. 저는 용사님을 도운 것뿐이니까요."

"그래그래. 그렇다고 해줄게."

길드장이 건성인 느낌으로 내 정정을 받았다.

"그런 취급이면 『마법의 가방』 매듭이 단단해질 것 같네요."

내가 기념품이 든 격납 가방을 통 두드렸다.

"술이냐! 파리온 신국의 명주인가!"

엄청난 기세로 반응하는 길드장의 말에 씨익, 입가를 올리기만 하면서 흘렸다.

"비겁하다, 사토! 술을 인질로 잡다니!"

"파리온 신국의 술도 맛있었지만, 오베르 공화국의 화주도 향기가 풍부하고 맛있었습니다."

"다른 나라의 술도 있는 거냐? 나한테도 줄 거지? 응?"

길드장이 필사적이군.

너무 뜸을 들이면 토라질 것 같으니, 앙갚음을 하는 건 이쯤하고 요정 가방 안에서 기념품인 술과 안주를 꺼내 테이블에 쌓았다.

"엄청난 양이네요."

서류를 들고 방에 들어온 비서관 우샤나 씨가 기념품의 산을 보고 놀란 소리를 냈다.

"직원 여러분 것도 있어요. 달콤한 향기가 나는 과자나 액세서리 류는 여러분이 나눠서 가지세요."

"어머나, 고맙습니다."

"술과 안주는 내 거다!"

"네, 알고 있어요."

우샤나 씨가 그렇게 말하고 복도를 향해 말을 걸자, 무지무지

161

한 기세로 계단을 올라온 여성 직원들이 길드장과 기념품 쟁탈을 시작했다. 개중에는 술을 좋아하는 직원도 있으니 길드장도 필사적이군.

"죄송합니다. 민망한 애들뿐이라……."

우샤나 씨가 기념품 쟁탈전을 내려다보고 나한테 사과했다.

"그러고 보니 뭔가 길드장에게 용건이 있었던 것 아닌가요?"

"긴급 사안이 아니니까 괜찮아요. 길드의 비축 식량 부족을 보고하러 온 것뿐이니까요."

"부족한 건가요?"

내 물음에 우샤나 씨가 고개를 끄덕였다.

"매년 이 시기에 비축 창고를 확인합니다만, 올해는 창고 한쪽이 무너져서 쥐가 대량으로 들어온 모양이에요. 2할 가까운 식량이 상해 버렸습니다."

"그거 큰일이네요."

"네. 예산은 괜찮습니다만, 양이 양이라 입수할 곳을 찾기가 어려워요."

섣불리 발주하면, 식량의 시장가격이 폭등해서 빈곤층의 생활이 어려워지는 모양이군.

"식량이라면 보존식인가요?"

"네. 재해 상황에서 나눠주는 것이라 알맹이는 입수처에 따라 다르지만, 대개는 바싹 구운 비스켓이나 육포 같은 것이어요. 맛은 둘째 치고 보존성이 좋은 걸 고르고 있어요."

벽령의 지하공장에 가면 쓸데없이 양산한 식량이 산더미처럼 있다.

그걸 에치고야 상회 경유로 제공하도록 해야겠다.

나는 기념품 쟁탈전을 벌이고 있는 길드장 일행에게 작별인사를 하고, 미궁방면군 주둔지의 에르탈 장군에게 기념품을 주러 갔다.

유감스럽게도, 에르탈 장군이나 아는 사이인 여우 장교와 대장은 연습 때문에 부재중이었다. 기념품은 장군의 당번병에게 맡기고 주둔지를 떠났다.

◆

"─농담이지."

눈앞에 쌓여 있는 보존식의 산을 보며 말을 잃고 말았다.

저택에 돌아온 나는 귀환전이로 벽령 도시를 방문하여 지하공장에 병설되어 있는 창고로 왔는데, 너무나 많은 양에 압도되어 버렸다. 공장을 가동하고서 1개월도 안 지났다고 생각하기 어려운 양이군.

나는 도시 핵 단말을 꺼내 보존식의 재고와 가동 상황을 확인했다.

아무래도 공장은 24시간 풀가동하고 있었는지, 냉동고에 넣어둔 재료가 이미 고갈 직전이었다.

나는 냉동고에 크라켄을 비롯한 마물 고기나 거대 해초 같은 불량재고를 블록 모양으로 만들어 넣어놓고, 창고에 쌓여 있던 백수십만식 분량의 보존식을 회수했다.

―WARNING.

도시 핵 단말이 경보를 울리고, 공장의 표시판에 침입자를 표시하는 경고가 나타났다.

도시 안에 누군가가 침입한 모양이다.

"저건가? 크네."

지상으로 나오자, 침입자가 바로 보였다.

10미터는 되는 외벽을 가볍게 뛰어넘어 침입해온 것은 거인 다섯이었다.

AR표시에 따르면 구름 거인<sup>클라우드 자이언트</sup>의 아이들인 모양이다. 뭐, 아이들이라고 해도 나보다 훨씬 연상이지만.

나는 축지로 그들 곁에 다가갔다.

『작은 애가 있어.』

선두의 아이가 나를 발견했다.

숲 거인과 마찬가지로 「거인어」를 말하는군. 늘어지는 중저음으로 말하는 것도 숲 거인과 비슷하다.

『안녕? 구름 거인들. 나는 인간족의 사토. 이 도시의 주인이야. 너희들 이름을 알려줄 수 있을까?』

『나는 「커다란 발」. 구름 거인 우두머리의 아이다.』

『나는 「예쁜 눈」. 「커다란 발」의 여동생.』

『나는 「거목의 아이」. 제일 키가 거질 거야~.』

『나는 「귀여운 웃음」. 웃음이 제일이야.』

『나는 「앳된 손」. 나보다 작은 애다~.』

아이들이 말하자, 중저음의 파도가 몸을 뒤흔들었다.

그들은 신장이 20미터 가까이 되니까 성인 숲 거인의 2배 이상이었다.

『혹시, 다친 거야?』

『응. 마물을 사냥하다가.』

리더인 「커다란 발」의 발목에서 피가 흐르고 있었다.

나는 통에 든 희석 마법약을 아이템 박스에서 꺼내, 「커다란 발」에게 쓰라고 했다.

『이제 안 아파. 고마워, 작은 사람.』

『나았다!』

여동생 거인이 폴짝 뛰자, 지면이 격렬하게 흔들렸다.

『배고파.』

마이페이스인 「거목의 아이」가 배를 누르자, 짐승의 울음소리 같은 꼬르륵 소리가 울렸다.

『보존식이라도 괜찮으면 먹을래?』

『『『먹을래!』』』

다섯 명이 입을 모아 외쳤다.

풍압 때문에 뒤로 넘어갈뻔했어.

나는 보존식을 작업용 리빙 돌과 협력해서 옮기고, 거인들 앞에 쌓아 놓았다.

『작지만, 맛있어.』

『밥, 잔뜩.』

『배에 들어가면 뭐든지 좋아.』

『우~웅, 달아~.』

『안 써. 기쁘다.』

거인들이 포장지에 싸인 상태인 보존식을 양손으로 퍼서 입 안에 와르르 흘려 넣어 씹었다.

상당히 호쾌하군.

하지만 우리들 인간족과 사이즈감이 달라서, 든든하질 못해 보였다.

나는 거인들의 주의가 산만해진 틈을 타서, 커다란 잔해 뒤에 꺼낸 크라켄의 블록 고기를 돌창으로 꿰어 불 마법으로 구웠다. 50개 정도 구우면 되겠지.

『좋은 냄새?』

말과 동시에, 커다란 물방울이 주륵주륵 떨어졌다.

올려다보자 「거목의 아이」가 군침을 흘리고 있었다.

아무래도 방금 그 거대 물방울은 그가 흘린 침이었나 보다.

『맛있어 보여.』

『이제 곧 먹을 수 있으니까, 다른 애들도 불러줄래?』

『응!』

쿠웅. 힘차게 달려간 반동으로 잔해를 퉁기면서, 「거목의 아이」가 동료들을 부르러 갔다.

나는 괜찮지만 보통 사람은 잔해에 휘말려 크게 다칠 것 같군.

『우와~ 맛있어 보여.』

『굉장해, 굉장해!』

『『『고기다!』』』

『자, 너희들 몫이야.』

눈빛을 반짝거리는 아이들에게, 거인 사이즈의 꼬치를 권했다.

『『『와～아』』』

아이들이 양손에 돌 창 꼬치를 들고 와구와구 먹기 시작했다.

다 먹은 돌창은 위험하니까, 아무데나 던지지 말고 땅에 얌전히 놔두자.

부족하지 않을까 걱정했는데, 방금 보존식도 먹어서 그나마 충분했던 모양이다.

배가 부른 아이들이 낮잠을 자기 시작해서, 맵 검색으로 벽령 안에 그들의 동료가 있는지 검색했다.

벽령은 오유고크 공작령 이상으로 넓지만, 구름 거인은 한 명도 없었다.

"혹시—"

짚이는 게 있어서, 검색 조건을 바꿔 조사했더니 적중했다.

가능하면 적중하지 않기를 바랐는데.

나는 아이들을 두고서 확인하러 갔다.

"여기군……."

계곡이 「구름 거인의 결계」로 뒤덮여 있고, 결계 너머는 정령 모임터가 되어 있었다.

환수들이 지키는 거대한 동굴 안쪽이 목적지였다.

천장의 균열에서 태양빛이 쏟아지고, 갖가지 꽃이 흐드러져 있었다.

"내가 늦은 거군."

꽃들의 중심에 구름 거인의 시체가 있었다.

신장 30미터쯤 되는 어른 구름 거인이다. 아마도 「커다란 발」의 어머니겠지.

죽은 지 얼마 안 지난 것처럼 보이지만, AR표시를 통해 고정화 마법이 지키고 있는 걸 확인할 수 있었다. 느낌으로는 고정화가 시작된 지 몇 년은 지난 모양이군.

꽃들 아래 마법진과 마법 장치가 숨어 있었다.

분명히 이 묘지를 지키기 위해서겠지.

나는 구름 거인의 시체에 묵도를 바치고 몸을 돌렸다.

『결계를 통과할 수 있는 선한 자, 작은 자여.』

등 뒤에서 들린 목소리에 돌아보자, 시체에서 빠져 나온 반투명한 여성이 이쪽을 보고 있었다.

『작은 자여. 내 아이들을 부탁한다. 대가로 이것을—』

여성이 만들어낸 하얗게 반짝이는 빛이 둥실둥실 내 눈앞으로 날아왔다.

빛 중심에 투명한 보석 같은 것이 있었다.

『알겠습니다. 이건 그 애들이 성장하기 위해서 쓸게요.』

『감사한다, 작은 자. 내 아이들의 미래가 행복하기를.』

여성이 말한 다음, 눈부신 섬광과 함께 사라졌다.


**〉칭호 「선한 자」를 얻었다.**

**〉칭호 「구름 거인의 친구」를 얻었다.**

나는 손 안에 남은 유품을 보았다. AR표시를 보니 「하늘의 조각」이라는 이름의 보주였다. 수령주가 수목을 조작할 수 있는 것처럼, 이 「하늘의 조각」은 날씨를 조작할 수 있는 것 같다.

얼마 전에 두루마리로 「비 소환」이랑 「안개 소환」을 배운 참인데, 갑자기 상위호환 같은 아이템을 얻어 버렸네.

뭐, 이건 아이들한테 남겨주면 되니까.

"일단 아이들의 양부모를 찾아야겠어."

당분간은 내가 벽령의 도시에서 보호한다 치고, 최종적으로는 어린 아이들을 키울 수 있는 환경이 필요하다.

나는 아이들 키우는데 중요한 스킨십도 못하니까, 양부모의 제1후보는 같은 거인인 산수 자락에 사는 숲 거인들을 생각하고 있었다. 하지만, 그들도 구름 거인하고 2배 정도 사이즈가 다르니까 간단하지는 않겠지.

나는 양부모 찾기를 어떡할까 고민하면서 아이들이 낮잠을 자는 도시로 돌아와, 지하공장에서 떨어진 장소에 그들이 살 수 있는 집을 「집 제작」 마법으로 만들었다.

거인 사이즈의 집은 처음 만들어 보지만, 마법이 무지막지한 덕분에 어떻게든 됐다.

그 옆에 거대 얼음 기둥들을 세워서 원시적인 빙실을 갖춘 창고를 만들고, 얼린 마물 고기나 생선 식품을 보관했다.

옆에 상온 창고도 만들어 보존식도 쌓아둬야지. 그들의 식사량은 인간의 2천배 정도라서, 1만 명이 1개월 정도 살 수 있는 양을 넣어놨다. 정기적으로 만나러 올 예정이지만, 매일 올 수는 없으니까.

뭔가 쿵쾅거리는 커다란 소리가 났다.

『……우~웅.』

보아하니 아이들이 낮잠에서 깬 모양이다.

『안녕?』

『안녕? 작은 사람.』

한 명이 깨자, 다른 아이들도 눈을 비비면서 일어났다.

『와~ 뭔가 생겼어.』

『뭐야?』

『우리보다 커!』

이 애들은 인간족풍의 가옥을 본 적이 없나?

『이건 너희들의 집이야.』

『—집?』

『동굴 없는데?』

『대신 지붕이 있잖아?』

아이들이 흥미가 생겨서 지붕을 올려다보고, 창문을 들여다보았다.

『이 문을 열고 들어가는 거야.』

나는 「이력의 손」으로 초거대한 문을 열고 안으로 이끌었다.

가옥 안을 안내하고 있는데, 아리사가 「무한 통화」를 걸었다.

『주인님, 어디야? 태수부인이랑 길드장의 초대장이 왔어.』

나는 아리사에게 인사를 하고, 벽령의 해방도시에 나타난 거인 아이들을 보호했다고 전달했다.

『에~! 만나고 싶어! 다른 애들도 만나고 싶대.』

『그러면, 이제 곧 집 안내가 끝나니까, 그 다음에 마중하러 갈게.』

나는 그렇게 대답하고, 아이들에게 화장실과 목욕탕 사용법을 가르친 다음 침대와 다이닝 장소를 알려줬다.

마지막으로 식량고를 알려줬더니, 낮잠을 자느라 출출해졌는지 보존식을 와르르 먹기 시작했다.

그 동안 동료들을 미궁도시의 저택에서 데리고 왔다.

미안하지만, 제나 씨와 세라는 저택에 두고 왔다.

"커다란 유생체!"

구름 거인의 아이들을 본 나나가 흥분했다.

『누구? 작은 사람이 늘었어.』

『유생체, 내 이름은 나나라고 고합니다.』

번역 반지를 끼고, 나나가 자기소개를 했다.

『에~ 내 이름은 「유생체?」가 아닌데?』

아이들이 동료들에게 자기 이름을 밝혔다.

『포치는 포치인 거예요! 사이좋게 지내는 거예요!』

『타마도 쭉친구~?』

포치와 타마도 나나 옆에 서서 힘차게 말했다.

『응, 사이좋게.』

『쭉친구?』

『친구.』

모르는 단어에 고개를 갸웃거리는 아이에게, 미아가 간결하게 설명했다.

"주인님, 이거 초대장. 가지고 온 사람 말로는 둘 다 오늘이래."

아리사에게 받은 초대장을 개봉했다.

저녁에는 태수의 궁전에서 만찬, 심야부터 아침까지 길드장 주최의 연회였다.

시간이 겹치지 않도록 설정되어 있는 걸 보니, 비서관인 우샤나 씨가 아시넨 후작가의 시종장이랑 조정을 해준 게 틀림없어.

만찬까지 시간이 얼마 없군.

"아리사, 미안하지만 여기 맡겨도 될까?"

"오케이~! 아이들 상대는 나나랑 포치, 타마가 해줄 거고. 식사는 루루랑 리자 씨가 해줄 거야. 미아만 데리고 가줄래?"

"우음?"

"감시."

"응, 이해."

의미불명이라고 말하던 표정의 미아가 아리사의 설명에 납득한 모양이다.

딱히 감시자가 없어도 여자애한테 손댈 일 없다고.

◆

태수 주최의 만찬은 궁전 같은 태수성의 커다란 홀에서 열렸다.

만찬이 시작되기 전에, 주최자인 태수에게 인사를 했다.

"태수 각하, 레이텔 님, 오늘은 초대해주셔서 영광입니다."

"주빈의 등장이네."

"잘 왔네, 펜드래건 자작.『마왕 살해자』나리를 초대했으니 내 성도 격이 올랐다고 할 수 있지."

태수가 보기 드물게 말을 잘하네.

"오늘은 세 아가씨를 에스코트하고 있군요. 숲의 처녀 미사날리아 님과 마리엔텔 양은 잘 알고 있지만, 성녀 릴리 비장의 무녀와 말을 나누는 건 처음일까요?"

"처음 뵙겠습니다, 아시넨 후작부인. 뵙게 되어 영광입니다. 테니온 신전의 무녀 세라라고 합니다."

세라가 태수부인에게 무녀의 예를 취했다.

성녀 릴리라는 건 공도 테니온 신전의 유 테니온 무녀장을 말하는 거겠지.

"펜드래건 경, 부디 한 번 겨루어주게!"

"펜드래건 경, 아니, 나랑!"

"이 참에 네 명 모두!"

세라와 태수부인의 대화를 지켜보고 있는데, 태수의 호위인 4기사들이 악수와 시합을 바라며 모여들었다.

"겨루기라면, 나도 희망하고 싶군."

"라브나, 오늘 밤은 연회가 아닌고? 못난 짓은 하지 않는 것이니라."

미티아 왕녀가 호위인 바위의 기사를 타일렀다.

"자작님, 저하고도 악수를! 부탁드립니다!"

바위의 기사 뒤에서, 그녀의 동료인 젊은 여기사가 필사적인 느낌으로 손을 내밀기에 가볍게 악수를 했다.

뭐가 그렇게 기쁜지, 여기사가 새빨간 얼굴로 감사 인사를 했다.

"류라, 치사하도다. 사토 공, 나하고도 악수를 해다오."

"네, 상관없습니다만······."

"그렇다면, 우리들도 악수를 희망한다!"

미티아 왕녀와 악수를 한 걸 본 태수 3남 게릿츠 군이 그런 말을 꺼내고, 그의 추종자인 루람 군을 비롯하여 귀족 자제들 모두와 악수를 하게 됐다.

"저기, 자작님. 저도 괜찮을까요?"

얌전하게 말한 건 듀케리 준남작 영애인 메리안 양이다.

"네. 물론이죠."

악수권은 필요 없어요.

"정말 감사합니다."

메리안 양이 나랑 악수한 손을 소중하게 자기 품에 안았다.

평소의 여검사 같은 발랄함이 쏙 들어가고, 정숙한 처녀처럼 파릇파릇하군.

"펜드래건 경, 무훈을 축하드립니다."

재빨리 나타난 듀케리 준남작이 딸을 밀어주자, 그걸 본 다른 귀족들도 딸을 동반하고 나타나 맹렬한 어필 경쟁을 시작했다. 메리안 양이나 미티아 왕녀 말고 다른 여성들은 육식 짐승 같은 눈으로 나를 노렸다.

"우음."

기세가 너무 거세서 미아도 당황하고 있었다.

육체접촉을 하는 상대가 아니면 강경수단을 못 쓰는 거겠지.

175

"여러분, 파트너가 있는 남성에게 말을 거는 건 매너 위반입니다."

세라가 내 팔에 자기 팔을 끼워서, 자기 딸을 어필하는 귀족들을 견제했다.

"신전의 무녀가 헤프지 않습니까?"

"그렇고말고. 무녀는 신을 섬기는 자. 남성을 상대로 조금—."

귀족 한 명이 반론하다 말문이 막혔다.

"—세라 공?"

"네, 고하트 자작. 공도에서 한 번, 인사를 나눴죠."

"아는 사이인가?"

"그녀는— 이 분은 공도 테니온 신전의 무녀 세라 공. 오유고크 공작가의 영애야."

"오유고크 공작가? 그렇다면 설마 『천파의 마녀』 린그란데 님의 여동생이신?"

"저는 출가한 몸이랍니다. 공작가하고도, 하물며 언니하고도 상관없어요."

언니인 린그란데 양의 이름이 나오자마자, 세라의 미소가 만들어진 것으로 바뀌었다.

여전히 언니에게 콤플렉스가 강한 모양이네.

"펜드래건 경과 함께 계신다는 것은, 앞으로 그와 함께 여행을 하실 셈인가요?"

"우후후, 그것도 즐거울 것 같네요."

자리의 분위기를 감지한 후다이 백작이 다른 화제를 꺼내서, 세라가 언질을 피하는 무난한 대답을 했다.

"펜드래건 경."

시종 한 명이 나에게 귓속말을 했다.

그가 눈짓하는 쪽을 보자, 장막 너머로 몸을 감추듯 녹색 귀족이었던 포프테마 전백작이 있었다.

뭔가 내밀하게 전하고 싶은 게 있는 것 같아, 나는 적당한 이유를 들어 그 자리를 벗어났다.

"―보넘 가문?"

"펜드래건 경에게는 소켈의 친가라고 하면 이해하기가 쉬울까요?"

포프테마 전백작이 전하고 싶었던 것은, 보넘 가문의 동향이 수상하다는 정보였다.

"미궁도시 남방의 산악지대에서, 소켈로 보이는 인물을 봤다는 보고도 있습니다."

소켈은 미궁도시의 태수 대리였던 청년 귀족이다. 마인약이나 주검약이라는 금지약품을 밀조한 죄로 직위를 박탈당하고, 심문을 위해 어딘가에 유폐됐을 텐데.

그 다음은 흥미가 없어서 어떻게 됐는지 모른다.

"분명히 유폐되었다고 기억합니다만, 석방된 건가요?"

내 물음에 포프테마 전백작이 고개를 옆으로 저었다.

"아뇨. 소켈은 병에 걸려 요양한다는 명목으로 친가의 별저에 칩거하고,『검은 와인』을 받아 병사할 예정이었습니다."

그가 말하는『검은 와인』이란, 시가 왕국에서 쓰이는 독이 들어간 와인의 은어다.

그러니까, 독살 처형을 하고서 병사로 발표할 예정이었다는 거군.

맵 검색을 해보니 소켈은 왕도에 있었다. 광점의 위치로 추측하건대, 제3왕자가 가진 거점 중 하나에 숨어 있는 모양이군. 제3왕자 파벌이었으니 타당한 잠복처네.

"그는 샤로릭 전하의 신봉자였으니, 전하 곁에 신변을 위탁하고 있는 건 아닐까요?"

"네. 충분히 있을 법한 일입니다."

내가 맵 검색으로 얻은 정보를 추론 형태로 포프테마 전백작에게 말하자, 그도 같은 추측을 했는지 즉시 동의해 주었다.

"친가의 배경을 잃은 그 남자가 뭘 할 수 있을 것 같지는 않습니다만, 신변에 주의를 하세요."

"조언, 감사드립니다."

소켈 같은 소악당일수록 모략을 부리니까, 얼마간 매일 아침 검색 대상에 더해둬야겠군.

권력이나 무력도 있는 제3왕자와 이상한 화학 반응을 일으키지 않기를 바라야지.

그리고 조금 지나 만찬이 시작되자 시종이 찾으러 오기에, 포프테마 전백작과 시간을 두고 홀로 돌아왔다.

오늘 만찬은 평소보다 훨씬 사치를 부려서 참으로 만족스러웠다. 미아 몫은 제대로 고기를 뺀 다른 메뉴였던 걸 보니 태수부인의 배려가 느껴진다. 돌아오는 마차에서 물어보니, 호위로 참가한 제나 씨도 다른 방에서 호화로운 저녁을 대접받았다고 한다.

"이 다음은 길드장 주최의 연회인데, 세라 씨와 제나 씨도 함께 어떤가요?"

"방해가 되지 않는다면, 함께 가고 싶어요."

"저는 사토 씨의 호위니까, 동행하겠습니다! 그리고 릴리오도 참가한다고 했어요."

"그러면 복장만 평상복으로 갈아입고 가죠."

아무래도 길드장의 연회에 예복이나 드레스로 갈 수는 없거든.

◆

"잘 왔다, 사토! 일단 한 잔 들어!"

길드 뒷편의 연회장을 방문하자, 그곳은 이미 주정뱅이의 소굴이었다.

나는 길드장에게 잔을 받아, 보리 향이 풍부한 증류주를 들이켰다.

강렬한 주정으로 목이 타오르고, 조금 늦게 증류주의 감칠맛이 혀를 즐겁게 해준다. 코를 빠져나가는 향에 희미한 목재의 향이 떠돌면서 증류주를 숙성시킨 세월이 느껴졌다.

"맛있어요. 좋은 술이군요."

"비장의 증류주다!"

그렇게 좋은 술이라면 단숨에 마시지 말고 천천히 맛보고 싶다.

"주빈이 등장했으니까, 건배!"

"""건배!"""

주정뱅이들이 힘차게 잔을 마주쳤다.

사방으로 튀는 주정의 향과 호쾌한 웃음소리가 연회장을 채웠

179

다. 그야말로 「THE 술자리」란 느낌이군.

"마왕 살해자! 굉장한 녀석이라고 생각했지만, 이 정도로 굉장할 줄은 몰랐다!"

"그래? 나는 마족이 된 미적왕 루더만이랑 맞설 때부터, 그 정도는 할 녀석이라고 생각했지!"

베테랑 탐색자인 도존 씨와 그의 전처 마히르나 씨가 건배하러 찾아왔다.

"안녕하세요? 도존 님. 저는 용사님의 마왕 토벌을 도왔을 뿐이지—"

"크하하하하하! 젊은 나리는 변함이 없구만! 그런 귀족용 변명 같은 거 아무도 안 믿어! 안 믿지! 오히려 변명을 하면 할수록 마왕 토벌 공적은 젊은 나리한테 있었던 게 아닌가 생각할걸."

—그건 좋지 않아.

"최대의 공적은 틀림없이 용사 하야토 님입니다. 그것만큼은 절대 틀림없어요."

그것만큼은 양보할 수 없는 포인트라서, 조금 강하게 주장했다.

"이번 대의 용사도 강했나?"

길드장의 상담관인 엘프 세베르케아 씨가 말을 걸었다.

"네. 대단히 강하고— 그리고 용감한 분이었습니다."

내 진지한 대답을 듣고, 길드장이 세베르케아 씨를 향해 물었다.

"선대 용사의 종자로서 신경 쓰이니?"

"괜한 말은 마라, 릴리안."

"그 이름으로 부르지 말라고 했지!"

길드장이 젊은 날의 치부를 부끄러워했다.

"선대 용사의 종자셨던 건가요?"

"옛날 일이야."

세라가 확인하자, 세베르케아 씨가 담백하게 긍정하고 고개를 돌렸다.

"혹시, 『대지술사』인 세아 님이신가요?"

"그립군. 누구에게 들었지?"

"공도의 유 테니온 무녀장님입니다."

"릴리한테서. 그러면 너는 무녀 세라군. 릴리의 편지에 네 이름이 자주 나왔어. 자기보다 성녀에 걸맞은 아이라고 열심히 칭찬을 했지."

"—무녀장님이?"

세라가 놀라서 눈을 동그랗게 떴다.

"그래. 최근 8년 정도 줄곧 네 얘기였어."

"……8년. 제가 견습 무녀가 된 해군요."

세라가 추억을 더듬으며 중얼거렸다.

그렇게 어렸을 때부터, 가족 곁을 떠나 견습 무녀로 신전에 있었구나.

"펜드래건 경."

세라를 지켜보고 있는데, 굵직한 목소리가 나를 불렀다.

돌아보자 에르탈 장군과 대장, 여우 장교가 있었다. 방금 부른 목소리는 대장이겠지.

"아까는 대화를 별로 못 했지."

에르탈 장군이 내 맞은편에 앉았다.

그도 태수 주최의 만찬에 참가했었다.

"기념품 고마워. 엄청 맛있더라고!"

"이 바보 자식! 그건 장군 각하 물건이지 않나!"

태평하게 인사를 하는 여우 장교의 머리에 대장의 주먹이 떨어졌다.

"아프잖아, 대장."

"너는 좀 더 반성해라!"

이 두 사람은 여전하네.

"비장의 술이야. 기념품의 답례로는 부족하지만—."

"오오! 좋은 술이잖아! 잘 먹을게!"

"조나, 펜드래건 경이 먼저다."

에르탈 장군이 꺼낸 비장의 술을 길드장에게서 빼앗아, 지참해온 와인 글래스에 따라주었다.

와인의 좋은 향이 코를 스친다. 음, 향만 맡아도 알 수 있어. 이건 분명 좋은 와인이군.

잠시 향을 즐긴 다음, 에르탈 장군과 길드장과 건배를 하고 명주를 맛보았다.

—맛있어.

"그쪽 아가씨들도."

에르탈 장군이 빈틈없이 제나 씨와 세라에게 와인을 따라 잔을 건넸다.

제나 씨는 호위중이라 음주를 사양했지만, 에르탈 장군과 길드장의 살짝 강한 권유와 내 허가에 져서 와인 잔을 기울였다.

"……맛있어요."

"그럼. 그렇지그렇지그럼그럼. 이건 10년된 비스탈 와인『홍옥주』거든. 좀처럼 구하기 어려워."

제나 씨 입에서 나온 찬사에, 에르탈 장군이 만족스럽게 고개를 끄덕끄덕 움직였다.

"형님! 내 술도 받아줘!"

술병을 한 손에 들고 나타난 것은『업화의 송곳니』라는 유명 파티를 이끄는 베테랑 탐색자 자리곤이었다. 그에게 형님이라고 불린 일은 지금까지 없었는데.

"형님이 찾아다니던『렛세우의 혈조』를 입수해왔지!"

아니, 그건 미궁 하층에 사는 흡혈귀 진조 반이 좋아하는 거지. 나는 그의 대리로 사들인 것뿐이야.

그리고 생산지인 마을을 구해준 답례로, 이제부터 정기적으로 에치고야 상회에 공급되니까.

"─자리곤 씨?"

"그냥 이름을 불러줘! 나는 형님의 위업에 전율했다고!"

주정뱅이가 털썩 옆에 앉아서, 갑갑하게 어깨동무를 했다.

"우리가 미궁에서『구역의 주인』이나『계층의 주인』을 목표로 세우며 아등바등하는 동안, 형님은 가볍게『계층의 주인』을 토벌하고, 린그란데 님이나 용사님과 함께 이국의 땅에서 마왕이랑 싸우고 있었지."

자리곤이 턱턱 내 등을 때렸다.

주정뱅이는 힘 조절을 못하니까 나름대로 아프다.

"나를 아우라고 생각하고 얼마든지 용건이 있으면 말해줘! 난 말야, 형님을 위해서라면 뭐든지 하겠어!"

"자리곤! 젊은 나리를 독점하지 말라고!"

"젊은 나리, 이런 땀내나는 녀석 말고, 저희들이 술을 따를게요."

"아줌마는 저리가. 우리처럼 젊은 애들이 젊은 나리도 기쁠 거라니까!"

자리곤을 밀어내고, 여성 탐색자들이 술병을 들고서 따라주러 왔다.

근육이 딱딱하긴 해도, 장소에 따라 나름대로 부드럽다. 마지막 젊은 애는 근육이 딱딱하진 않았지만, 중학생 정도인 애는 좀······.

"우응. 파렴치!"

"사토 씨, 헤실거리면 안 돼요! 언니와 술을 마셨을 때도 헤실헤실 했었다고 들었어요!"

미아가 스킨십이 과다한 여성 탐색자들을 밀어내고, 눈매가 축 쳐지고 술 냄새를 풍기는 세라가 나에게 설교를 했다.

아무래도 세라는 술이 별로 세지 않은가 보군.

"자작님! 내 술을 받아줘."

"고맙습니다, 루우 씨."

드물게 긴장한 느낌의 루우 씨가 내 잔에 술을 따라주었다. 그녀는 제나 부대의 일원이다.

"루우도 참. 왜 그렇게 딱딱해. 소년, 내 술도 마셔."

"릴리오 씨! 자작님께 불경해요!"

제나 부대의 척후 릴리오와 대검사인 미녀 이오나 씨다.

"미안미안. 술 자리는 격의 없이 가자고!"

미안한 기색이 없는 릴리오에게, 이오나 씨가 「그건 높은 사람이 할 수 있는 말입니다!」 하고 타일렀다.

"죄송합니다, 자작님. 나중에 단단히 혼내줄게요."

"신경 쓰지 마세요. 그녀 말처럼, 오늘은 격의 없이 부탁드립니다."

"야호~! 역시 말을 잘해~! 역시 제낫치가 고른 소년이야!"

"정말, 릴리오! 우쭐대지 마!"

제나 씨에게 혼난 릴리오가 기뻐 보인다.

"젊은 나리, 마왕이랑 싸웠을 때 이야기를 들려주세요."

"나도 듣고 싶어!"

"나도!"

젊은 탐색자 한 명이 조르기에, 술을 나누면서 마왕전에 대한 이야기를 했다.

"제낫치는 좋겠다!"

제나 부대가 술을 마시는 쪽에서 릴리오의 목소리가 들렸다.

"좋아하는 사람 가까이 있을 수 있으니까."

"릴리오. 너무 마셨다."

"너무 안 마셨어! 어디 갔냐~! 존 이 바보자식아~!"

릴리오가 밤하늘을 향해 외치고, 손에 들고 있던 잔을 들이켜더니 격침됐다.

릴리오의 남자 친구는 르모크 왕국에서 소환된 세 명째 일본인일 가능성이 높은 남성이다. 존이란 이름으로 맵 검색을 해봐도 안 나오니까, 명명 스킬로 이름을 바꿨던가 국외에 있는 거겠지.

"젊은 나리, 아가씨들이 잠들어버린 모양이야."

서민가 대표를 맡고 있는 「진흙전갈의 스코피」가 그걸 지적해주었다.

그는 험상궂지만, 어린애들을 잘 보살펴준다.

—응? 아가씨「들」?

"……사토 씨."

무릎 사이에 앉아서 잠들어 버린 미아뿐 아니라, 옆에 앉아 있던 세라까지 내 팔을 끌어안고 잠들어 있었다.

어쩐지 아까부터 팔에 기분 좋은 감촉이 느껴진다 싶더라니.

주위를 둘러보자, 술에 먹힌 사람들도 늘어나고 있었다. 이제 그만 철수해야겠는걸.

취해서 쓰러진 릴리오를 열심히 보살피는 제나 씨에게 말을 걸어, 우리는 주정뱅이의 소굴에서 탈출했다.

◆

"기껏 받았으니, 나눔을 좀 해볼까."

나는 미아를 침실로 옮기고, 세라를 저택의 객실에 눕힌 다음, 연회에서 받은 와인 「렛세우의 혈조」를 선물 삼아 미궁 하층의 흡혈귀 진조 반이 사는 「상야성」을 방문했다.

"쿠로인가. 오랜만이군."

"아는 사람한테 와인을 받아서, 나눠주러 왔어."

덤으로 서방 소국이나 요새도시에서 얻은 기념품을 상야성의 메이드들에게 건넸다.

"타우로스 고기가 있으니까 유이카도 불러야겠군. 포이르니스와 요로이는 이 고기에 환장하는 것이다."

고블린인 소귀 공주 유이카는 그렇다 치고, 금속 갑옷이나 암석에 빙의하는 「강철의 유귀」(아이언 스토커) 요로이가 맛을 구분하는 건 의문이다. 그나마 「주검의 왕」(킹 머미) 무쿠로는 이해가 되는데.

참고로 포이르니스는 유이카의 여러 인격 중에서 초대— 유이카 3호가 자기에게 붙인 닉네임 같은 것이다.

어지간히 좋아하는 건지, 아니면 한가했는지, 금방 다른 주민들이 집결했다.

"맛있어! 맛있다!"

요로이가 타우로스 고기 스테이크에 감탄을 했다.

갑옷과 투구 안쪽에 타우로스 고기를 밀어 넣자 깨문 것처럼 고기가 떨어져 사라지는 건 꽤 호러 분위기이다. 뭐 본인은 대단히 만족스러워 보이니까 괜한 말은 하지 말자.

그러고 보니 전에도 피자나 초밥을 맛있게 먹었었지.

"진정해라. 기껏 맛있는 고기인데 다 망치는군."

"좋은 고기에는 좋은 와인이 맞지. 포이르니스도 어떤 것인가?"

"나는 포도 주스가 좋다."

무쿠로, 반, 유이카 3호도 타우로스 고기에 감탄했다.

몇 번씩 추가할 정도로 마음에 든 모양이라, 스토리지에 대량 보관해둔 타우로스 고기를 더욱 제공했다.

"후우, 맛있었다."

"만족했느니라."

"그래서 쿠로, 오늘은 무슨 일이지? 기념품을 갖다 주기 위해서만 일부러 온 건 아니겠지?"

"여기 온 목적은 기념품 주러 온 거야."

미궁도시에 온 김에 시간이 있었거든.

"한가한 녀석이구만."

"이래봬도 꽤 바쁜데 말이지."

요로이가 웃어서 근황을 논했다.

미궁 하층의 주민들은 신을 싫어하니까, 카리온 신이나 우리온 신과 함께 유람을 다닌 건 생략했다. 「따르지 않는 것」도 금지 워드 같으니까 오프 레코드.

미궁 하층의 친구들이 살아있는 몸으로 생활하던 무렵의 에피소드를 중간중간 들으면서, 평화롭게 대화를 즐기고 있었는데—.

"—성해동갑주?"

최근 뉴스에서 무쿠로가 반응했다.

"그건, 야마토 녀석이 봉인했을 텐데."

"기억난다. 이 몸도 결계 구축을 도왔던 것이니라."

어이쿠. 전문가에게 이야기를 듣기 전에 당사자의 이야기를 들을 수 있겠어.

"그때 봉인의 사정을 가르쳐줄 수 있을까요? 미궁도시에 온 것도 학자한테 그 이야기를 듣기 위해서였어요."

"들어서 어쩌려고?"

무쿠로가 날카로운 눈빛으로 나를 보았다.

"알아두고 싶어요."

"그건 흥미본위인 녀석들에게 알려줄 만한 게 아냐."

요로이가 못을 박았다.

"거대한 성해동갑주— 성해거신이 운반되는 걸 본 히카루— 왕조 야마토가 신경 쓰고 있어서, 무슨 일이 있었는지 알고 싶어요."

"……야마토 녀석. 눈을 떴으면 한 번 인사를 하러 왔어야지."

무쿠로가 기분이 틀어져서 내뱉었다.

그러고 보니 히카루랑 미궁 하층의 친구들은 옛날에 아는 사이였지.

나나 자매나 제나 씨 부대의 훈련으로 미궁에 왔었으니까, 진작에 만났을 줄 알았는데.

"쿠로. 이 건은 우리한테 맡겨라."

무쿠로가 벌떡 일어섰다.

"그 울보가 할 일이야 빤해. 어차피 꾸물꾸물거리고 있지?"

요로이의 질문에 고개를 끄덕였다.

"정말이지, 그 녀석 탓이 아닌 걸 알면서."

"조금 기합을 넣어주는 것이다."

유이카 3호와 반도 무쿠로와 요로이를 따랐다.

"맡겨두어라. 우리가 야마토에게 기운을 불어넣어주지."

유이카 3호도 방긋 웃으며 엄지를 척 세웠다.

◆

"사토 씨, 어제 일은 죄송해요."

다음날 아침, 저택으로 돌아오자 연회 중간부터 기억이 없다는 세라가 사과를 했다.

오늘은 세라와 식사 배급에 참가할 예정이다.

"마시타, 도울래."

"마시타, 나나는?"

"나나는 내가 일을 부탁해서 외출했어."

원래는 나나도 참가할 예정이었는데, 어제 갑자기 구름 거인 아이들을 보살펴주는 긴급 미션이 발생해서 예정이 바뀌어 버렸다.

아쉬워 보이는 바다사자 아이들의 손을 이끌고, 양육 시설의 주방에서 준비하는 사람들과 합류해 식사 배급을 했다.

마왕 살해자의 네임 밸류로 내 앞에만 기다란 행렬이 생겨 버려서, 중간부터는 뒤쪽에서 일하면서 세라에게 식사 배급을 받은 다음에도 줄을 떠나지 않는 난처한 남자들을 정리했다.

바다사자 아이들도 익숙한 기색으로 줄 정리에 활약하고 있었다.

낮에는 토케 전남작과 면회를 할 약속이 있다. 나는 미궁도시의 테니온 신전에 들른다는 세라와 헤어져 소녀 메이드가 모는 마차로 귀족가를 나아갔다.

무쿠로 일행은 자기들한테 맡겨두라고 했지만, 히카루가 성해 거신에게 사과한 이유는 알아둬야겠어.

"자작 각하는 성해거신이 봉인된 이유를 알고 싶으시군요."

토케 전남작은 루람 군과 혈연이 느껴지는 통통한 노인으로, 부드러운 생김새에 지성이 넘치는 눈동자를 하고 있었다.

"여러 가지 설이 있습니다만—."

토케 전남작은 테이블 위에 놓아둔 책 한 권을 펼치고 설명을 시작했다.

"마왕 토벌 뒤에『필요가 없어져서 폐기했다』라거나, 『위험한 존재니까 봉인했다』라는 등으로 주장하는 연구가도 있습니다만, 저는 다르다고 확신하고 있습니다."

그는 일단 다른 연구자들의 설을 가볍게 훑은 다음, 자기 지론을 논하기 시작했다.

"봉인은 성해거신의 의지였다는 것이 저의 견해입니다. 성해동갑주나 양산품인 동갑주에는 프루 제국이 보유했던 마도 기술의 극치인『지성이 있는 마법 도구』가 중핵을 이루고 있는 걸로 유명합니다만—."

카리나 양이 장비한 라카가 「지성이 있는 마법 도구」의 가까운 예겠지.

그러니까, 성해거신이나 성해동갑주는 단순한 골렘이나 로봇이 아니고, 지성이 있는 자였다는 거구나.

"그런 이유에서, 성해거신에 깃든 지성이 싸움에 지쳐, 봉인을 바랐다고 저는 생각합니다."

토케 전남작이 왕조 이야기나 역사서의 사례를 근거로 들어 자신의 설을 이야기한 다음, 그렇게 마무리를 지었다.

"유적에 봉인된 것은 성해거신의 의지라……."

왕도에 운반된 성해거신은, 본인의 희망으로 이루어진 봉인을 히카루의 양자의 자손이 자기 사정에 따라 풀어버린 게 되는구나.

"납득이 안 되십니까?"

"아뇨. 대단히 납득이 됩니다."

그때 히카루의 태도를 떠올려보면, 그게 틀림없을 거란 느낌이었다.

나는 토케 전남작에게 인사를 하고, 사례로 서방 소국에서 입수한 과자와 명주를 선물했다.

◆

"아이들 상태는 어때?"

"빨리 배워. 벌써 집 설비에 익숙해졌나 봐."

토케 전남작과 면회를 마쳤는데, 세라 일행이 아직 귀가를 안 했기에 벽령에 구름 거인 아이들 상태를 보러 왔다.

"지금은 포치랑 타마랑 같이 밖에서 뛰어다니고 있어."

아리사가 외벽 너머를 가리켰다.

"밖에서 노는 거야?"

"리자 씨랑 나나가 외벽 너머에 있는 위험한 생물을 샅샅이 쓰러뜨렸으니까 안전해."

그러면 안심이지만, 일부러 밖에 안 나가도 외벽 안쪽도 충분히 넓잖아.

"용건은 끝났어?"

"그래. 미궁도시의 용건은 끝났으니까 왕도에 돌아갈 생각이야."

나는 토케 전남작에게 들은 성해거신 봉인의 이유를 아리사에게 이야기해주었다.

"그렇구나~. 그런 경위라면 히카루가 풀이 죽은 것도 무리가 아냐. 득의양양하게 보고하는 제3왕자에게, 이제 와서 다시 봉인하라고 말하기도 어려울 거고."

왕조님 러브인 국왕이나 중신들이 말했을지도 모르지만, 제3왕자가 그걸 순순히 들을 타입도 아니니까.

"억지로 가로채서 다른 장소에 봉인을 해도 되겠지만……."

"그건 그거대로 히카루의 입장이 나빠질 것 같네~."

아리사와 둘이서 고민에 빠졌다.

결국 좋은 생각이 떠오르지 않아서, 아이들의 점심을 만드는 루루를 찾아갔다.

"……그렇군. 이렇게 했구나."

거인 사이즈의 식사를 만들기 위해, 미아가 부른 의사정령 「모래 거인」의 지원을 받아 꼬치고기를 굽고 있었다.

"저 혼자서는 어려워서 미아한테 도움을 받아 버렸어요."

"응, 맡겨둬."

조금 창피해 보이는 루루 옆에서 미아가 작은 가슴을 쭉 폈다.

"우리가 없는 동안에는 리빙 돌들한테 맡길 거야?"

"그래. 체격적으로 무리가 있는 작업은 골렘을 준비해둘 셈이야."

"아이들 보살피는 거니까 리빙 돌들한테만 맡기는 것도 걱정되네~."

"레리릴."

생각에 잠긴 아리사에게 미아가 조언했다.

"그렇네! **레리릴**이 있었어!"

아리사가 손가락을 튕기면서 미아의 생각에 감탄했다.

"분명히 집 요정인 레리릴이라면, 애보기는 특기일 것 같네."

집 요정은 인간의 아동만큼 몸집이 작지만, 신장 20미터의 구름 거인이 보기에는 오차 같은 거겠지.

나는 미아를 데리고 미궁도시의「담쟁이 저택」으로 가서, 레리릴의 호쾌한 허가를 받아 돌아왔다.

"이건 또 참으로 커다란 녀석들이랩니다~."

레리릴이 놀러 갔다가 돌아온 구름 거인 아이들을 올려다보고 뒤집어질 것 같았다.

『작은 사람보다 작은 애.』

『귀여워.』

『이놈! 함부로 들어 올리지 마라~는 거랩니다!』

구름 거인 아이들이 살짝 집어 들어 올리자 레리릴이 항의했다.

『미안~. 이름 뭐야?』

『나는 레리릴! 사토 님과 미사날리아 님을 섬기는 집 요정이신 거랩니다! 너희들도 순서대로 이름을 말해라랩니다.』

레리릴이 잘난 듯이 자기소개를 하자, 아이들도 순순히 자기소개를 했다.

자연스럽게 잘난 태도가 좋았는지, 아이들은 금방 레리릴을 따르며 순순히 지시를 듣게 되었다. 창고의 재료를 써서 달콤한 과자를 만들어준 게 결정타였나 보다.

"사토 님. 이 애들은 이 레리릴에게 마음 놓고 맡겨놓으시는 거랩니다!"

레리릴이 평평한 가슴을 주먹으로 턱 두드리며 맡아주었다.

이러면 가끔 상태를 보러 오는 정도라도 괜찮겠지. 다음은 얼른 아이들을 받아줄 양부모를 찾아야겠어.

◆

"사토 씨!"

미궁도시의 저택으로 돌아오자, 세라가 조금 조바심 내는 기색으로 기다리고 있었다.

"테니온 님의 신탁이 내렸습니다!"

무슨 일인지 물어보기 전에 세라가 말했다.

"왕도에 재앙이 다가오고 있어요!"

아무래도, 또 무슨 트러블 씨가 성가신 일을 끌고 온 모양이다.

맵 검색으로는 아무 일도 안 일어났으니까, 이제부터 무슨 일이 일어나는 거겠지.

또 붉은 밧줄이나 마족인가? 예상을 하면서 비공정으로 왕도에 돌아갔다.

# 영웅 탄생

"사토입니다. 자기 공적을 지지자에게 알기 쉽게 선전하는 일은 지도자에게 필요한 일일지도 모릅니다. 하지만, 야바위나 다른 사람의 공적을 가로채는 행위는 안 된다고 생각해요."


"마스터, 왕도 상공에 접근했다고 보고합니다."

조종석에서 나나가 보고했다.

세라의 예언에 따라 왕도에 돌아왔는데, 왕도는 두꺼운 구름으로 뒤덮여 있었다.

"이제부터 구름 아래로 강하한다고 선언합니다. 착석하고 안전벨트를 착용해주세요라고 권장합니다."

비공정이 기수를 내리고 구름 아래로 내려갔다. 아직 비는 안 내리는군.

"—으엑."

"괴수인 거예요!"

"로보도 있어~?"

도착한 왕도에서, 거대한 성해동갑주— 성해거신이 비슷한 사이즈의 마족과 싸우고 있었다.

"마치 특촬 영화 같네."

지난번 사이비 상급 마족과 달리, 이번에는 레벨 66이나 되는 진짜 상급 마족이다. 쇼킹 핑크의 색깔이 좀 그렇지만, 겉모습은 칠흑의 상급 마족과 대단히 비슷하고 상당히 강해 보였다.

양자는 귀족가 부근에서 격투전을 하고 있었지만, 결판이 안 나서 누가 먼저랄 것 없이 거리를 벌렸다.

마족이 한 팔을 촉수로 바꾸더니, 채찍처럼 성해거신을 때려눕혔다.

성해거신은 구 모양의 장벽이 수호해서 무사했지만, 채찍 연타에 움직이지 못하는 모양이다.

"지원할까?"

"아니, 아직 괜찮을 것 같아."

반격을 하려는지, 장벽 안쪽의 성해거신이 가슴의 장갑을 열고 거기에 무지개색 빛을 띠었다.

"뉴!"

"나나! 급선회!"

위기 감지 스킬의 알림과 동시에 외쳤다.

"예스 마스터."

급속 선회한 소형 비공정 옆을, 성해거신의 가슴에서 뿜어져 나온 광선이 지나쳤다.

충격파로 비공정이 급류의 나뭇잎처럼 희롱 당했다.

"스태빌라이저 전개, 카운터 버니어 긴급사용이라고 고합니다."

나나의 필사적인 조종으로, 간신히 제어를 되찾았다.

"로보가 이긴 모양이네."

광선이 찢어낸 먹구름 사이로 쏟아진 빛 속에, 상반신이 날아가 검은 안개가 되어 사라지는 마족과, 광선을 쏜 자세로 서 있는 성해거신의 모습이 있었다.

"묘하게 신성해 보이네."

"주변 피해를 신경 쓰지 않는다면 그렇지."

성해거신이 날뛴 장소는 폐허가 되어 있었다.

마족을 날려버린 광선은 가까이 있는 수도교 하나를 날려버리고, 저 멀리 있는 산을 파헤쳐 버렸다.

수도교에서 끊임없이 물이 흘러나와, 왕도의 도로를 탁한 강처럼 바꾸고 있었다.

"주인님. 붉은 밧줄의 마물도 있는 것 같아요."

"이미 토벌된 모양입니다. 저 금속으로 만들어진 거미 같은 것이 쓰러뜨린 걸까요?"

루루와 리자가 발견한 정체불명의 기계 같은 것을 조사했다.

맵 정보에 따르면, 다각 골렘의 일종인데 성해종자란 이름이다. 이름을 보니 성해거신의 보조 유닛이겠지.

지난번에 활약한 동갑주 같은 것도 출동한 모양이군.

"전투는 끝난 걸까요?"

"네. 제나 님. 그밖에 수상한 움직임은 없는 걸로 보입니다."

리자가 확인을 바라는 시선을 보내기에 고개를 끄덕여줬다.

"나설 차례 없어~?"

"흐물흐물인 거예요."

─LYU.

번쩍~. 하는 눈빛을 하고 있던 타마와 포치, 그리고 어느샌가 포치의 펜던트— 용면 요람에서 나온 어린 용 류류가 풀이 죽은 표정으로 고개를 숙였다.

"방금 전에 본 상급 마족의 습격이 세라 님이 받은 예언의 재앙인 걸까요?"

"네, 아마도 그럴 거예요."

리자의 물음에 세라가 대답했다.

"마스터, 어디로 갈까요라고 묻습니다."

"공항으로 가자."

"예스, 마스터."

비공정이 선회할 때, 지상을 바라보며 피해 상황을 확인했다.

"가니카 후작 저택과 오유고크 공작 저택의 피해가 크군요. 지하에 피난호가 있으니까 괜찮을 거라 생각합니다만……."

"저 거체가 날뛰었으니까 피난호의 천장이 무너지지 않았을까 걱정이네."

세라의 시선을 따라간 아리사가, 성해거신의 발치가 함몰된 것을 보며 말했다.

비공정을 공항에 착륙시키고, 혼란에 빠진 왕도를 이동했다.

"귀족가는 조금 높은 곳이니까, 여기서도 잘 보이네."

"예스, 아리사. 로보가 구름 사이에서 쏟아지는 햇빛을 반사해서 눈에 띈다고 고합니다."

주변 사람들도 그걸 신경 쓰는 사람이 많다.

"왕도를 습격한 상급 마족을 토벌한 건 샤로릭 전하다!"

"저 성해거신을 타고 계신 것은 시가 왕국의 제3왕자, 샤로릭 전하다!"

"샤로릭 전하, 만세! 시가 왕국에 영광 있으라!"

그런 식으로 선전하는 사람들이 띄엄띄엄 있었다.

"제3왕자의 정치선전일까?"

"아마도."

외치고 있는 자들 대부분이 귀족가문의 조직 소속이니까, 제3왕자 파벌의 사람들이 맞을 거야.

"왕위를 노리는 걸까요?"

"가능성이 있군요."

세라의 중얼거림에 대답하면서 인파 사이로 나아가자, 방치된 붉은 밧줄의 시체와 무너진 건물이 보였다.

"이번에는 서민가에도 피해가 생겼군요."

리자가 피해상황을 둘러보면서 중얼거렸다.

맵 검색을 해보니, 왕성이나 귀족가와 군 시설을 노린 지난번과 달리 이번에는 일반서민 구역을 중심으로 노렸다. 어쩐지 경향이 연말의 붉은 밧줄 사건을 떠올리게 만드는데.

"하지만, 구조 활동은 시작된 것 같아요."

제나 씨가 건물에서 활동하는 사람들을 가리켰다.

"똑같은 하얀 옷을 입고 있네. 자경단 같은 걸까?"

"잘 깨달았구나, 어린 아이여!"

짙은 얼굴의 남성이, 배우 같은 움직임으로 주위의 이목을 모았다.

"저것은 샤로릭 제3왕자 전하가 조직한 재해 구조대다! 전하는 우리 같은 아랫것들도 빠짐없이 비호하고 계시는 거다!"

우리 같은 아랫것이라고 하지만, 남성의 의복은 상류계급이었다.

그도 방금 전에 제3왕자의 정치선전을 하고 있던 녀석들과 동류겠지.

"제3왕자의 인기 끌기란 거구나."

"뭐, 인기를 끌기 위한 것이라도 구조활동을 해준다면 그걸로 됐어."

나는 동료들을 재촉하여, 피해가 컸던 오유고크 공작 저택으로 갔다.

이동 중에 검색을 해보니, 히카루는 왕도에 없었다. 왕도의 남쪽, 포치랑 타마가 소풍을 갔던 산의 유적에 있는 모양이다. 거기에 히카루랑 시가 왕국을 건국한 사람들의 묘가 있으니까 고인에게 고민을 털어놓으러 간 걸지도 모르겠군.

"뉴~? 뭔가 와~?"

"카슝카슝하는 거예요!"

후방에서 금속음과 압착 공기 같은 소리를 내며, 다각 골렘 같은 성해종자가 길을 따라 오고 있었다. 높이가 3미터쯤 된다. 생각보다 크군.

그대로 우리들 옆을 지나, 길 너머로 사라졌다.

맵을 보니, 오유고크 공작 저택 부근에 멈춰 있는 성해거신 쪽으로 가는 모양이다.

"아직, 뭔가 있는 걸까요?"

"알 수 없지만, 조금 서두르죠."

제나 씨의 걱정도 당연한 거라, 조금 비상수단을 취하기로 했다.

"세라 씨, 잠깐 실례."

나는 그렇게 말하고 세라를 양손으로 훌쩍 들어, 공주님 안기의 자세로 들고 속도를 높였다.

아리사와 미아는 리자와 나나가 안고, 제나 씨는 바람 마법으로 달리는 속도를 높였다.

"도착~."

"인 거예요!"

선두를 달리고 있던 타마와 포치가 촤악 소리를 내면서 길 앞에 멈췄다.

"저기 벽이 부서져서 들어갈 수 있을 것 같군요."

"사토 씨, 긴급 상황이니 거기로 들어가죠."

세라의 허가를 받아서, 벽이 무너진 틈을 지름길 삼아 오유고크 공작 저택 부지 안으로 들어섰다.

시야를 가리기 위한 상록수 숲을 빠져나가자 부지 안의 전모가 보였다. 지상의 건물은 거의 다 무너졌고, 정원사들이 정돈해둔 정원도 무참한 상태다.

"로보~?"

"구경꾼이 잔뜩 있는 거예요."

한쪽 무릎을 짚은 성해거신 주변에 저택을 유린당한 오유고크 공작과 가니카 후작의 관계자나 왕국군 병사들이 모여 있었다.

그 인파를 훌쩍 뛰어넘어서, 성해종자가 성해거신 쪽으로 가는 게 보였다.

"마스터, 거미가 로보에 수납되고 있다고 고합니다."

"저건 뭘까요? 성해거신 발치의 검은 고리에 빨려 들어가듯 사라지고 있어요."

나나와 세라가 말한 것처럼, 성해종자가 성해거신에 수납되고 있었다. 성해거신은 모함 같은 기능도 있나 보군.

"보물 창고 스킬 같은 걸까요?"

"우~웅. 굳이 따지자면 공간 마법 『격납고』를 재현한 기능이 아닐까?"

세라의 의문에 제나 씨가 추측을 말하고 아리사가 다른 의견을 냈다.

분명히 아리사가 말하는 「격납고」가 가장 가까운 것 같다. 말 그대로의 의미가 가깝기도 하고.

"아리사는 박식하네요. 공간 마법은 어디서 배운 건가요?"

"엘프의 마을에 갔을 때 공간 마법을 쓰는 엘프가 몇 명 있었어."

아리사가 정확하지는 않지만 거짓말도 아닌 대답으로 세라의 의문을 얼버무렸다.

그 동안 마지막 성해종자가 구멍에 빨려 들어가고, 천천히 구멍이 닫혔다.

"뉴."

압축된 공기가 새는 소리에 반응해서, 타마의 귀가 움찔 움직였다.

성해거신의 머리 뒤쪽 해치가 열리고, 샤로릭 제3왕자가 나왔다.

"샤로릭 전하다!"

"그 거대한 마족을 토벌한 것은 샤로릭 전하였던가!"

국군 병사들 사이에서 큰 목소리가 들렸다.

""""샤로릭 전하, 만세!""""

""""시가 왕국에 영광 있으라!""""

국군 병사들 사이에서 몇 명인가 소리 모아 외치자, 주변 사람들도 덩달아 만세삼창에 참가했다.

왕자가 함박웃음을 지으며, 자신을 칭송하는 자들에게 손을 흔들었다.

"어쩐지, 아까 그 같은 옷을 입은 녀석들 같은 느낌이네."

"듣고 보니 하는 말도 같습니다."

아리사의 중얼거림에 리자도 동의했다.

그렇군. 국군병사 안에 바람잡이를 끼워둔 거구나— 어, 잠깐만. 사전에 바람잡이를 준비했다고?

그러니까—.

"왕자는 처음부터, 마족의 습격을 알고 있었나?"

"주인님, 그건—."

무심코 소리 내어 중얼거렸지만, 들린 건 옆에 있는 아리사 뿐이었나 보다.

나는 입가에 검지를 대서, 비밀이라고 전했다.

틀렸다면 왕족에 대한 비방 중상으로 위험하고, 틀리지 않았으면 다른 의미로 더 위험해.

"성녀님!"

신관 같은 인물의 목소리에 돌아보자 왕자가 나온 해치 하부에 있는 다른 해치가 열리고, 안에서 정신을 잃은 파리온의 무녀가 굴러 나오는 참이었다. 이 성해거신은 2인승인가 보군.

　맵 정보를 보니, 무녀는 사망한 건 아니지만 심신상실 및 쇠약 상태여서 대단히 위험한 상태 같았다. 배관에서 물이 새기라도 했는지, 온몸이 흠뻑 젖어 있었다.

　제3왕자는 그걸 거들떠보지도 않고 사람들의 찬사를 받고 있었다.

　참으로 그답지만, 함께 싸운 동료 정도는 염려해주면 좋겠는데.

　그런 비난의 시선을 민감하게 감지했는지, 제3왕자의 시선이 나를 보았다.

　"이쪽에 와~?"

　"카리나처럼 뛰어내린 거예요!"

　성해거신의 팔과 무릎을 중간중간 디디긴 했지만, 20미터 가까운 높이를 세 번 점프해서 내려오다니 꽤 대단하군. 그가 입은 성해동갑주의 어시스트 기능도 있겠지만, 예전의 왕자하고는 다른 모양이다.

　"어디에 숨어 있었나? 『마왕 살해자』. 마왕하고는 싸울 수 있어도, 민초나 왕국을 위해 상급 마족과 싸우는 건 무서운가?"

　"방금 미궁도시에서 돌아온 참입니다. 전하의 활약을 비공정에서 보고 있었습니다."

　갑자기 부추기기에, 사실대로 말했다.

　"변명인가? 꼴사납군."

제3왕자가 코웃음을 쳤다.

그는 이렇게 사람 열 받는 표현을 잘 하네.

무표정 스킬 선생님의 협력을 받아, 그의 비아냥을 웃으면서 완전 무시했다.

"흥. 반박도 못하는가? 시시한 애송이군."

제3왕자는 재미없다는 기색으로 주위를 둘러보고, 세라에게 시선을 멈추었다.

"지금이라면 받아줄 수 있다만?"

세라를 오만하게 내려다보며 권유했다.

"저걸 더 쓸 수 있을지 알 수가 없으니까."

제3왕자의 시선 끝에, 들것에 실려 가는 무녀 라비니아의 모습이 있었다.

"저걸? 쓸 수 있을지? 그게 함께 싸운 동료에게 할 말인가요!"

세라가 진심으로 분개했다.

동감이었는지, 동료들이 고개를 끄덕끄덕하며 세라의 말에 동조했다. 제나 씨까지.

"동료? 저건 부품이다. 성해거신을 달래기 위해서 무녀가 필요하기 때문에 쓴 것에 지나지 않아."

"그러니까, 저도 부품으로서 필요하단 건가요?"

"그렇다. 영웅의 활약에 공헌할 수 있는 것이다. 영광스럽게 생각해라!"

세라의 비난을 긍정하고, 제3왕자는 오만한 표정으로 높이 웃었다.

# 막간: 세라

"사람의 마음을 모르는 그러한 자가—."

"무녀 세라, 마음을 진정시키세요."

아까 전 샤로릭 전하에 대한 울분이 담긴 발언을 하며 노여움을 품자, 나이 든 무녀가 타일렀다.

여기는 왕도 테니온 신전에 있는 성역. 테니온 신과 교신하기 위한 성스러운 장소다.

"죄송합니다. 자신의 미숙함이 한심하네요."

언제까지고 어리석은 자에 대한 분노를 품고 있어선 안 된다.

나는 심호흡을 하고 마음을 진정시켰다.

—스읍, 하아.

조금 진정된 마음에, 추악하게 웃는 왕자의 얼굴이 스쳤다.

안 돼, 진정해야지.

—스읍, 하아.

뇌리에 그 웃음이 달라붙어 있었다.

"무녀 세라, 사랑스런 사람의 얼굴을 떠올리세요."

나이 든 무녀의 말에 무심코 사토 씨의 평화로운 미소가 떠올랐다.

어쩐지 종잡기 어려운, 그러면서도 듬직하고 신기한 미소.

"진정한 모양이군요."

"―그러고 보니."

이제 내 마음에 분노나 울분은 없었다.

"그러면, 기도하지요."

"""네."""

왕도 신전 무녀장님의 말을 듣고, 나와 나이든 무녀가 소리를 모았다.

일과인 기도를 바치는데, 녹색 빛이 뇌리에 번득였다.

이것은 조짐이다.

나는 마음을 열고, 테니온 님의 신탁을 받아들였다.

―《성해》《탑승》《위무》.

짧은 말에 겹치듯, 여러 가지 의미와 이미지가 내 마음 속에 쏟아져 내렸다.

테니온 님은 내가 성해거신에 탈 것을 바라신다.

―어째서?

미숙한 나는 테니온 님의 진의를 알 수가 없다.

"모두에게 신탁이 내렸겠지요? 아무래도, 왕도의 재앙은 낮의 마족 습격으로 끝나지 않는 것 같습니다."

무녀장님이 말하는 신탁은 나와 달랐다.

무심코 돌아본 나와 무녀장님의 눈이 마주쳤다.

"무녀 세라. 당신에게는 다른 신탁이 내린 거군요?"

"네, 무녀장님."

나는 고개를 끄덕이며 자신에게 내린 신탁을 고하고, 해석이 틀림없는지 무녀장님과 말을 나누었다.

유감이지만 의견에 차이는 없고, 무녀장님의 해석도 나와 같았다.

"틀렸다면 좋았을 텐데……."

공도 저택으로 돌아가지 않았다. 그대로 왕도의 신전에서 잠 못 드는 밤을 보낸 뒤, 고민한 끝에 신탁을 따라 샤로릭 전하 곁에 갈 것을 결단했다.


나는 사토 씨 저택으로 갔다.

샤로릭 전하 곁으로 가기 전에, 꼭 만나고 싶었다.

"안녕하세요? 세라 씨."

"사토 씨, 안녕하세요?"

그저 인사만 나누어도, 이토록 행복을 느낀다.

역시, 나는 그에게 호의를 품고 있는 거겠지.

"오후에 변장하고 왕도의 상점가를 산책하려고 합니다만, 세라 씨도 함께 가시겠어요?"

사토 씨는 의외로 날카롭다. 그리고, 어른이다.

평소와 다른 내 모습을 깨달았지만, 무리하게 이유를 캐묻지 않고 기분전환을 제안해 주었다.

분명, 내가 고민을 상담하면 그는 흔쾌히 상담을 받아줄 거야.

그리고 내가 바라는 말을 해줄 게 틀림없다.

그렇기에, 나는 그에게 자세한 말을 못 한다.

그것은 사토 씨와 샤로릭 전하 사이에, 결정적인 균열을 만드는 일이 될 게 틀림없으니까.

"사토 씨."

나는 사토 씨에게 말했다.

"사토 씨는 저를 믿어주시겠어요?"

대답은 알고 있었다.

그래서, 나는 사토 씨의 말을 기다리지 않고 몸을 돌렸다.

신탁에 따르기 위해, 그리고 시가 왕국에 쏟아지는 재앙에서 사토 씨와 왕도 사람들을 구하기 위해서.

나를 부르는 사토 씨의 목소리에 돌아보지 않고, 수라가 되는 길을 달렸다.

# 왕도 소란

"태평성대에는 내정에 뛰어난 현왕이 필요한 것처럼, 난세에는 무력이 뛰어난 영웅이 필요하다. 시가 왕국의 왕조 야마토나 사가 제국을 건국한 초대 용사처럼, 이번 「대란의 시대」에는 나— 샤로릭 시가를 세상이 바라는 것이다.

—샤로릭 시가

""샤로릭 전하, 만세!""

""시가 왕국에 영광 있으라!""

왕도에서는 샤로릭 제3왕자를 칭송하는 야회가 매일 같이 열리고 있었다.

왕도를 덮친 마왕 같은 상급 마족. 그 마족을 일축한 그를 한 번 보려고, 수많은 귀족들이 참가했다.

"경들은 봤나! 성해거신의 어마어마한 힘을!"

"봤고말고! 연말에 본 수호천룡에도 필적하는 위력이었지!"

"아니, 그것을 넘어서는 위력이 아닌가! 머나먼 산을 파헤치는 일격이라니, 천룡에게도 불가능할 것이야!"

"그럼그럼. 최후의 일격이 산을 파헤치는 것을 나는 보았어!"

호사스런 의상을 입은 귀족들이 술잔을 기울이면서 열에 들떠

213

대화를 나눴다.

소리 높여 제3왕자를 추켜올리는 것은, 문벌 귀족과 그들의 산하였다. 그 중에서도 요직에 앉지 못한 자들이 많았다.

태수부인의 연회에서 이름이 나온 전임 태수 대리 소켈의 모습은 없다.

아무리 제3왕자의 비호가 있어도, 본래 죄상을 생각하면 이런 공개적인 장소에는 좀처럼 나오지 못하는 모양이다.

"이 힘이 있으면 주변국들을 평정하고, 사가 제국마저도 거느릴 수 있는 것이 아닌가?"

"그렇고말고. 용사가 없는 사가 제국의 어중이떠중이 따위, 샤로릭 전하 앞에서는 먼지와도 같다! 사가 제국이 자랑하는 전열포함 따위, 성해거신의 광선으로 한 번에 휩쓸 수 있지."

"그러나, 군세는 그쪽이 더 많은데?"

"경은 보지 못했는가? 동갑주의 전사들과 성해거신에서 나타난 무수한 다각 골렘을."

"나는 가까이서 보았는데 어마어마하더군. 병사들이 어쩌지 못하는 붉은 밧줄의 마물을, 동갑주의 전사들은 고블린을 사냥하는 것처럼 퇴치했어."

"다각 골렘은 그 이상이야. 군벌인 나는 알 수 있지. 그것은 1기가 군용 골렘 몇 기 분량의 힘을 발휘한다!"

귀족들의 대화가 충분히 무르익었을 때, 그때까지 입 다물고 있던 한 명의 귀족이 입을 열었다.

"그 정도의 힘이 있다면, 폐하도 생각을 고치실지 모르겠군."

"생각을 고쳐?"

"물론, 새로운 왕태자—."

"그것은 불경이야!"

차기 국왕으로 현 왕태자인 솔트릭 제1왕자가 아니라 샤로릭 제3왕자를 미는 발언에, 양식파인 신사가 제지하는 목소리를 외쳤다.

"뭐가 불경이란 말인가! 이번 『마왕의 계절』은 지금까지하고는 다르다!"

"지금은 여러 마왕이 부활하며, 하늘을 찌를 법한 마물이 왕도를 습격하는 대란의 세상이다!"

"그렇고말고! 난세를 다스리는 것은 샤로릭 전하 같은 힘 있는 분이지!"

과격한 귀족들이 양식파 신사를 몰아붙였다.

"진정하게! 시가 왕국에는 용사 나나시 님이 계신다! 어떠한 재앙이든, 물리쳐주실 거야."

"분명히 용사 나나시에게는 여러 번 구원을 받았지."

"그럼. 그러니—."

"그러나! 정체도 모르는 용사에게 의지하는 위험을 경은 어찌 생각하는가! 그 자가 사가 제국이 보낸 용사가 아니라고 잘라 말할 수 있는가?"

"무, 물론이지."

문벌 귀족들의 살롱에서 종종 나오는 화제에, 양식파 신사의 어조가 약해졌다.

"용사 나나시 님이야말로, 몽정영묘에서 되살아난 왕조님—."

"그거야말로 왕조님의 이름을 사칭하는 행위가 아닌가?"

"왕조님의 이름을 칭한다고 하면, 미츠쿠니 공작이라고 칭하는 암여우가 왕과 재상을 홀렸다는 이야기를 들었지."

"경은 그 암여우가 용사 나나시의 정체라고 할 셈인가?"

"그, 그렇게까지 말하지는 않겠지만……."

그들은 미츠쿠니 여공작의 정체가 왕조 야마토 본인이라는 정보를 몰랐다.

그것은 국왕의 권위를 지키기 위해 히카루 본인의 의지로 정보를 은닉하고 있으며, 국왕이나 재상을 비롯한 나라의 상층부만 공유하고 있었다.

"애당초, 정말로 용사 나나시의 정체가 왕조님이라면, 호국의 성검 클라우솔라스가 샤로릭 전하 손에 있을 리 없지 않은가?"

"……으, 으으음."

왕조의 애검이 제3왕자 손에 있다는 사실에, 양식파 신사의 말문이 막혔다.

물론 제3왕자가 가진 성검 클라우솔라스는 완전히 가짜지만, 그들이 그걸 알 리 없었다.

"계몽 활동은 그쯤 해두게. 전하가 단상에 오르셨어."

동지가 재촉하자, 양식파 신사를 몰아붙이던 귀족들이 단상의 제3왕자 곁으로 모였다.

"나라를 우려하는 자들이여! 오늘 밤은 나를 위해 잘 모여주었다."

제3왕자가 연설을 시작했다.

그 등 뒤에는 가면을 쓴 것처럼 표정을 지운 무녀 세라의 모습이 있었다.

"제군들이야말로 진정 나라를 우려하는 자들이다! 그런 제군들이 올바른 지위에 오르지 못하는, 지금의 시가 왕국은 잘못되었다!"

그의 연설은 첫날부터 변함없는 내용이었다. 유능하다고 믿는 자신들이 정당한 평가를 받지 못하는 것에 불만을 품고 있던 귀족들에게, 영웅인 제3왕자가 자신을 긍정해주는 것의 고양감에 빠지는 것은 무엇과도 바꿀 수 없는 쾌감이었다.

"나는 여기서 맹세한다!"

길고 긴 연설로 청중이 열광할 무렵을 가늠해서, 제3왕자가 성검을 뽑아 칼날을 파랗게 빛냈다.

가까이서 본 성검의 빛에, 사람들의 눈길이 빨려 들어갔다.

"왕조 야마토가 건국하고, 긴 세월에 걸쳐 뒤틀린 시가 왕국을 지금이야말로 바로잡는다! 마왕의 제국을 없애고, 고대 프루 제국의 정통 후계국인 시가 왕국이야말로 대륙의 패자가 되기에 걸맞다!"

사람들이 열광하는 눈동자로 왕자를 보았다.

그것은 욕망을 졸여놓은 도가니가 떠오르는 눈동자였다.

"인도 받은 핏줄을 가진 자들이여! 내 깃발 아래 모여라! 그리하면 부귀영화를 누릴 수 있으리라!"

"""샤로릭 전하, 만세!"""

"""시가 왕국에 영광 있으라!"""

광란에 물든 야회장에서 양식파 신사가 몰래 빠져 나왔다.

제3왕자의 발언은 이미 국왕에 대한 반역이라고 볼 수 있는 것이었다.

"어서, 주군을 통해 국왕 폐하께 알려야 한다……."

인기척이 없는 안뜰을 빠져나가, 주차장에 있는 가문의 마차로 갔다.

"어딜 가지? 야회는 아직 안 끝났다."

그런 그의 앞을, 둥그스름한 모양의 갑옷 차림 전사가 막아섰다.

"─큭."

신사는 당황하여 몸을 돌렸지만 다리에 힘이 안 들어가 그대로 넘어졌다.

축축한 감촉과 열에 위화감을 느끼고, 시선을 떨어뜨렸다.

"다, 다리! 내 다리가!"

잘려나간 발목에서 끊임없이 피가 흘러나오고, 시야가 급속하게 어둡고 좁아졌다.

"괜한 짓을 안 하면 전하 곁에서 부귀영화를 얻을 수 있었을 것을……."

"하다못해 자비를 베풀어주지. 얼른 마무리를 지어줘라."

피에 젖은 검을 든 다른 동갑주가 동료에게 말을 걸었다.

그의 발치에는 신사보다 먼저 도망친 다른 양식파 귀족이 무참한 모습으로 굴러다니고 있었다.

◆

"주인님, 세라한테 무슨 짓 했어?"

"아니. 무슨 고민이 있는 것 같기에 기분전환을 권했는데……"

그 이후로 편지를 보내도 답장이 안 온다.

"티나 님 말로는, 제3왕자랑 같이 행동한다는데?"

"응. 그 이야기는 나도 야회랑 다과회에서 들었어."

사교계의 정보를 잘 모르는 시스티나 왕녀도 알고 있을 정도였다. 귀가 밝은 부인들과 교류가 있는 사토가 모를 리 없었다.

—사토 씨는 저를 믿어주시겠어요?

마지막에 세라와 대화했을 때의 말이, 사토의 뇌리에 메아리쳤다.

그것은 그녀가 저왕에게 빙의되기 전에 한 대화가 떠올라서, 그에게 불길한 예감을 주었다.

"오전에는 시간이 있으니까, 신전에 가볼게."

(일단, 테니온 신전을 비롯한 일곱 신들의 신전을 순서대로 돌면서, 요전에 세라가 가르쳐준 예언 말고 어수선한 예언이 내려온 게 없는지 확인하자. 각 신전에 기부를 넉넉하게 하면, 입이 가벼워지는 신관도 있을 테니까.)

"그러면 나도 갈게. 둘이 가야 이야기를 끌어내기 편하잖아?"

"고마워, 아리사."

자신을 이해해주는 동료에게 감사했다.

"싱겁긴. 나랑 주인님 사이잖아— 하지만, 그렇게까지 말한다면~"

아리사가 문어처럼 입술을 내밀고 사토에게 다가갔다.

"우웅, 금지."

그것을 작은 형체가 막았다.

"어라? 미아, 있었어?"

"응."

사토의 팔을 끌어안은 아리사를 미아가 「영차」하면서 떼어냈다.

철벽 페어는 파트너에게도 엄격하다.

"주인님. 편지가 왔어요."

"고마워, 루루. 재상 각하로군. 뭐지?"

사토가 봉납으로 발송자를 판단하고, 곧장 편지의 내용을 확인했다.

"또 괴식 요리 식사회야?"

"그거라면 좋았을 텐데……."

"뭔데? 성가신 일?"

"비밀 임무래."

사토는 편지를 아리사와 미아에게 보여줬다.

"읽어도 돼?"

"팀 『펜드래건』에 보내는 의뢰야."

아리사가 편지에 눈길을 주었다.

"무역도시 타르투미나에 입항하는 외국선의 조사라……. 어째서, 우리한테 의뢰를 하는 걸까?"

"마왕 신봉 집단의 짐을 압수하라고 적혀 있으니, 마족이나 실력 있는 호위가 있는 거 아닐까?"

"그러면 시가 8검을 파견하면 되잖아."

"그것도 그렇네."

사토는 자기가 조사에 적합하다는 걸 자각하고 있어서 의문으로 생각하지 않았지만, 지적을 받고서 임무 의뢰가 온 것을 신기하게 생각했다.

"안 적혀 있어."

미아 말처럼, 편지에는 파견 이유가 적혀 있지 않았다.

"왕도나 왕성에 마족이 나오는 상황이니, 시가 8검은 호국의 상징으로 두고 싶었던 거 아냐?"

"뭐, 그게 제일 있을 법하네."

위화감을 느끼면서도, 아리사가 납득을 표했다.

"마스터! 호송 마차가 도착했다고 보고합니다."

"주인님, 재상 각하가 파견한 마차라고 합니다."

나나와 리자가 방에 들어왔다.

"공항에 비공정을 준비했다는 전언을 받았습니다."

"준비성이 좋네. 역시 유능한 재상이라고 해야 할까?"

"외국선의 입항까지 시간이 없는 모양이다."

사토는 금방 동료들을 모아, 현관 앞에 세워둔 마차로 갔다.

짐은 스토리지나 각자의 요정 가방에 준비해 두었다.

"제나는 중간에 데리고 갈 거야?"

"아니, 팀 밖으로는 전하지 말라고 적혀 있으니까 조금 일 때문에 나갔다 온다고 전달해둘 거야."

"그러면 카리나 님이랑 세라한테도 잊지 말아."

"알고 있어."

사토는 재빨리 편지를 적어 메이드에게 맡겼다.

마차는 제한 속도를 무시하는 속도로 공항에 들어갔고, 사토 일행이 탑승하는 것과 동시에 비공정이 날아올라, 마력로를 전개하여 무역도시 타르투미나로 향했다.

그리고, 공항의 으슥한 곳에서 그것을 지켜보는 수상쩍은 사람이 있었다.

"여기는 『고귀한 혈조』, 애송이는 떠났다. 반복한다, 애송이는 떠났다."

남자는 군용 바람 마법 「목소리 전달」을 써서 어딘가로 암호문을 보내고, 으슥한 곳으로 사라졌다.

◆

"아버님, 부르셨다고 들었습니다만—."

"샤로릭이군. 들어와라."

샤로릭 제3왕자가 국왕의 집무실을 찾아가자, 그곳에는 국왕 말고 시가 8검 필두인 「부도」의 쥬레바그와 「성방패」 레이라스가 있었다.

"솔트릭 형님이나 두크스도 동석했을 줄 알았습니다만, 만의 하나에 대비하여 피난시킨 겁니까?"

제3왕자는 제1왕자와 재상이 없는 것을 야유했다.

"그것은 소문이 사실이라고 인정한다는 것이냐?"

"어떤 소문 말인가요?"

제3왕자가 한 발 앞으로 나섰으나, 문 밖에 있던 남자 한 명이 추월하여 나서더니 앞을 가로막았다.

"기다려 주세요. 패검을 맡도록 하겠습니다."

"넌 뭐냐?"

"전하가 부재중인 사이에 시가 8검을 맡게 된 제릴 모사드 남작이라고 합니다."

"흥, 『마왕 살해자』의 대타군. 물러나라— 남작 따위에게는 용건 없다."

제릴은 라이벌시하는 펜드래건 경의 대타라고 업신여기자 표정이 딱딱해졌다.

"기다리십시오. 전하께는 용건이 없어도, 이건 제 역할이옵니다."

발을 내디디려는 제3왕자에게 더욱이 제릴이 매달렸다.

"두 번 말하지 않는다."

제3왕자는 제릴을 밀쳐내고 방 안으로 나아갔다.

"기다리십—"

더욱 매달리는 제릴이었지만, 제3왕자가 돌아보면서 휘두른 주먹을 맞고 방 밖으로 날아가 버렸다.

물론 제릴도 시가 8검을 맡을 정도의 달인이었지만, 성해동갑주가 끌어올린 제3왕자의 파워와 스피드가 그것을 가볍게 웃돌았다.

"쥬레바그, 부하 교육이 부족하군."

"전하, 폐하의 집무실에서 패검이 허용된 것은 시가 8검과 근위기사뿐. 비록 왕족이라 해도, 전하는 시가 8검에서 제적되었으니 신속하게 무장을 해제하십시오."

제3왕자와 시가 8검의 필두가 마주 노려보았다.

"—됐다. 쥬레바그, 물러나라."

"하오나—."

"상관없다. 레이라스와 그대가 있으면, 어떤 자라도 내 몸에 상처를 낼 수 없겠지."

국왕의 명령을 받고, 쥬레바그는 정위치로 물러났다.

제3왕자를 경계하는지, 그는 한순간도 제3왕자에게서 시선을 떼지 않았다.

왕족에 대해 불경하다고 할 수 있는 태도에 제3왕자는 불쾌한 시선을 보내는 것으로 그치고, 집무책상에 앉아 있는 국왕 앞으로 나아갔다.

"아버님. 대란의 세상에 필요한 것은, 젊고 힘 있는 왕이라고 생각하지 않으십니까?"

제3왕자는 국왕이 말하는 소문의 내용을 확인하지 않고 이야기를 시작했다.

"소문은 사실이었나……."

국왕이 중얼거리고 무거운 한숨을 뱉어냈다.

"솔트릭이 아니라, 네가 그 자리에 걸맞다는 게냐?"

국왕이 고개를 들고 제3왕자의 눈동자를 보았다.

마치, 가족의 정을 한숨과 함께 토해내듯, 그 눈동자에는 나라를 맡은 통치자의 엄격한 빛이 깃들어 있었다.

"그렇습니다. 형님은 분명 우수하지만, 그것은 평시일 때 이야기입니다. 마왕이 차례차례 나타나고, 마족이 발호하는 대란의 세상을 극복할 수 있는 것은 무력이 빼어난 자입니다. 성검에게 인정받고 성해거신을 거느린 저야말로 그에 걸맞지요."

제3왕자는 국왕의 불쾌해 보이는 표정을 거들떠보지도 않고 말을 이었다.

"아버님도 보셨을 겁니다. 대마왕조차도 물리치는 성해거신의 힘을! 그 힘이 있으면 주변소국을 평정하고, 대륙을 제패하는 것도 꿈이 아닐 겁니다."

"그것은 시가 왕국의 국제가 아니다. 샤로릭, 다시 한번, 왕조님의 말씀을 떠올려라."

"그럴 필요는 없습니다."

자신을 타이르는 국왕의 말을 제3왕자는 한 마디로 내쳤다.

"그것은 평화를 얻은 다음의 말 아닙니까. 우리들이 대란의 세상을 극복할 때까지, 아무 의미도 없는 말입니다."

"……샤로릭."

아들의 이름을 부르는 국왕의 심중은 어떠한 것일까?

오랜 세월 함께 한 쥬레바그와 레이라스는 쓰라릴 정도로 짐작할 수 있었다.

"이미 말은 필요 없습니다. 저를 존속 살해자로 만들지 않으시려면, 이 자리에서 퇴위를 선언하고, 나에게 왕위를 양도하십시오."

제3왕자가 결별의 말을 고했다.

"전하, 그것은 국왕에게 등을 돌리는 말. 반역이라고 해도—."

"신하가 왕족의 대화에 끼어들지 마라!"

제3왕자가 쥬레바그의 말을 내쳤다.

"왕조님의 말씀을 잊은 너에게, 왕위를 양도할 일은 없다."

"그 말—."

제3왕자가 몸에 두른 성해동갑주에서 무지개색의 빛이 흘러나왔다.

이변을 감지한 쥬레바그와 레이라스가 국왕을 지키는 위치로 파고들었다.

"—후회하지 마시길."

쥬레바그가 내지른 창을, 제3왕자가 성검을 뽑아 쳐냈다.

제3왕자는 그대로 칼을 돌려 국왕을 해치고자 했지만 쥬레바그가 쓰러지며 창의 물미를 휘둘렀고, 하단 후리기에 제3왕자의 발이 걸리면서 레이라스의 성방패가 필살의 일격을 막아냈다.

《배제》.
익스클루전

국왕의 말과 동시에, 집무실에서 제3왕자의 모습이 사라졌다.

도시 핵 단말을 써서, 제3왕자를 성 밖으로 전이시킨 것이다.

"폐하, 한심한 신하를 용서해 주십시오."

"됐다. 쥬레바그, 샤로릭을…… 쳐라."

국왕은 주저한 다음, 제3왕자의 토벌을 명했다.

"알겠습니다."

쥬레바그가 집무실에서 뛰쳐나갔다.

대신 재상과 솔트릭 제1왕자가 입실했다.

"결렬되었습니까? 대체 누가 부추긴 것인지……."

"두크스. 조사는 나중이다. 폐하, 반역자에게 낙인을……."

"……솔트릭."

국왕은 치열한 대응을 요구하는 제1왕자를 달랬다.

"놈은 성해거신을 가지고 있습니다. 다행히 성 밖에서 멈춰 있습니다만, 언제 움직일지 모릅니다."

"왕조— 용사 나나시 님이라면……."

"지난번 미츠쿠니 여공작의 모습을 잊었는가? 용사 나나시가 성해거신을 앞에 두고 망설이면, 왕성은 폐허가 되고 왕도는 불바다에 가라앉을 겁니다."

국왕은 눈을 감고 고민한 다음, 도시 핵 단말을 꺼냈다.

◆

"전이당했나……."

성 밖으로 전이당한 제3왕자가 장비하고 있는 성해동갑주의 비행능력을 써서 날아올랐다.

"동작불량으로 꾸며서, 성해거신을 성 밖에 둔 것이 정답이었군."

멀리 보이는 성해거신의 위치를 확인하고, 그곳까지 비상했다.

성해거신 주위에는 동갑주를 입은 정예들과 하얀 옷에 하얀 갑옷을 장비한 부하들이 집결해 있었다.

"전하, 기다리고 있었습니다."

"무녀는?"

"테르바 공이 신전까지 회수하러— 도착한 모양입니다."

무녀 세라가 동갑주의 어깨에 짐처럼 실려서 운반되어 왔다.

"늦다, 테르바."

"미안, 전하. 신전기사들이 방해를 해서."

미안한 기색 없이 말하는 종자를 탓하지 않고, 운반되어 축 늘어진 세라에게 시선을 보냈다.

"살아 있는 거겠지?"

"물론이지."

왕자가 세라의 팔을 붙잡아 들어 올렸다.

세라의 볼이 빨갛게 부어 있었다.

"순순히 안 오니까, 조금 때리긴 했지만."

"상관없다. 살아 있으면 그거면 돼. 부조종석으로 옮겨라."

"기절한 것 같습니다만, 치료를 하지 않아도 괜찮을까요?"

"필요 없다. 이 녀석의 역할은 제어 회로의 폭주 방지다. 사고 접속을 하면 싫어도 눈을 뜬다."

왕자가 잔혹한 표정으로 고하고, 부하 한 명에게 세라를 서브 콕핏에 데리고 가도록 명한 다음 자신도 성해거신의 메인 콕핏으로 갔다.

"여전히 무미건조한 장소야."

왕자는 성해거신의 해치를 열고 메인 콕핏에 올라탔다.

콕핏이라고 해도, 딱딱한 좌석과 팔걸이 끝에 달린 보주 2개뿐이었다.

《조종자, 탑승 확인.》

어디선지 모를 목소리가 들리고, 조종석에 무수한 빛이 들어왔다.

프루 제국어의 대답이었지만, 왕자는 엘프제의 번역장치로 의미를 알 수 있었다.

"성해종자를 꺼내라."

《존명. 종자 출동.》

성해거신의 발치에 아공간 창고의 입구가 열리고, 차례차례 성해종자가 모습을 드러냈다.

"동기하라."

《존명. 사고 접속.》

"눈을 떠라, 성해거신— 네가 나설 차례다."

성해동갑주를 통해서, 성해거신과 연결된다.

왕자는 성해거신을 자신의 몸처럼 인식하고 있었다.

그는 성해거신의 발치에 모인 부하들에게 의식을 집중했다.

『들어라! 계획을 제2단계로 이행한다!』

성해거신의 외부 스피커에서 왕자의 목소리가 들리고, 부하의 시선이 모였다.

『동갑주를 장비한 자는 성해종자를 데리고 기사단의 주둔지를 제압하라.』

""""존명.""""

『다른 자들은 예정대로, 제후의 저택을 봉쇄하는 반과 행정부를 제압하는 반으로 갈라져 행동해라.』

""""존명.""""

『시가 왕국의 미래는 제군들의 행동에 달려 있다. 내 기대에

부응하거라— 가라!』

왕자의 명을 받아 병사들이 달려갔다.

《경고, 적성 개체 발견.》

"역시 최정예로군. 벌써 달려오다니—."

성해거신의 시야가 줌업되고, 귀족 저택을 가로지르며 접근하는 자들을 발견했다.

『시가 8검과 성기사단이 온다. 테르바, 네 부대로 제거해라.』

"네~에."

테르바가 이끄는 동갑주 셋과 성해종자 둘이, 동반병사 수십 명을 데리고 요격하러 갔다.

"1등이구려!"

"바람 마법으로 도약력을 강화했나? 재주 좋은 놈이군."

하늘을 나는 시가 8검 「풍인」 바우엔을 테르바가 요격하러 나섰다.

"전채는 동갑주인 것이외까?"

"너는 전채에서 끝이야."

테르바가 거대한 검을 양손으로 쥐었다.

"본관은 좋아하는 걸 먼저 먹는 주의외다."

"—뭐라고?"

의문스런 표정으로 바우엔을 올려다본 시야가 급속하게 하얀 연기에 휩싸였다.

"연기구슬? 그런 걸로—."

동갑주의 팔에 달린 휴대용 불 지팡이에서 차례차례 불꽃탄이 발사되어 하얀 연기를 날려버렸다.

순식간에 트인 시야에, 바우엔의 모습은 없었다.

"─쓰러뜨려버렸나?"

"테르바 공, 뒤입니다! 돌파 당했습니다!"

동료의 말에 돌아보자, 이미 바우엔의 모습은 성해거신의 눈앞에 있었다.

"풍인난무(風刃亂舞)이외다!"

바우엔이 공중에서 필살기를 뿜어냈다.

진공의 칼날 여러 개가 무릎을 짚고 있는 성해거신의 머리를 때렸다.

『─어리석구나.』

그러나 명중하기 직전에 나타난 구 형태의 장벽이 성해거신을 지켰다.

"진짜는 이쪽이다아아아아아!"

『흥, 신입 다음은 「풀 베기」로군─.』

성해거신의 발치에 있는 것은 시가 8검의 「풀 베기」 류오나였다.

부서진 저택의 잔해를 밟고 달려서, 거대한 전투 낫을 들어 올렸다.

"사극단죄선(死極斷罪旋)."

거대한 마물이라도 장벽째로 가볍게 참살하는 필살기지만, 성해거신의 장벽은 꿈쩍도 않고 건재했다.

『대마왕의 공격마저 견딜 수 있는 장벽을, 고작해야 풀 베는 낫 따위로 부술 수 있다고 생각했나!』

"흥! 불가능이라고 정해버리면, 아무것도 못해—."

비웃는 왕자에게 류오나가 사나운 표정으로 대답했다.

"—헤임 나리, 다음은 당신이야."

"맹호조참(猛虎爪斬)!"
타이거 클로

류오나에 이어서 필살기를 뽑아낸 것은 시가 8검인 「잡초」 헤임이었다.

『풀 베기 다음은 잡초인가? 쓸데없는 짓을.』

3연격의 필살기는 류오나의 맹공에 뒤지지 않는 것이었지만, 그래도 성해거신의 장벽에 상처를 내지는 못했다.

"헤임 공!"

자유낙하를 시작한 헤임 뒤에서, 바우엔이 바람 벽의 바람 마법으로 헤임을 밀어냈다.

헤임이 바람벽을 발판 삼아 재도약하고, 두 번째 필살기를 뽑았다.

"용각참(龍角斬)!"
드래곤 본 크러서

퍼 올리듯 베어 올리는 필살기가, 처음으로 장벽에 상처를 냈다.

"추가로 『사극단두대(死極斷頭臺)』다아아아아!"
데스 길로틴

두 번째 도약을 한 류오나가 헤임의 용각참이 만든 상처에 단발 필살기를 거듭해 맞췄다.

"—치잇."

류오나가 혀를 찼다.

『흥, 시가 왕국 최강의 시가 8검이 셋이나 모여서, 장벽에 작은 균열 하나 만드는 게 고작인가.』

왕자가 지표에 내려선 시가 8검을 내려다보았다.

그의 예상과 달리, 시가 8검들의 얼굴에는 포기한 낌새가 없었다.

『─설마.』

왕자가 동기한 성해거신이 고개를 드는 것과, **그것**은 동시였다.

"《파헤쳐라》─ 수접총(水蝶銃)!!"

초압축된 물 탄환이 나선을 그리며, 갈라진 장벽의 미약한 틈을 빠져나갔다.

『─아뿔싸!』

왕자가 반사적으로 손을 들어 얼굴을 지키려 했지만, 물의 탄환은 손가락 사이를 통과해 투구의 미약한 틈을 빠져나가, 왼쪽 안구에 명중했다.

─GWOOOOOOGZ!

성해거신이 고통에 울부짖었다.

『이노옴, 헤르미나!』

환통이 찌르는 왼쪽 눈을 누르고, 왕자가 사수─ 시가 8검인 「총성」 헤르미나에게 노여움의 원성을 질렀다.

『주제도 모르는 것이!』

─GWOOOOOOGZ!

왕자의 목소리와 성해거신의 포효가 겹쳤다.

『산산이 부서져라아아아아!』

성해거신이 손을 내미는 것과 동시에 충격파가 뿜어져 나갔다.

충격파는 장벽을 통과하여 대지를 함몰시키고, 대량의 흙먼지와 잔해를 산탄처럼 뿌렸다.

연장선상에 있던 귀족 저택이 투석기의 집중공격을 맞은 것처럼 부서져 날아가고, 부채꼴 모양의 공간을 전장의 흔적 같은 폐허로 바꾸어 버렸다.

『테르바, 다음은 맡긴다.』

왕자가 고하더니, 대답도 확인하지 않고 성해거신을 도약시켰다.

중간에 있는 건물을 분쇄하면서 나아가고, 성벽과 겹치면서 왕성을 지키는 적층장벽에 격돌했다.

성해거신의 장벽과 왕성의 적층장벽이 간섭하고, 불똥과 충격파를 주위에 뿌렸다.

"왕성의 수호는 장벽의 간섭으로는 깰 수 없는 것인가……."

왕자는 성해거신의 병기를 확인했다.

"용염이라면 깰 수 있겠지만, 그걸로 성해거신의 제어를 잃으면 의미가 없다."

상급 마족을 날려버린 무지개색의 불꽃은 부조종석의 무녀를 쓰고 버리는 비장의 수다. 가볍게 쓸 수 없다.

"그러면, 무구로 하는 수밖에 없지—"

왕자는 성해거신의 아공간 수납에서 거대한 검을 꺼냈다. 결계를 부수는데 적합한 전투 망치가 아니라 검을 고른 것은 왕자의 검사로서의 취향이리라.

거대한 검의 연타로, 왕성의 적층장벽이 섬광과 불똥을 튀기며 가죽을 벗기는 것처럼 깎여나갔다.

왕자는 성해거신의 지칠 줄 모르는 몸을 혹사시켜서 왕성의 적층장벽을 깨고자 계속 공격했다.

◆

"으~음, 화려하네~."

"테르바 공, 전하의 하명을 지켜야 합니다."

"하명이라면, 시가 8검의 시체 찾기? 이거 봐, 주변이 이런 꼴이잖아. 분명히 다진 고기가 됐을걸~."

부하의 발언에 테르바가 태평한 기색으로 대답하고, 어깨를 으쓱 올리며 잔해의 산을 가리켰다.

그것을 눈으로 좇던 부하의 시야가 와르르 무너지는 잔해를 포착했다.

"으랏차아아아아아아아아아아아!"

기합 소리와 함께 잔해가 날아갔다.

"—아하."

그걸 본 테르바의 얼굴에 웃음이 떠올랐다.

"역시 시가 8검인걸, 아직 살아 있었네."

테르바가 양손의 마검에 마인을 두르면서 다가갔다.

만신창이지만, 잔해에 휩쓸린 시가 8검 세 명은 간신히 생존해 있었다.

"후우, 반사적으로 『빛 방패(레이 실드)』를 거듭해 걸기를 잘했구려."

"바우엔, 여긴 맡긴다. 나와 류오나는 전하를 추적하지."

"알겠소이다."

바우엔의 대답을 듣고, 헤임과 류오나가 달려갔다.

"놓칠 것 같아?"

"방해는 못할 것이외다."

막아서려는 테르바를, 바우엔이 뿜어낸 진공의 칼날이 저지했다.

"—칫."

혀를 찬 테르바가 시선에 살기를 담아 바우엔을 노려보았다.

"세 명 상대로 한 명이 맞설 셈이야?"

"신참은 입장이 약한 법이라오."

"흐~응, 죽음을 각오한 거구나."

"—죽음?"

고통을 주려는 듯 말하는 테르바를 보고, 바우엔이 입가를 끌어올렸다.

"신이 났구나, 애송이."

고어풍의 점잖은 말투를 잊은 바우엔이 마도(魔刀)에 마력을 주입했다.

바우엔은 어째선지 그대로 마도를 칼집에 넣었고— 완전히 납도한 순간, 붉은 섬광이 주위를 물들였다.

"재미있는 장난감을 가지게 된 정도로 이길 수 있을 만큼, 시가 8검의 이름은 싸구려가 아닌 것이외다."

눈속임 공격을 경계한 테르바였지만, 한순간의 섬광 뒤에도 바우엔은 같은 장소에 있었다.

테르바는 기우라고 여기며 안도하는 것과 동시에, 가벼운 어조로 바우엔을 비웃었다.

"왕조님 전설에 나오는 동갑주랑 성해종자가 장난감이라고? 상황을 이해 못하는 거 웃기네."

"상황을 이해 못하는 건 자네 아니겠소이까."

"내가 뭘 이해 못했는데?"

바우엔이 말없이 마도를 살짝 뽑더니, 완전히 뽑지 않고 다시 넣었다.

철컥 소리에 이끌린 것처럼, 테르바의 등 뒤에서 풀썩풀썩 소리가 났다.

"—어?"

소리의 정체는 테르바를 따르던 두 동갑주의 투구였다.

"진정한 바람의 칼날은 누구도 볼 수 없는 것이라오."

"흐~웅, 실력을 숨기고 있었다고?"

"이건 죽어가는 자에게만 보여주는 선물이외다."

테르바는 시선을 움직였다. 바우엔의 발치에 남은 희미한 흔적을 보고 그가 말하는 「진정한 바람의 칼날」이 마력의 섬광에 숨어, 축지와 거합을 조합해서 쓰는 기술이라는 것을 간파했다.

"나한테는 안 통하거든?"

"뭐 그렇다면 조금은 즐길 수 있겠구려."

두 사람의 전투광이 각자 입술을 핥았다.

"테르바 님을 지원해라!"

"성해종자에게 지원 사격을 명해 주십시오!"

"시끄러워, 방해하지 마!"

테르바의 칼날이 아군 병사를 참살했다.

"적과 아군의 구별도 못하는 것이외까……. 참으로 미친개로소이다."

"시끄러워! 너는 내 사냥감이다!"

테르바가 순동으로 접근하여 바우엔과 격렬한 공방을 시작하고, 다른 사람의 개입을 용납하지 않는 칼날 바람이 휘몰아치는 위험지대를 만들어냈다.

"소대장, 명령을!"

"음. 우리 소대는— 쿠엑."

지시하던 도중에 소대장의 머리가 날아갔다.

"엎드려라! 저격이다! 저격당하—고옥."

이어서 부관의 머리가 날아갔다.

남은 병사들은 땅에 엎으려, 차폐물 뒤에 숨어 흉탄을 피했다.

"테르바 님! 성해종자에게 지시를! 우리들은 움직일 수가 없습니다!"

소대장과 부관을 잃은 병사들은 대기상태인 성해종자 옆에서 떠는 수밖에 없었다.

"켈른과 성기사 소대가 곧 도착할 테니까, 다음은 바우엔에게 맡기면 되겠지."

헤르미나는 혼잣말을 하고, 먼저 출발한 헤임과 류오나를 따라 이동을 시작했다.

◆

"……여기는?"

눈을 뜬 세라는 자신이 칠흑의 공간에 떠올라 있는 걸 깨달았다.

"대체 어디— 꺅!"

몸을 일으킨 세라는, 자신이 실오라기 한 점 걸치지 않은 모습이란 걸 깨닫고 양손으로 몸을 끌어안았다.

촤르륵 소리가 나서, 세라는 자신의 손발에 사슬이 연결돼 있는 것을 깨달았다.

"—감옥?"

주위를 둘러보았지만, 자신과 사슬을 제외하면 암흑밖에 없다.

"이렇게 어두우면—."

자신의 알몸을 다른 사람이 볼 수 없겠다고 안도하면서, 주위 상황을 조사하지 못하는 불편에 탄식했다.

"—이렇게 어두운데 제 몸이 보인다고요?"

세라는 몸을 감추려고 썼던 손을 눈앞으로 들었다.

그 손이 희미하게 비쳐 보였다.

"혹시, 이것은 꿈?"

적어도 현실은 아니다. 세라는 일어서서, 자신에게 이어진 사슬을 더듬어 이동을 시작했다.

"……뭔가 있어요."

어둠 속에, 작은 산 같은 윤곽이 보였다.

"거인?"

작은 산처럼 보인 것은 주저앉아 있는 거인이었다.

세라가 아는 소거인과 비교가 안 될 정도로 크다. 공도의 성을 지키는 대형 골렘보다도 거대하다.

거인은 눈가리개를 하고, 세라보다 몇 배 두꺼운 사슬에 이어져 있었다.

그 사슬은 하늘에서 늘어져 어둠 너머로 사라졌다.

『동기하라.』

사슬이 늘어진 방향에서, 들어본 목소리가 들렸다.

"이 목소리는, 전하?"

먹먹하게 들리지만 틀림없다.

《존명, 사고 접속.》

무기질적인 목소리가 대답하고, 거인과 연결된 사슬이 파란 빛을 띠었다.

거인이 불쾌한 기색으로 몸을 꿈틀거렸다.

『눈을 떠라, 성해거신— 네가 나설 차례다.』

왕자의 목소리와 동시에 거인과 이어진 사슬이 팽팽하게 당겨져, 싫어하는 거인을 억지로 세웠다.

—GWOOO.

거인의 신음 소리와 동시에, 거인의 몸에서 검은 번갯불이 흘러나와 사슬에 달라붙었다.

"혹시, 이 거인은 성해거신의 마음?"

세라는 자신이 꿈을 꾸는 게 아니라, 정신체로서 성해거신의 마음속에 있는 것을 본능적으로 이해했다.

"전하! 대답해 주세요!"

세라가 필사적으로 불렀지만, 왕자의 대답은 없었다.

그녀 말고 누군가와 대화하는 것을 일방적으로 듣게 되는 것뿐이다.

『주제도 모르는 것이!』

왕자의 외침과 함께, 하늘에서 쏟아진 채찍이 거인을 때렸다.

―GWOOOOOOGZ!

거인이 포효하자 그의 몸에서 흘러넘친 붉고 파란 빛이 사슬을 통해 하늘로 빨려 들어갔다.

그 다음에도 계속 채찍이 쏟아져 내려 거인을 때렸다.

―GWOOOOOOGZ!

거인은 사슬을 붙잡고, 분노하여 잡아당겼다.

"―꺄아아아!"

세라의 몸이 하늘로 떠올랐다.

그녀에게 이어진 사슬이 거인의 사슬과 연동된 모양이다.

―GWOOOOOOGZ!

"아윽. 으으아아아아아!"

거인이 사슬을 끊어내려 하자, 세라는 온몸이 찢어지는 격통에 시달렸다.

―GWOOO?

세라의 외침을 들은 거인이 사슬을 놓았다.

그와 동시에, 세라는 고통이 가시는 것을 느꼈다.

"……이것이, 나의 역할?"

거인이 날뛰지 않고 얌전히 만들기 위한 산제물― 그것이 왕자가 내린 세라의 역할이었다.

『출력이 부족하다. 과거의 유물이여, 힘을 더 짜내라!』

하늘에서 쏟아진 채찍이 몇 번이고 거인을 때려 마력을 짜내고, 거인은 고통에 몸부림치면서도 세라를 생각하여 사슬에 저항하지 못하고 버틴다.

"이런 건…… 너무 심합니다."

세라는 통곡하는 거인의 모습에 눈물을 흘리고, 왕자의 비정한 소행에 땅속을 흐르는 용암 같은 분노를 품었다.

◆

"저쪽으로 도망쳤다!"

서민가의 골목에 남자들의 노성이 울렸다.

"젠장! 재빠르구나아아아!"

"이대로 놓치기라도 하면, 전하께 면목이 없다."

"알고 있다. 너희들은 저쪽으로 돌아서 가라! 이 앞의 막다른 길로 몰아넣는다!"

남자들은 제3왕자의 명으로, 어떤 인물을 추적하고 있었다.

"아진, 쫓아와."

"괜찮습니다. 유생체는 우리들이 지킵니다."

바다사자 아이 한 명을 안고서 뒷골목을 달리는 것은, 나나 자매의 장녀 아진이었다.

후방을 확인하던 여동생 시스가 언니에게 보고했다.

"아진, 녀석들이 분산했다고 보고합니다."

"고마워, 시스. 포위를 하는 모양이네."

"아진, 괜찮아? 응?"

"네, 물론입니다. 당신의 언니는 이스난이 함께 있으니까요."

아진의 말에는 차녀에 대한 전폭적인 신뢰가 있었다.

추적자를 피하면서, 잔해나 쓰레기투성이의 좁은 골목을 나아가자—.

"아진, 막다른 길이라고 고합니다."

"괜찮습니다. 여기가 목적지니까요. —트리아."

아진이 말하는 것과 동시에, 막다른 길로 보인 장소에서 그녀들과 같은 얼굴을 한 아가씨가 나타났다. 자매의 3녀 트리아다.

"트리아는 준비 만전이라고 고합니다."

트리아가 으슥한 곳에서 손짓했다.

"있다! 보기 좋게 막다른 길에 몰렸군!"

"쫄랑거리며 도망을 다니다니. 수인 꼬맹이만 빼고 때려눕혀주지."

"아 기다려. 기껏 봐줄만한 얼굴이잖아. 때려눕힌 다음에 듬뿍 교육을 해주자고."

남자들은 짐승 같은 욕망이 가득한 저열한 웃음을 지었다.

"도적은 다들 같은 표정을 짓는다고 고합니다."

"트리아, 하세요."

"예스 아진. 트랩 마스터의 진수를 보여준다고 고합니다. 꾸욱."

트리아가 손바닥 위의 버튼을 누르는 제스처를 하는 것과 동시에, 여기저기서 펑펑펑 파열음이 나고 벽에 세워둔 목재가 쓰러졌다. 그걸 계기로 차례차례 장치들이 연쇄적으로 발동하여, 추적자의 머리 위에 잔해와 폐자재의 비가 쏟아져 내렸다.

참고로 함정을 기동한 것은 트리아의 이술이라, 버튼에는 아무

의미가 없었다. 굳이 따지자면 아리사에게 계몽된 트리아의 취향이었다.

"트리아는, 트리아는 미션 컴플리트라고 고합니다!"

트리아가 척 소리가 날 정도의 절도 있는 포즈로 작전 완료를 고하고, 잔해로 만들어진 계단을 가리켰다.

"탈출로까지…… 역시 트리아군요."

"예스 아진. 트리아는 칭찬을 받아 성장하는 아이라고 고합니다!"

"시급하게 탈출을 권장. 선도한다고 고합니다."

시스가 냉정하게 말하고, 막다른 길에서 탈출했다.

집들의 지붕에서 지붕으로 나아간다.

"놓치지 않는다아아아아아아아!"

전방의 지붕이 터져 나가고, 성해종자가 앞을 막아섰다.

그 등 뒤에 피투성이 추적자가 타고 있었다.

"이럴 때는 당황하거나 소란 떨지 말고, 마스터 특제 연막으로 후다닥이라고 고합니다."

트리아가 연막 구슬을 투척하는 것과 동시에 시스도 연막 구슬을 던지고, 주위가 하얀 연기로 가득 찼다.

"이노오오오오옴!"

성해종자가 주포를 마구잡이로 쏘아댔다.

열선이 집들의 지붕을 부수고, 하얀 연기를 열파로 밀어냈다.

"찾았다아아아아아아아!"

가학적인 미소를 지은 추적자 남자가 훨씬 전방에서 도망치는 아진 일행을 추적했다.

"아진, 이대로는 따라 잡힌다고 고합니다."

지붕을 함몰시키면서 따라오는 성해종자는 본래의 속도를 내지 못하고 있었지만, 그래도 맨몸으로 달리는 세 사람을 따라잡는 건 시간 문제였다.

시스가 발을 멈추고, 아이템 박스에서 애용하는 단창과 방패를 꺼냈다.

"여기는 맡기고 먼저 가라고 고합니다."

시스가 긴장된 표정으로 고했다.

"여기는 트리아와 시스가 맡을 테니, 아진은 유생체를 안전권으로."

트리아도 아이템 박스에서 꺼낸 칼날창<sup>부지</sup>을 들었다.

"두 사람, 다치면 안 됩니다."

"예스 아진."

"트리아는 『상처 모르기』를 계승한다고 고합니다."

바다사자 아이를 끌어안은 아진이 먼저 가고, 트리아와 시스가 성해종자를 기다렸다.

"사람의 몸으로 성해종자에 대항할 수 있다고 생각하지 마라 아아아!"

성해종자가 머리 부분의 촉각을 두 사람에게 겨누었다. 저것은 열선포의 포신이다.

"자유 방패라고 고합니다."

"트리아도 자유 방패를 거듭해 겁니다."

두 사람 앞에 여덟 장의 강인한 마법 방패가 생겼다.

"그 정도로 막을 수 있다 생각지 마라!"

포신에 빨간 빛이 모였다.

"—아."

트리아와 시스에게 집중하고 있던 추적자의 사각에서 무언가 둘이 뛰쳐나왔다.

"주룡 키이이이이이익이라고 고합니다."

"더블 주룡 킥이라고 정정합니다."

주룡을 탄 두 사람이 성해종자의 측면에 날아차기를 때려 박았다.

돌격의 기세를 실은 두 사람과 두 마리의 질량과 속도가, 불안정한 바닥을 나아가고 있던 성해종자를 옆으로 넘어뜨렸다.

주룡에 타고 있는 것은 시스 일행과 같은 얼굴의 여성들이었다.

"위트와 퓐프라고 고합니다!"

트리아가 막내인 위트와 5녀인 퓐프를 확인하고 기쁨의 소리를 질렀다.

"지원하러 왔다고 고합니다."

위트 일행은 지붕에서 굴러 떨어진 성해종자를 보지도 않고, 제각각 자매를 회수하여 아진을 따라갔다.

"유생체는 어떻게 되었냐고 묻습니다."

"이스난의 지휘는 완벽."

"유생체는 이스난과 피아와 함께 히카루의 저택에 피난시켰다고 고합니다."

자매는 앞서 달리던 아진을 회수하여 히카루의 저택으로 향했다.

그 도중에—.

"오늘은 다툼을 일으키는 병사가 많은 것 같다고 고합니다."

"트리아도! 트리아도 그렇게 생각해요!"

몇 갠가의 기사단 주둔지와 위병소에서, 추적자들과 비슷한 복장을 한 자들이 싸우고 있는 게 보였다.

"왕성을 둘러싼 거대한 장벽도 그렇고, 왕도에서 무슨 일이 일어나고 있군요."

장녀 아진이 주룡의 등 위에서 심각한 표정을 지었다.

"위트는 걱정 없다고 고합니다. 분명히 마스터가 어떻게든 해줄게 틀림없다고 주장합니다."

"트리아도 동감이라고 고합니다."

"후후후, 그렇군요. 그때 마스터를 도울 수 있도록, 준비를 해요."

아진은 여동생들의 말에 동의하고, 마스터인 사토를 위해 할 수 있는 일을 생각했다.

"저택이 보인다고 고합니다."

퓐프가 보고하며 주룡의 속도를 높였다.

"이쪽은 뒷문이라고 고합니다."

"정문에는 추적자의 동료가 잔뜩 있다고 고합니다."

"멈추세요. 아무래도, 뒷문에도 있는 모양입니다."

"그러면, 지름길로 간다고 선언합니다. 소~, 류~!"

위트가 주룡들의 이름을 부르고, 담을 뛰어넘어 저택의 부지 안에 진입했다.

본래는 방범 결계가 반응해야겠지만, 저택의 주인인 히카루가 손

247

님으로 등록한 아진 일행은 문제없이 통과했다. 바다사자 아이들은 등록되지 않았지만, 아진 일행과 함께라서 통과된 모양이었다.

"이스난과 피어를 발견했다고 고합니다!"

먼저 도착한 두 사람은 평상복에서 백은 갑옷으로 갈아입은 상태였다.

"유생체도 함께라고 보충합니다."

트리아와 위트가 손을 흔들면서, 먼저 도착한 자매와 합류했다.

바다사자 아이들이 서로 끌어안는 모습을 자매가 만족스러운 표정으로 지켜보았다.

"어? 하치코?"

부스럭 소리가 나고 수풀 사이에서 검은 머리 소년이 고개를 내밀었다.

"위트는 존을 발견했다고 고합니다."

"오랜만이군요, 존스미스."

"그래, 오랜만이야. 어디서 들어본 시끄러운 목소리가 들리기에 보러 왔지."

자매들과 외팔이 소년, 이제는 의수 소년인 존스미스가 서로 재회를 기뻐했다.

"존은 히카루에게 길러지고 있나요라고 묻습니다."

"히카루? 그건 누구야? 나는 미토가 숨겨주고 있어. 이상한 귀족한테 찍혔거든."

"히카루는 미토라고 고합니다. 그보다도―"

위트는 존의 의문에 대답한 다음, 더욱 중요한 것을 떠올리고 어조가 강해졌다.

"위트는 하치코가 아니라 위트라고 정정합니다. 마스터가 붙여 줬다고 자랑합니다."

"트리아는! No. 3는 트리아로 명명됐다고 고합니다!"

"저도 아진이라는 이름을 받았습니다."

위트가 이름을 밝히자, 다른 자매들도 차례차례 현재 이름을 존에게 알렸다.

"기다려, 기다려! 그렇게 갑자기 말해도 다 기억 못해!"

존의 외침과 동시에 저택의 외벽이 날아갔다.

"대체 뭐야?"

"성해종자가 난입해왔다고 고합니다."

외벽을 부순 것은 다각 골렘— 성해종자였다.

"찾았다아아아아아아아아!"

성해종자의 등에 탄 추적자의 하얀 외투가 피투성이였다.

"어떻게 추적했느냐고 묻습니다."

"후하하하! 이 어리석은 것들! 그 주룡이 떨군 똥을 따라가면 어디로 도망쳤는지 명백하다!"

—CWUEE.

주룡들이 면목 없다고 말하는 표정으로 울었다.

"소랑 류 탓이 아니라고 고합니다."

"자연의 섭리에는 거스를 수 없다고 위로합니다."

위트 일행이 주룡을 위로했다.

"에잇! 촌극은 끝이다! 마침 딱 좋군. 연구소에서 의수를 가지고 도망친 애송이도 있지 않나!"

"으엑, 소켈!"

남자— 소켈이 존을 발견하고, 복수심에 타오르는 표정으로 노려보았다.

소켈은 존과 함께 성해거신을 탐색한 귀족 청년이었다.

"존, 절도는 좋지 않다고 고합니다."

"빌리고 튀는 건 안 된다고 질책합니다."

소켈을 무시하고, 위트와 트리아가 존을 야단쳤다.

"아니야. 저주로 떼질 못해. 자칫하면 살해당할 참이었다고."

"원수는 외나무다리에서 만난다더니! 네놈 탓에 전하를 실망시킨 원한을 갚아주마!"

소켈의 명을 받아, 성해종자가 열선포의 포신을 존 일행에게 겨누었다.

"포메이션 S! 전원, 방어형태를 취하라."

"""예스 아진."""

장녀가 명령하자 자매들 모두 이마에 마법진이 떠오르고,「자유 방패」의 이술을 발동했다.

합계 33장의 강인한 마법 방패가 나타나, 성해종자의 열선포를 받아냈다.

"으그으으으!"

격렬한 불똥과 함께, 자유 방패가 바깥쪽부터 한 장, 또 한 장씩 부서졌다.

"이대로는 돌파 당한다고 경고합니다."

열선포가 오버 히트되는 것이 먼저인지, 자유 방패가 모두 부서지는 게 먼저인지. 그야말로 치킨 레이스의 양상이었다.

"위기 상황으로 판단. 은닉 장비를 사용합니다. —팔랑크스!"

차녀 이스난이 백은 갑옷의 은닉 장비를 사용했다.

자유 방패하고는 한 차원 다른 사토 특제 1회용 방어 방패가 열선포를 완전히 무력화했다.

"말도 안 돼. 성해종자의 열선포를 받아내?"

녹아버린 포신이 작은 폭발을 일으켰다.

"아직이다! 아직 버서커 모드가 남아 있다!"

소켈은 사용이 금지되어 있던 제어장치 해제 버튼을 눌렀다.

"모든 다리가 변형되어 검이 됐다고 고합니다."

"저런 것보다 쿠모스케가 더 강하다고 고합니다! —권속 소환!"

위트가 앞으로 나서 전력으로 스킬을 썼다.

권속 소환, 그것은 테이머인 위트가 레벨 30일 때 배운 종마를 소환하는 레어 스킬이었다.

그러나, 포즈를 취한 위트 주위에 뭔가 소환되는 낌새가 없었다.

"다진 고기로 만들어주마!"

성해종자가 저택의 잔디를 성대하게 뒤집으면서 돌진했다.

"위험해!"

위트가 치이기 직전에, 옆에 있던 존이 억지로 손을 잡아끌어 성해종자에게 치이는 걸 막아냈다.

"쿨타임이라 권속 소환이 캔슬됐다고 고합니다."

"존에게 감사를. 위트, 소환은 포기하세요."

존과 자매들은 종횡무진으로 달리는 성해종자를 회피했다.

성해종자 위에서는 소켈이 희열에 찬 표정으로 뭔가 쉴 새 없이 말하고 있지만, 성해종자가 정원을 경작하는 소리에 지워져서 존과 자매들의 귀에는 들리지 않았다.

"전원, 이력의 창을 전력 사출."

"""예스 아진."""

자매들이 중급 공격 마법인 이력의 창을 성해종자에게 쏘았지만, 모두 성해종자를 뒤덮은 적층 장벽이 막아 버렸다.

"카리나 같다고 고합니다."

"분명히 『라카의 수호』와 비슷하군요."

자매의 공격은 안 통하고, 이대로는 마력이 떨어져서 밀리게 될 법한 낌새가 짙어졌다.

"이대로는 위험해……."

존이 은색 의수에 시선을 돌렸다.

"하치코! 시간 벌어줘!"

"예스 존. 하지만 하치코가 아니라 위트라고 정정합니다."

존은 위트에게 대답하지 않고, 왼팔의 의수에 달린 몇 개의 봉인을 뜯어냈다.

"성해좌완, 《기동》."

부웅 소리가 나고, 의수 위에 무지개색 빛이 흘렀다.

"크으으. 이것이 왕조 야마토가 가지고 있던 성해동갑주의 힘인가……."

의수에 깃든 방대한 힘에, 존이 공포를 느꼈다.

"내가 제어할 수 있나?"

불안을 느낀 존의 시야에, 거대한 성해종자와 싸우는 위트 자매들의 모습이 보였다.

"……아니, 하는 수밖에 없어."

그것이 자신을 신뢰해주는 자매들에 대한 증거다.

존은 결사의 각오로, 왼팔에서 날뛰는 힘을 억눌렀다.

"성해좌완, 《전개》."

의수의 커버가 열리고, 안쪽에 수납되어 있는 몇 개의 파이프가 부채꼴 모양으로 튀어나와 지시봉처럼 뻗었다.

뻗은 파이프 위에 전류의 불똥이 흐르고, 엷은 무지개색의 빛이 천천히 층을 거듭했다.

"못 한다! 못 한다아아아아아아아!"

존이 하려는 걸 깨달은 소켈이 짐승 같은 형상으로 성해종자에게 마술적인 채찍질을 했다.

기세가 늘어난 성해종자의 맹공을 자매들이 은닉 장비를 거듭 사용해 밀어냈다.

그러나, 그것도 계속 버틸 수는 없다.

"존, 아직인가요라고 묻습니다."

"—조금만 더."

존의 이마에 구슬땀이 떠오르고, 의수가 이어진 팔에 혈관이 검푸르게 떠올랐다.

성해좌완의 파이프가 두른 무지개색의 빛은 다른 파이프의 빛과 합류하여 성해좌완 전체를 감쌌다.

"지금이다! 옆으로 뛰어!"

존의 지시와 동시에 자매가 일제히 거리를 벌렸다.

"성해좌완, 《용염섬》."

무지개색의 섬광이 굉음과 함께 성해좌완에서 쏘아져 나갔다.

빛은 성해종자의 장벽을 한순간에 관통하고, 격돌한 본체를 용해시키고, 순식간에 증발시켰다.

그것은 제3왕자가 뿜어낸 성해동갑주의 「용염섬」보다 훨씬 낮은 위력밖에 없었지만, 그래도 성해종자를 해치우기에는 충분한 위력을 가지고 있었다.

"······해냈다."

존은 미약하게 남은 성해종자의 잔해를 보며 말하고, 눈이 뒤집히면서 기절했다.

""""존!""""

쓰러진 존에게 자매가 달려가, 급하게 백열하는 의수를 식히고 존에게 마법약을 뿌렸다.

존이 다음으로 눈을 떴을 때, 그는 온몸이 붕대로 칭칭 감겨 있는 자신을 깨달을 것이다.

물론, 소동은 여기서만 일어나는 것이 아니었다.

◆

"왕태자 전하의 요청이다. 무노 백작가 차녀 카리나를 왕성에 출두시켜라."

왕도의 무노 백작 저택 응접실에서, 왕태자의 사자라고 자칭하는 귀족 여성이 오만한 표정으로 명했다.

그녀를 상대한 것은 「철혈」 니나 로틀 집정관이었다.

"솔트릭 전하가 무슨 용건이지? 시집도 안 간 아가씨를 왕성으로 부르는 거잖아. 그에 걸맞은 이유가 있는 거겠지?"

"솔트릭? 제1왕자 전하는 상관없어요."

단언하는 귀족 여성에게 니나는 의문스럽게 눈썹을 찌푸렸다.

"어엉? 그럼 누가 상관있는데?"

"당연히 명하신 것은 위대한 영웅, 왕태자 샤로릭 제3왕자 전하십니다."

"뭔 소리를 하니? 나는 샤로릭 전하가 왕태자가 되었단 이야기를 전혀 들은 바가 없는데? 어느새 정해진 거니?"

"오늘입니다."

그런 사실은 없지만, 간부에게 그렇게 들은 귀족 여성은 그것이 사실이라고 철썩같이 믿고 있었다.

"그렇군. 일단 무슨 얘긴지는 알았어."

"이해를 해주신 모양이니, 신속하게 카리나 공을 데리고 오세요."

"거절한다."

"—네?"

니나가 딱 잘라 거절한 것을 이해 못하고 귀족 여성이 굳어버렸다.

"이해할 수가 없어요. 이것은 대단히 명예로운 일입니다."

"여자 버릇이 안 좋은 쓰레기 왕자한테 무노령의 귀중한 애를

줄 생각은 없어. 그래도 데리고 갈 거라면, 정식으로 절차를 밟아라! 결혼을 신청하는 거라면, 무노 백작에게 말은 해주지!"

"쓰, 쓰쓰쓰쓰, 쓰레기 왕자라고요오오오!"

귀족 여성이 어깨를 들썩이며 일어섰다.

"시집도 안 간 백작영애를 가지고 놀다가 백작령 하나가 등돌리게 만들 뻔한 바보한테는 당연한 평가인데? 린그란데 양에게 버려진 주제에, 잘난 듯이 바보 같은 소리를 지껄이지 마라!"

"부, 불경합니다! 왕태자 전하에 대한 불경은, 국가에 대한 반역과 같은 행위입니다."

제3왕자의 목적은 카리나 자신이 아니라, 카리나가 장비하고 있는 프루 제국 시절의 유물 「지성이 있는 마법 도구」인 라카지만, 그것을 전달 받지 못했기 때문에 괜히 이야기가 꼬이는 결과가 나왔다.

"그런 얘기는 들어본 적도—."

귀족 여성을 부추기는 니나의 귀에, 건물이 부서지는 굉음이 울렸다.

"아무래도, 부하가 카리나 공을 확보한 모양이군요."

"—뭐라고?"

흐트러진 니나를 보고 속이 시원해졌는지, 귀족 여성이 씨익 희열에 찬 미소를 만들었다.

"동갑주 둘과 숙련된 병사 십 수 명입니다. 『저주받은 영지』의 약해빠진 병사들 따위로는 저지할 수 없어요."

승리를 뽐내는 귀족 여성의 소리를 등 뒤에서 들으며, 니나는 응접실의 창문을 열고 굉음이 난 쪽을 확인했다.

"……이럴 수가 있나."

"걱정하지 않아도, 영애가 다치는 일 없도록 명령을─."

니나의 뒤에서 고개를 내민 귀족 여성이 예상 밖의 광경에 입을 쩍 벌리면서 놀랐다.

"카리나 키이이이이이이이이이이이이이이이이익!"

유성처럼 하늘에서 내려온 카리나의 발차기가 동갑주에 격돌하고, 날아간 동갑주가 정원의 잔디를 파헤치며 외벽에 파고들어 움직임이 멈추었다.

『카리나 님! 동갑주는 또 하나 있다!』

"물론, 기억하고 있답니다!"

완전히 침묵한 동갑주에서 몸을 돌리고, 카리나는 저택 쪽을 돌아보았다.

"우와이아우, 동갑주는 무리무리무리임다!"

"에리나 씨! 이상한 소리 지르지 말고, 건물 밖으로 유도하는 거 도와주세요."

저택 안에서 단창을 든 메이드 두 명이 달려 나왔다.

다만, 입구에서가 아니라 벽에 뚫린 구멍으로다.

"알고 있슴다. 신입. 병사들도 이제 정리했슴까?"

"단련도가 낮아서 편했어요. 카리나 님! 다음이 옵니다!"

다음 순간, 저택 벽의 구멍을 넓히듯 동갑주가 뛰쳐나왔다.

"단단한 적은 다리 후리기임다! ─발목 깎기!"
<sub>앵클 모우</sub>

에리나가 단창으로 필살기를 써서 발목을 깎아내려 했지만, 동

갑주는 구 모양 방어장벽으로 버티며 억지로 돌진하려 했다.

"또 갑니다! 발목 깎기!"

그때 신입 아가씨가 같은 곳에 필살기를 중복시켜, 이번에야말로 동갑주의 발을 걸어 넘어뜨리는데 성공했다.

데굴데굴 구르는 동갑주 앞을 카리나가 막아섰다.

『카리나 님, 일단 장벽 무효화다.』

"네, 라카 씨!"

카리나가 자세를 낮추며 발을 멈추더니, 주먹을 쥐었다.

그 주먹에 라카가 장벽을 거듭해 걸어, 마술적인 너클 가드를 만들었다.

"카리나 너크으으으으으으으으으을!"

순동의 가속을 실어 파고들면서, 그 위력을 모두 주먹으로 전달했다.

카리나가 주먹에 두른 장벽이 동갑주의 장벽에 간섭을 일으켜 구멍을 뚫고, 기세를 살린 채 모든 에너지를 동갑주의 장갑에 때려 박았다.

금속과 금속이 부딪히는 새된 굉음과 불똥이 주위에 흩어지고, 카리나의 주먹이 팔꿈치까지 파고들었다.

"—앗."

상대를 죽여 버린 게 아닌가 하여 카리나의 표정이 창백해졌지만, 다행히 주먹은 둥그스름한 동갑주의 구조체만 관통하고 장착자의 육체에 치명적인 손상을 주지 않았다.

"말도 안 돼! 동갑주를 영애가 맨손으로 파괴하다니!"

니나 옆에서 전개를 지켜보던 귀족 여성이 외쳤다.

그 목소리에 제정신을 차린 카리나가, 부서져서 움직이지 않게 된 동갑주에서 팔을 뽑고 「처벌, 이랍니다」 하고 말하며 포치가 가르쳐준 승리 포즈를 취했다.

"역시 카리나 님임다."

"에리나 씨, 실내의 병사들을 포박하러 돌아가죠."

"어? 조금 더 승리의 여운을 맛봐도—."

"됐으니까 어서요."

신입 아가씨가 에리나의 팔을 끌고 저택 안으로 돌아갔다.

"카리나 공!"

그런 두 사람 등에 니나의 외침이 들렸다.

아무래도 신입 아가씨는 니나가 호통을 치기 전에 시야에서 도망치고 싶었던 모양이다.

"저택의 건축이나 정원의 정비에 얼마가 들었다고 생각하니!"

완성한지 얼마 되지도 않은 건물의 벽에 커다란 구멍이 뚫리고, 정원에는 무참하다는 말밖에 안 나오는 싸움의 상처가 새겨져 있었다. 첫 동갑주가 격돌한 외벽도 상당히 넓은 범위로 수리가 필요할 것이다.

"무, 무례한 자를 퇴치했을 뿐이랍니다."

『니나 공, 카리나 님의 행동은 정당방위였다고 내가 보증하지.』

"라카 공까지……."

저택의 수리비를 상상하고, 니나가 어깨를 떨구었다.

그 등 뒤에, 남자 한 명이 닌자 같은 몸놀림으로 나타났다.

"집정관 나리. 저택 안에 침입한 병사가 아닌 수상한 자를 모두 처리했다."

남자— 전직 미스릴 탐색자의 척후인 마모트가 고용주에게 사후보고를 했다.

"마모트군. 여전히 일 처리가 빨라."

"다음은 저 자뿐인데, 해치울까?"

"저쪽은 일단 사자라고 하니까 이대로 쫓아낼 거야."

마모트가 나타났을 때처럼 모습을 감추고, 귀족 여성이 황급히 마차에 올라타 도망치듯 저택을 떠났다.

"그건 그렇고, 라카 공이 있다지만 무적동갑주 둘을 상대로 완승이라니…… 카리나 공도 강해졌군."

메이드들의 찬사를 받아 심하게 우쭐해진 카리나를 바라보고, 니나는 감개를 느끼며 중얼거렸다.

"그런데, 너무 강해서 시집보낼 곳이 없어."

니나가 깊은 한숨을 내쉬고 창문을 닫았다.

"이제는 진짜로, 사토에게 보내는 수밖에 없겠어."

농담인지 진심인지 알 수 없는 혼잣말로 투덜거리고, 이번 일을 보고하러 무노 백작의 집무실로 향했다.

◆

소동은 무노 백작 저택이 아닌 곳에서도 일어나고 있었다.

"여기가 세류 백작의 저택이라는 걸 알고 저지르는 무례인가!"

왕도의 세류 백작 저택 문 앞에서, 영내 최강으로 이름 높은 키고리 경과 샤로릭 제3왕자 휘하의 병사들을 이끌고 온 귀족 청년이 말싸움을 하고 있었다.

 "무례란 것은 듣기 안 좋습니다. 저희는 세류 백작 저택을 경비하기 위해 파견된 자들입니다."

 "개도 듣고 웃을 소리군! 네놈들은 우리들을 저택에 가둬두고 싶은 것뿐이지 않나!"

 여기는 왕성의 정문에서 떨어져 있기 때문에, 왕성의 장벽은 보여도 그것을 때리는 성해거신은 사각이 되어 보이지 않는다.

 그래도 왕성 너머에서 들리는 이상한 소리와 왕성을 둘러싼 장벽이라는 이상사태의 원인을 알기 위해, 키고리 경 일행이 정찰을 가려는데 그들이 방해하는 것이다.

 "그것은 오해입니다. 저희들은―."

 귀족 청년이 중간에 말을 끊었다.

 저택의 정문에서 세류 백작이 기사들을 이끌고 모습을 드러냈기 때문이다.

 게다가, 백작은 완전무장을 하고 전쟁에 출진하는 것 같은 모습이었다.

 "보는 것처럼, 내 저택에 호위는 필요 없다."

 "그, 그럴 수는 없습니다. 저희들은 샤로릭 제3왕자 전하의 명을 받아―."

 말하는 도중에, 세류 백작이 한 손을 올렸다.

 그것만으로 사수가 활을 당기고, 마법사가 지팡이를 겨누며 영

261

창을 시작했다.

"—와, 왕국에 반기를 들 셈인가!"

"문답은 필요 없다. 어리석은 자의 시간 끌기에 어울려줄 생각
은 없다."

백작이 냉혹한 목소리로 선언하고, 팔을 휘둘러 내렸다.

차례차례 화살이 날아가고, 귀족 청년이 허둥지둥 도망쳤다.

애당초 명중시킬 생각이 없는 공격이라, 귀족 청년을 비롯하여
끌어 모은 병사들에게 부상자는 없었다.

"왕성으로 간다."

백작이 애마를 타고 부하에게 명했다.

기승하여 높아진 시야에 불쾌한 것이 보였다.

"후하하하하! 왕조님이 남기신 무적동갑주 앞에서, 화살도 마
법도 의미 없다!"

그것은 동갑주를 입은 귀족 청년이었다.

그의 등 뒤에는 더욱이 동갑주 둘이 더 대기하고 있었다.

"키고리, 어릿광대 상대를 하고 와라."

"예."

백작의 명을 받은 키고리 경이 앞으로 나섰다.

"소문으로 이름 높은 키고리 경이라 해도, 고작 혼자서 동갑주
를 셋이나 상대할 수 있을까요?"

"보는 것처럼 혼자가 아닌데?"

"그만 두십시오. 쓸모없는 기사와 병사가 몇 명 있든 부상자가
늘어날 뿐입니다."

"그럴까?"

"네, 그럼요. 방금 전에도 말했지만, 동갑주에는 화살은커녕 어중간한 마법도 통하지 않습니다."

"큭큭큭. 그 방심 탓에 위험해지는 거야."

"이것은 절대강자의 여유라는 것이죠."

우쭐거리는 귀족 청년과 대치한 키고리 경의 귀에, 지팡이로 지면을 때리는 딱딱 소리가 들렸다.

"아무래도, 시간 끌기는 끝났나 보군."

키고리 경이 순동 스킬을 발동했다.

—뒤로.

"제나!"

"추락 선풍 망치!"
<sub>폴른 허리케인 해머</sub>

하늘에서 쏟아져 내린 고압축 대기의 강렬한 일격이, 세 동갑주를 구형 장벽과 함께 땅으로 짓눌렀다. 그 위력은 하급 마법인 「추락기류 망치」와 차원이 달라, 여파만으로 주위의 병사들을 날려버려 혼절시킬 정도였다.
<sub>폴른 해머</sub>

과부하를 견디지 못했는지, 구형 장벽이 부서졌다.

"으그그, 이 정도로 동갑주는 지지 않는다."

충격파 탓에 만족스럽게 움직이지 못하는 상태에서, 귀족 청년이 패배를 인정하지 않고 말했다.

그런 그들에게 더욱이 추가 공격이 쏟아져 내렸다.

"낙뢰!"
<sub>콜 썬더</sub>

벼락 마법사 루돌프가 뿌린 낙뢰가 장벽을 잃은 동갑주를 때

렸다.

평범한 병사라면 일격으로 행동불능에 빠지는 치사성의 공격이지만, 동갑주의 높은 방어력 덕분에 버틸 수 있었다.

"루돌프의 공격으로는 약한가……."

"아뇨. 이번에는 딱 좋은 위력입니다."

키고리 경이 질풍 같은 속도로 마비된 동갑주들에 달려가, 마인을 두른 검으로 팔다리의 힘줄을 무자비하게 절단했다.

"으캬아아아아아아아아!"

귀족 청년의 절규가 솟아오르자, 그들을 따르던 병사들이 두려움에 한 명씩, 또 한 명씩 도주를 시작했다.

"동갑주를 벗기고 포박해둬라."

키고리 경이 아군 병사들에게 명령하고, 방심 없이 길 너머를 노려보았다.

"다른 영주 저택에도 제3왕자의 병사가 간 모양입니다."

"음. 그렇다면 이 참에 은혜를 베풀러 가야겠군."

세류 백작은 장벽이 수호하는 왕성을 한 번 본 다음, 부대를 이끌고 인접한 카게우스 백작 저택과 크하노우 백작 저택에 가기로 했다.

"제나, 펜드래건 경이 걱정되나?"

백작은 동행하는 마법병 제나가 울적한 표정을 짓고 있는 것을 보고 말을 걸었다.

"아뇨, 사토 씨— 펜드래건 자작은 일 때문에 왕도를 떠나 있습니다."

"그렇군. 그건 운이 좋아…… 아니, 너무 좋군."

백작이 생각에 잠긴 표정을 지었다.

"사토 씨는 아닙니다! 제3왕자 전하 세력에 기우는 일은—."

"알고 있어. 아마도, 펜드래건 경은 사전에 왕도에서 쫓겨난 것일 터이지."

"쫓겨나요?"

"그래. 적당한 임무 따위를 꾸며내서 말이야."

왕성 너머에서 들리는 굉음에 세류 백작은 불쾌한 기색으로 표정을 찡그렸다.

"『마왕 살해자』가 왕도에 있으면 정변도 실행하기 어려울 테니까."

백작이 그렇게 결론을 내리고, 원군으로 출진했다.

◆

『주제넘게 방해하지 마라아!』

성해거신이 뿜어낸 충격파가 거대한 20미터급 골렘을 산산이 부숴 날려버렸다.

이미 첫 번째 외벽이 돌파 당하고, 성해거신은 두 장째 외벽을 따라 펼쳐진 적층 장벽에 달려들었다.

"—위험해라."

"이건 당해낼 수 없겠구려."

골렘과 연계해서 성해거신과 싸우고 있던 시가 8검 「풀 베기」 류오나와 「풍인」 바우엔이 날아가 버렸다.

"—용각참!"

시가 8검 「잡초」 헤임이 탑을 받침대로 필살기를 썼지만, 그것은 성해거신의 두꺼운 구형 장벽에 상처만 내고 끝났다.

"저렇게까지 크면 손을 쓸 수가 없겠소이다."

"어쩔래? 헤임 나리. 이렇게 움직여 대면 다가갈 수도 없고, 헤르미나의 총이랑 맞출 수가 없어."

"함정을 팔 장소라도 있다면……."

평소부터 거대한 마물을 퇴치하는 시가 8검이라지만, 성해거신 상대는 또 다른 모양이다.

"마법은?"

"처음 장벽이 파괴되기 전에 시가 33지팡이가 의식 마법을 썼는데, 모두 반사돼서 안 통했다."

그 결과가 저거라고 하며, 헤임이 앞뜰과 저택 일부가 잔해의 산이 되어 있는 귀족 저택을 가리켰다.

"골렘도 저 꼴이고, 성의 대형 마력포도 구형 장벽을 돌파하지 못한다면, 정말로 손을 못 쓰겠소이다."

"에잇. 꾸물거리며 생각해 봐야 아무것도 안 된다! 일단 부딪쳐 보자!"

"그건 사고정지 아니외까?"

"동감이지만, 타개책이 떠오르지 않는 이상, 발버둥치는 수밖에 없겠지."

달려가려는 세 사람 앞에 사람의 형체 하나가 나타났다.

"누구냐!"

"에치고야 상회에서 도우러 왔습니다. 샤루루룬이라고 합니다."

"샤루루룬? 괴도가 무슨 일로 이런 장소에?"

"괴도는 은퇴했습니다."

의심스럽게 묻는 류오나에게, 샤루루룬이 즉시 대답했다.

"기다려봐라, 류오나. 여자, 너는 에치고야 상회의 심부름꾼인가?"

"맞습니다. 좀처럼 공격을 못하고 있는 여러분을, 저 꼭두각시 발치로 보내 드릴까 해서요."

"보내준다고? ─그렇군, 신출귀몰한 샤루루룬. 전이의 기프트를 가졌나?"

"틀렸습니다. 전이를 가진 건 전직 괴도 피핀 쪽이죠. 그보다도, 이쪽으로─"

샤루루룬이 시가 8검들에게 손짓을 했다.

"─지하도를 통해서 저기로 안내하죠."

"보내줘! 지금 당장!"

"알겠습니다."

샤루루룬의 안내를 받은 시가 8검이 어슴푸레하고 좁은 통로를 달려갔다.

그곳은 성해거신의 구형 결계 안쪽. 그들 눈앞에 성해거신의 발꿈치가 있었다.

"류오나!"

"그래! ─사극단죄선!"

류오나가 뿜어낸 전투 낫의 난무가, 발꿈치를 뒤덮은 두꺼운 장갑을 찌그러뜨렸다.

"맹호조참!"

헤임의 3연격 참격이, 류오나의 필살기로 찌그러진 장갑을 날려버렸다.

"―바우엔!"

"부드러운 내장이라면 맡기는 것이외다! ―풍인난무!"

바우엔의 필살기가 장갑 안쪽에 있던 인공 근육과 순환액의 파이프를 절단했다.

"보였다! 사극단두대!"

일격필살인 류오나의 필살기가 인공근육 안쪽에 있는 관절을 때렸다.

"칫, 단단하군."

신장 35미터나 되는 거체를 지탱하는 발꿈치 관절은 여간 튼튼한 것이 아니었다.

그래도, 류오나의 일격은 관절에 균열을 만드는데 성공했다.

"다음은 맡겨라! ―용각참!"

용의 뿔마저 절단한다는 헤임의 필살기가, 류오나가 만든 균열을 깊게 넓혔다.

"아다만타이트 마검으로도 부족한 것인가……."

"그렇지도 않은 모양이외다."

눈앞에서 관절의 균열이 벌어졌다.

성해거신 자체의 체중이 왜곡과 균열을 벌린 것이다.

"위험해."

위를 올려다본 류오나가 중얼거렸다.

밸런스가 무너진 성해거신이 쓰러진다.

"빨리, 이쪽으로!"

손짓하는 샤루루룬이 있는 지하도로, 시가 8검들이 전력으로 뛰어들었다.

어떻게든 성해거신에게 깔리는 건 회피했다.

"아슬아슬했소이다."

"그래, 위험한 참이었―."

그러나, 안심하기에는 조금 일렀다.

"헤임! 도망쳐!"

후방에 진을 치고 있던 헤르미나가 확성 마법 도구로 외쳤다.

다음 순간, 헤임 일행이 있던 장소가 송두리째 날아갔다. 성해거신이 뿜어낸 충격파다.

집속을 일부러 느슨하게 한 충격파는 회피 행동을 한 헤임 일행을 한꺼번에 날려버렸다.

『이 역겨운 잡초놈들.』

샤로릭 제3왕자는 역겹다는 기색으로 내뱉고, 확인사살을 하려고 헤임 일행이 있을 장소에 짜증을 섞어 충격파를 연타했다.

『―뭐지?』

왕자는 뇌리에 보고되는 정보에 의식을 돌렸다.

『성해종자의 수가 줄어들고 있잖아?』

뇌리에 떠오른 정보에 왕자는 눈썹을 찌푸렸다.

『무능한 놈들. 그 정도의 전력을 내려줬거늘, 주둔지나 영주의 병력조차 제압하지 못하는 건가.』

짜증을 내는 왕자의 뇌리에 성해종자들이 보낸 광경이 비쳤다.

이미 왕자가 보낸 부대의 대부분이 격퇴되고, 각기사단이 정연하게 왕성으로 집결하기 시작했다.

『그다지 쓰고 싶지 않았다만, 그럴 수가 없는 상황이군..』

왕자가 중얼거리고, 성해거신의 거대한 검을 치켜들며 정신을 집중했다.

그는 성해거신이 폭주하는 리스크를 지더라도, 시급히 왕성을 공략하는 것을 골랐다.

『성해거신의 진가를 보여주마―.』

거대한 검이 파랗게 빛나고, 그 청색에 성해거신이 두른 무지개색의 빛이 섞였다.

―GWOOO.

성해거신 안에서, 신음 소리 같은 소리가 울렸다.

『용염검..』

―GWOOOOOOGZ!

성해거신이 거검을 일섬하자 무지개색의 검섬이 뿜어져 나와, 눈앞의 제2방벽 수호 결계를 베어내고 제3, 제4의 수호결계도 돌파했다.

그 너머에 있는 흉벽탑 하나가 번득였다.

『―용린벽!』

왕자의 말과 동시에 성해거신 앞에 방패가 나타나, 날아온 불꽃탄을 받아냈다.

『비장의 수인 마포를 쓰다니―.』

성해거신의 거체가 한순간에 수호 결계 너머로 이동하여, 흉벽 탑에서 마포를 뜯어냈다.

『―이제 더는 물러날 곳이 없군, 아버님.』

왕자가 중얼거리고, 공포를 부추기듯 느긋한 발걸음으로 마지막 흉벽에 손을 대고 천천히 성해거신의 양손으로 밀어냈다.

『드디어 왔군― 쥬레바그.』

그때 왕국 최강으로 이름 높은 시가 8검 필두 「부도」의 쥬레바그가 성해거신 앞을 막아섰다.

◆

"쥬레바그 공이다!"

"부도의 쥬레바그 공이라면……!"

옥좌의 방이라 불리는 왕성의 전쟁 지휘소에서, 최후의 요새라 할 수 있는 쥬레바그와 성해거신의 싸움을 지켜보고 있었다.

"―이길 수 있을 리가 없다."

중신과 문관은 기대에 가득 찬 눈으로 보고 있지만, 냉정한 눈을 가진 자들은 시간 끌기도 안 된다는 걸 깨닫고 있었다.

맨몸의 샤로릭 제3왕자가 상대라면 쥬레바그에게도 승산이 있었겠지만, 마왕의 군세와 싸우는 것을 상정하고 만들어진 병기를 상대하는 것은 무리가 있다. 왕과 신관과 마법사들의 지원 마법을 거듭해서 받더라도 그 차이는 메워지지 않는다.

"쥬레바그 공이 시간을 버는 사이에 타개책을 찾아야 한다!"

"어떤 방법이 있다는 건가! 시가 8검의 연계도, 시가 33지팡이의 의식 마법도, 마포마저 성해거신에게는 통하지 않았다!"

건설적인 의견을 내는 무관의 말을, 히스테릭한 말이 가로막았다.

"마왕 살해자나 흑창의 리자는 어디 있나? 영웅이라면 역적을 토벌하러 나타나야 하지 않나!"

"이럴 때, 어째서 수호천룡이 오지 않는 것인가! 후지산 산맥의 천룡이라면, 성해거신이라도 무사하지 못할 텐데."

"그보다도 용사다! 용사 나나시 님은 뭘 하시는 건가! 왕조님의 환생이라면, 자신의 실수를 처리하는 것 정도는 자신이—."

"—그만하라."

가신들의 흰소리를 흘려듣고 있던 국왕이, 왕조를 비방 중상하는 말에는 치열하게 목소리가 흐트러졌다.

"왕조님을 우롱하는 말은 용납 못한다."

"죄, 죄송합니다."

중신이 몸을 굽혀 사과를 하고, 국왕의 시선이 떨어지는 것과 동시에 허둥지둥 퇴실했다.

"폐하. 미츠쿠니 여공작은 어디에?"

미츠쿠니 여공작— 히카루의 정체가 왕조 야마토라는 걸 아는 솔트릭 제1왕자가 국왕에게 소재를 물었다. 이 사태를 수습할 수 있는 자가 있다면, 그것은 건국의 영웅인 왕조 야마토 정도밖에 없으니까.

"그 분은 성해거신의 모습을 보고 슬퍼하셨다. 아마도 미마니 산에 있는 충신릉에 계시겠지."

여기서 마차로 한나절, 비공정으로도 반시간은 걸린다.

"아무리 그 분이라도 늦을 것이야."

국왕의 말에 제1왕자는 입술을 깨물었다.


"쥬레바그 공!"

용맹하게 분전을 펼치고 있던 쥬레바그였지만, 노령에 따른 쇠퇴가 발목을 잡고 있었다.

미약하게 기침을 하는 것을 성해거신이 찔러서, 공격의 여파로 흉벽 위에서 휩쓸려 떨어지고 말았다.

"성해거신이!"

중신 한 명이 외쳤다.

성해거신은 떨어진 쥬레바그를 돌아보지도 않고, 최후의 흉벽을 밀어내 천수각이 있는 구역으로 침입했다.

"폐하, 여기는 위험합니다. 신속하게 피난하시지요."

"성을 버려서 어쩌겠느냐. 성이 없는 왕 따위, 종이로 만든 용이다."

탈출을 진언하는 대신에게 국왕은 흔들림 없는 눈동자로 말했다.

"그러나, 아버님. 이대로는 샤로릭 놈의 칼날이 닿기를 기다릴 뿐입니다."

"폐하! 솔트릭 전하 말씀이 맞습니다! 용기를 가지고 퇴진해야 합니다!"

"여기는 저와 무관들에게 맡기고, 폐하는 탈출하십시오."

"……솔트릭."

자신이 도망치고 싶은 관료들과 달리, 제1왕자는 자신이 남고 국왕의 안전을 진언했다.

"탈출하는 건 너다. 나는 충신들과 마지막까지 남겠다."

"어허. 저도 길동무입니까?"

재상의 농담에 국왕이 입가를 끌어올렸다.

"흥, 전이는 마력을 먹는다. 낭비할 수 없지."

"그러면, 저도 남지요. 다른 왕자들과 비들은 탈출로를 통해 성 밖으로 탈출했습니다. 여기서 폐하와 함께 무너진다 해도, 시가 왕가의 피는 남습니다."

"불효자 같으니라고."

"저 우제만큼은 아니지요."

제1왕자가 성해거신을 탄 이복동생을 내려다보았다.

"폐, 폐하! 항복하시지요! 샤로릭 전하라 해도, 함부로 목숨을 빼앗지는 않을 겁니다."

국왕이 한 손을 들자, 근위기사들이 항복을 호소하는 중신을 실외로 데리고 갔다.

"그냥 당할 생각은 없다."

국왕이 파란 결정으로 만들어진 긴 지팡이 사이즈의 거대한 왕홀을 공중에서 꺼냈다.

파랗게 은은한 빛을 뿜어내는 왕홀에는 이미 막대한 마력이 충전되어 있었다. 쥬레바그와 가신들이 벌어준 시간으로 그것을 달성했다.

"설마 이것을 내 자식에게 쓰게 될 줄이야."

왕홀에 파란 빛이 깜빡이고, 국왕의 몸을 감쌌다.

마력의 흐름을 볼 수 있는 젊은 궁정마술사가 그 막대한 마력량을 느끼고 졸도했다.

"―《왕위굉뢰(王威轟雷)》."

가느다란 번갯불이 여러 개 나타나 성해거신에게 달라붙었다.

성해거신은 성가신 기색으로 그것을 손으로 떨쳐냈다.

"안 돼…… 성해거신에겐 안 통했다."

"―아니야. 저것은 조짐이다."

시가 33지팡이 필두인 궁정마술사장이 중얼거렸다.

다음 순간, 눈이 멀 정도의 섬광과 심장이 멎을 정도의 굉음이 주위를 채웠다.

사람은 인식할 수 없는 규모로 굉뢰의 비가 쏟아져 내린 것이다.

"이것이 왕의 힘……."

구형 장벽이 날아가고, 성해거신의 몸에서 하얀 김이 피어올랐다.

그 주위의 석재가 녹아서 빨간 액체처럼 되어 타고 있었다.

"이것으로도 안 되다니……. 역시 왕조님과 수호천룡과 함께 대마왕『황금의 저왕』과 사투를 펼친 전설의 병기로군."

국왕의 말을 들은 자들이 조심조심 성해거신을 들여다보았다.

부웅, 소리가 날 법한 기세로 눈구멍이 빛나더니 어색한 움직임으로 천수각에 손을 뻗었다.

"여기까지로군……. 바라건대, 왕조님의 인도로 다음 시가 왕가가 성장할 것을 기도하지."

국왕이 체념 가득한 표정으로 눈을 감았다.

그러나, 아무리 시간이 지나도 최후의 때는 찾아오지 않았다.
왜냐하면—.

◆

"신위 방패!"
<sup>디바인 실드</sup> 위에 작은 글씨

왕성의 천수각을 부수려는 성해거신의 주먹을, 상급 술리 마법
인 투명한 방패가 막았다.

『이제 와서 나타났는가! 왕조를 사칭하는 수상한 독부!』

공중에 떠오른 히카루의 모습을 확인하고 제3왕자가 매도했다.

""""왕조님!""""

""""미츠쿠니 여공작?!""""

"늦어서 미안해."

히카루의 정체를 아는 일부와, 아닌 밤중에 홍두깨인 대다수
가 놀라서 소리를 질렀다.

『뭘 하러 나타났는가, 독부!』

"물론 막으러 왔지. 그게 이 사람이랑 한 약속이니까."

『영문 모를 소리를 해대는군. 네놈 따윈 아무리 레벨이 높아도
결국은 마법사다. 전위가 없는 마법사 따윈 그저 표적에 지나지
않는다.』

굉음을 내면서 휘두른 성해거신의 검을 히카루가 필사적인 기
동으로 피했다.

"분명히, 접근전은 조금 힘드네. 그러니까—."

히카루가 「무한수납」에서 성검을 꺼냈다.

"─《춤춰라》클라우솔라스."

히카루의 막대한 마력을 받은 성검 클라우솔라스가 순식간에 거대화하여, 13장의 칼날로 분리됐다.

『네놈! 내 검을 가로챘군!』

성해거신이 휘두르는 검을 13장의 칼날이 연계해서 받아 흘린다.

"이 시대 성검의 계승자였을까? 그렇다면 미안해. 클라우솔라스는 영창시간을 버는데 편리하거든."

그렇게 말한 히카루 곁에, 투명한 의사물질로 만들어진 거창이 생겼다.

"신위 거창."

전봇대 사이즈의 거창이 미사일처럼 성해거신에게 쏘아져 나갔다.

그것을 성해거신이 거검으로 떨쳐냈다.

『독부! 그 정도로 내 검을 막아낼 수 있다고 생각지 마라! ─앵화난무!』

제3왕자가 성해거신을 두른 채 필살기를 썼다.

"─크으. 신위 방패!"

아무리 성검 클라우솔라스라도 거검의 연격기를 받아 흘릴 수 없어서, 히카루는 아슬아슬한 타이밍에 방패를 만들어 막아냈다.

물론 기세까지 죽이지 못하고. 히카루의 몸이 왕성의 천수각에 날아가 부딪혔다.

"크윽. ……이거 조금 위험하려나."

『그것이 마법사의 한계다! 전위가 없는 마법사 따위—.』

제3왕자는 방금 한 말을 반복하면서 검을 들었다.

『—내 검의 얼룩이 되어라!』

"신위 방패!"

내리친 검이 의사물질의 방패를 부수고, 그대로 히카루의 머리 위로 떨어졌다.

"피의 장미 결계."
블러디 로즈 스퀘어

"칠흑의 속박 사슬."
다크니스 안드로메다

피처럼 붉은 장미의 사슬과, 밤이 출현한 것 같은 칠흑의 사슬이 거검을 받아냈다.

"거성암권!"
캐슬 펀치

천수각의 일부가 골렘의 상반신이 되어, 성해거신을 때려 날려 버렸다.

완전히 허를 찔린 성해거신이 밸런스를 잃고 땅에 쓰러졌다.

"—부패지옥 형벌."
커럽션 헬

성해거신이 쓰러진 땅이, 순식간에 썩어서 고름처럼 냄새를 풍기는 썩은 진흙의 늪으로 변했다.

『이, 이건 뭐냐!』

성해거신이 늪에 가라앉았다.

"이건, 혹시?"

"우리들 말고 할 수 있을 리 없지 않나."

"포이르니스!"

천수각의 꼭대기에 선 소녀를 보고 히카루가 외쳤다.

"물론, 우리들도 있는 것이다."

"여, 야마토! 오랜만이다!"

고블린 공주 포이르니스 유이카 옆에 박쥐가 모여서 파란 피부의 미남 흡혈귀 진조 반을 만들어내고, 성해거신을 때린 상반신 골렘 「강철의 유귀」 요로이가 털털하게 말을 걸었다.

"반 씨랑 요로이! 여기엔, 무슨 일로?"

"쿠로한테 네가 기죽어 있다는 말을 듣고, 기합을 넣어주러 왔지."

"무쿠로 할배!"

히카루의 질문에 대답한 것은 「주검의 왕」인 무쿠로였다.

왕성의 벽에 빙의된 요로이를 제외하고, 미궁 하층에 사는 인간이 아닌 세 명은 그 모습을 알 수 없도록 외투를 몸에 두르고 있었다.

"음. 이거 안 되겠군—."

무쿠로가 조종하는 진흙이 부글부글 기포를 일으키고, 그 중심이 붉게 변색됐다.

"—유이카!"

"그래! 무적의 방어결계 『자동방어<sup>가디언</sup>』인 것이니라!"

늪 중앙을 증발시키며 쏘아져 나간 무지개색의 열선을, 보라색 빛을 두른 유이카의 유니크 스킬이 받아냈다.

"으으음. 이것은 허용량 오버인 것이니라."

"농담이지?"

"위험하구만."

전성기의 유이카가 쓴 「자동방어」는 마왕의 공격마저도 막아냈

279

지만, 긴 세월이 지나 힘이 떨어져 성해거신의 용염섬을 완전히 막지 못하고 부서져 버렸다.

"신위 방패애애애애애애애애애애애!"

히카루가 상급 술리 마법을 무영창으로 연속 사용했다.

무수하게 나타난 의사물질의 방패가, 유이카의 「자동방어」로 감쇄된 용염섬을 비껴내는데 성공했다.

끓어오르는 진흙 늪에서 성해거신의 손이 나타났다.

"완전히 나오기 전에, 이 몸의 『중력 우물』로, 사상의 지평선 너머로 추방하고 싶다마는—."

"바보냐! 이렇게 주민들이 많은 곳에서 쓰지 마라!"

"그렇겠지~."

"카미키리마루를 쓰면 되지 않나?"

"다른 사람의 유니크 스킬에 이상한 이름을 붙이지 마라! 그건 『따르지 않는 것』 전용이니라! 그런 위험한 유니크 스킬을 가볍게 쓸 수 있겠나! 그야말로 마왕화 일직선이니라!"

유이카 일행이 말다툼을 벌이고 있는 동안, 성해거신이 늪에서 기어 나왔다.

"평범하게 쓰러뜨려 버리는 건 안 되, 겠지?"

"응. 『하늘 구르기』를 더 이상 상처 입히고 싶지 않아."

"그렇겠지. 그러면 방법은 하나다."

"꽁꽁 묶어서, 조종자를 끌어내야지."

—GWOOOOOOGZ!

성해거신의 흉부 장갑이 열리고, 무지개색 빛이 깜빡였다.

『독부의 일파놈들! 재가 되어라!』

히카루 일행이 성해거신이 뿜어낸 용염섬을 전력으로 피했다.

"어이, 저거 위험하지 않나?"

용염섬의 집속이 흐트러져, 스파크처럼 뒤틀린 열선의 실이 성
내에서 날뛰었다.

—GGGVWOOOGZ.

성해거신의 포효도 억눌린 울림이 되고 있었다.

"폭주의 전조인 것이다."

"뭐, 어떻게든 되지 않겠어?"

요로이가 유니크 스킬 「혼백 빙의<sup>소울 라이드</sup>」를 써서, 늪 주위의 지면을
재료 삼아 성해거신과 같은 사이즈의 몸을 만들어내 붙들었다.
성가신 용염섬을 쓰지 못하게 흉부 장갑까지 통째로 조였다.

"친구를 위해서니까. 조금 정도는 힘을 내는 것이니라. 이력속쇄<sup>마나 체인 홀드</sup>—
극대 버전인 것이니라!"

유이카의 몸에 보라색 빛이 여러 번 흐르고, 무영창으로 만들
어진 상급 술리 마법의 사슬이 요로이와 함께 성해거신을 땅에
속박했다. 유니크 스킬을 이용한 무한의 마력이 지탱하는 사슬
은 성해거신의 괴력으로도 쉽게 풀어낼 수 없다.

"다음은 나로구먼."

무쿠로가 어두운 보라색 빛을 두르면서, 성해거신의 콕핏 해치
에 달라붙었다.

"헛헛으랏차—."

유니크 스킬 「금속 창조<sup>메탈 메이커</sup>」로, 해치를 지키는 장갑을 변질시켜 열

281

을 가한 사탕처럼 변형시키며 해치를 열었다.

"—나와라, 주제넘은 놈."

무쿠로가 메마른 외견을 봐서는 생각하기 어려운 괴력으로, 제 3왕자를 콕핏에서 끌어냈다.

그는 허리에 가짜 클라우솔라스를 차고 있었지만, 그것은 진조 반이 혈류 마법으로 회수했다.

"벌 받을 시간이란다."

무쿠로가 우득우득 손가락을 울렸다.

"이놈, 하천한 놈이!"

제3왕자가 무쿠로의 후드를 벗겼다.

"마물이잖나?! 정체를 드러냈구나 이 독부!"

날뛰는 왕자를 무쿠로와 유이카가 때려눕혔다.

아무리 성해동갑주를 입었어도, 레벨 72나 되는 무쿠로의 호완과, 유니크 스킬「호완무쌍」을 쓰는 유이카 앞에서 저항할 수 없었다.

"이 정도로 나를 막을 수 있다고 생각지 마라! 새로운 세상을 다스리는 왕 앞에서 무릎 꿇어라!"

억눌린 상태에서도 오만한 왕자의 태도에 무쿠로 일행은 기가 막혔다.

그런 왕자가 입은 성해동갑주에서 검은 안개가 흘러나왔다.

"으엑, 위험해."

"야마토! 강제 해제하는 것이다."

"할 수 있지? 본래 네 갑옷이잖아."

"어, 응. 마스터 키를 쓰면—."

히카루가 인벤토리에서 용 형상의 펜던트를 꺼냈다.

본래는 아는 남자애의 의수를 해제하기 위해 묘지에 가서 가져온 것이다.

"얼른 해!"

"프루 제국의 바보 놈들! 최강 장비를 만들기 위해서 터무니없는 걸 넣었다니까."

무쿠로와 요로이가 초조한 표정으로 히카루에게 재촉했다.

"마스터 키 발동, 사용자, 시가 야마토."

히카루의 펜던트가 파란 빛을 띠고, 왕자가 입은 성해동갑주의 가슴에 빨려 들어갔다.

그 동안에도 검은 안개는 색이 짙어지고, 성해동갑주에 달라붙는 뱀처럼 떠돌았다.

"아직이냐!"

"조금만 더— 좋아, 『강제 해제』!"

히카루의 말과 동시에 성해동갑주의 고정구가 해제되고, 왕자의 몸이 강제로 배출됐다.

"크아아아아아아아아아!"

왕자의 몸에는 붕대가 감겨 있고, 그 붕대 틈으로 무수한 기구가 박혀 있는 것이 보였다.

"몸을 개조해서 야마토용의 갑옷에 맞춘 거냐?"

"무모한 짓을 하는 것이다."

요로이와 반이 탄식했다.

"자, 잠깐! 검은 게 멈추질 않아."

"괜찮아. 독기의 근원에서 떼어내면 금방 흩어진다."

무쿠로가 독기의 근원이라고 말하며 왕자를 가리켰다.

"용신주의 미세한 조각을 안정시키기 위해서 『따르지 않는 것』의 잔재를 촉매로 썼다니까."

"뭔가 위험한 거야?"

"저왕을 미치게 만든 『추락한 마신』의 잔재다. 마족이 쓴 그걸, 프루 제국이 저왕을 쓰러뜨리기 위해 썼지."

"성해동갑주를 입고 싸우면 엄청난 파괴충동이 느껴지는 건 그래서야?"

"그건 모른다. 정말로 위험한 건 용신주의 조각 쪽이야. 프루 제국이 제어에 실패해서 대사막을 만든 그거다."

"그, 그 폭발?"

무쿠로와 히카루가 대화하는 옆에서 요로이가 왕자의 몸에 죽지 않을 정도의 마법약을 뿌렸다.

"상냥하군."

"처형할 목이 필요하잖아?"

요로이의 행동은 친절함이 아니었다.

"일단은, 해결인가?"

—GGGVWOOOGZ.

억눌린 신음 소리가 조종자를 잃은 성해거신에서 나왔다.

"……설마."

성해거신의 몸에서 무지개색의 빛이 흘러나왔다.

그러나 그 빛은 방금 전과 달리, 어둡고 응어리진 색이었다.

"폭주를 시작해버린 거냐?"

"구속하고 있으니까 괜찮— 으엑."

성해거신이 외부장갑을 찌그러뜨리면서 억지로 구속을 찢어냈다.

"유이카!"

"맡기는 것이니라!"

유이카가 재빨리 유니크 스킬을 발동하여, 무한의 마력이 지탱하는 강인한 이력속쇄를 발동했지만, 리미터를 강제로 해제하여 폭주 상태인 성해거신에게는 통하지 않았다.

—GGGVWOOOGZ.

순식간에 극대 사슬을 찢어내더니, 동쪽의 서민가 쪽으로 발을 끌면서 걷기 시작했다.

"어디에 가려는 거지?"

"알게 뭐야."

성해거신의 걸음은 느렸지만, 그것은 그다지 구원이 되지 않는다.

마력로가 폭주하고 있는지, 성해거신이 땅을 디딜 때마다 발의 형태로 땅이 녹고 주변의 가연물이 타오른다.

"이대로는 왕도에 막대한 피해가 생기는 것이다."

요로이, 무쿠로, 반 세 사람은 어쩐지 남일 같은 태도였다.

"야마토, 막을 방법이 없나?"

"해볼게!"

히카루가 비상 신발을 기동하여, 성해거신의 눈앞으로 이동했다.

"『하늘 구르기』! 멈춰줘! 이대로는 왕도 사람들이 잔뜩 죽어버려!"

―GGGVWOOOGZ.

성해거신은 신음 소리를 내기만 하고, 히카루가 호소해도 전혀 반응이 없었다.

"조종석에서라면……!"

히카루는 조종석의 해치로 돌아갔다.

"기다리거라!"

그것을 유이카가 막았다.

"조종석은 독기가 가득 차 있다. 그런 장소에 들어가면『잔재』에 휩쓸려 현세에서 퇴장 확정이니라."

"하지만……!"

"저기 들어가고도 멀쩡한 것은, 잔재를 듬뿍 뒤집어써도 멀쩡할 수 있는 변태뿐이니라."

그래도 매달리는 히카루였지만, 자신보다 오랜 시간 살아온 유이카를 믿고 조종석에 들어가는 걸 포기했다.

"『하늘 구르기』! 멈춰줘! 부탁이니까 멈춰줘어어어어어!"

히카루가 성해거신의 얼굴에 달라붙어 호소했다.

성해거신의 마력로가 만들어낸 열은 머리 부분을 둘러싼 투구도 적열시켜서, 히카루의 방어장벽을 부수고 손바닥을 태웠다.

"이 바보야! 무모한 짓을 하면 안 되느니라!"

유이카가 히카루의 손을 떼어내고, 치유마법으로 화상을 치료했다.

"네가 희생되지 않아도, 저 속도라면 피난 유도는 어떻게 안 늦을 게다."

"하지만, 그래도! 샤로릭 군이 만든 왕도가, 샤로릭 군의 자손이 키워온 문화가 불타버려!『하늘 구르기』가 인생을 버리면서까지 얻은 평화를, 부수면 안 된단 말야."

유이카의 품속에서 히카루가 눈물을 흘렸다.

◆

"성해종자여! 왜 말을 안 듣는가!"

폭주는 성해거신의 휘하인 다각 골렘, 성해종자에도 미치고 있었다.

"저택이! 내 저택이!"

"그런 것보다 도망쳐라! 하얀 옷을 입은 자들처럼 저 열선포에 타 죽는다!"

사역자의 지시를 무시하고, 눈에 들어오는 건물에 열선포를 쏘며 공격해오는 자를 발의 발톱으로 찢는다.

"맹호조참!"

시가 8검들이나 성기사를 비롯한 왕국기사들이 성해종자의 폭주에서 사람들을 지키고 있었다.

"어이쿠. 잔해 아래서 간신히 기어 나왔더니, 이번엔 성 밖에서 성해종자를 상대하게 생겼소이다."

"불평은 나중에 해라— 사극단두대!"

류오나가 투덜대는 바우엔을 타이르고, 성해종자에게 필살기를 뿜었다.

"더럽게 단단하네!"

"성해종자는 구형 장벽이 성가신 것이외다."

높은 공격력을 가진 시가 8검은 단독으로 성해종자를 상대할 수 있지만, 다른 자들은 부대단위로도 격퇴하지 못해서 성해종자의 파괴 활동을 저지하는 것에 전념하고 있었다.

"그보다도, 저게 이쪽으로 오고 있소이다."

"아무래도 저건 무리지."

불꽃을 두른 성해거신을 보고, 포기하는 말을 했다.

그들은 몰랐지만, 성해거신의 걸음이 느린 것은 그들이 성해거신의 발꿈치를 파괴했기 때문이었다.

◆

―GGGVWOOOGZ.

몽환의 어둠 속에, 억눌린 포효가 울렸다.

"거인님."

세라가 눈가리개를 한 거인을 불렀다.

왕자의 목소리로 판단해 보면, 밖에서는 격렬한 싸움이 펼쳐지고 있는 모양이다.

싸움의 격렬함에 비례하여 하늘에서 휘두르는 채찍의 기세가 늘어나고, 거인의 몸은 상처투성이가 됐다.

세라는 필사적으로 왕자에게 호소했지만, 그것에 대답은 돌아오지 않았다.

—GGVWOO.

"멈췄잖아?"

무슨 일이 있었는지 그토록 끊임없이 쏟아져 내리던 채찍이 멈추었다.

세라가 안도했지만, 이번엔 채찍도 없이 거인이 괴로워하기 시작했다.

—GGVWOOOGZ.

"검은 번개가……."

거인에게 달라붙어 있던 검은 번개가, 거인의 몸에 추악한 자국을 만들었다.

얼마나 아픈지, 거인이 상처를 할퀴었다. 그 바람에 몸에 감긴 붕대와 두 눈을 가리고 있던 붕대가 벗겨졌다. 붕대가 벗겨진 가슴에 무지개색의 빛이 흘러나오는 칠흑의 구체가 떠오르고, 검은 번개가 거기서 흘러나왔다.

"주변의 경치일까?"

거인의 눈을 가리고 있던 붕대가 벗겨져서, 어둠 속에 주위의 광경이 흐릿하게 떠오르는 것처럼 보이게 됐다.

거인이 걷는 땅이 녹고, 거인의 손이 닿은 장소가 타올랐다.

그 거인의 앞길에는 왕도의 거리가 기다리고 있었다.

"이대로는 왕도가 잿더미가 되어버릴 거야."

세라는 무시무시한 미래를 예상하고 무심코 숨을 삼켰다.

"거인님! 멈춰주세요."

—GGGVWOOOGZ.

거인은 걷는다. 그것만이 자신의 사명이라고, 같은 어둠 속에 있는 세라의 마음에 전해졌다.

"산? 후지산 산맥 너머에 가고 싶어요?"

거인의 대답은 없었다.

세라가 어떻게든 거인의 걸음을 멈추려고 발버둥을 쳐도, 거인의 대답은 거절뿐이다.

드디어 거인은 넓은 부지가 있는 상급 귀족 구역을 넘어, 하급 귀족의 저택이 늘어선 구역에 진입했다.

이대로는 평민이 사는 구역까지 앞으로 금방이다. 평민 구역은 귀족 구역보다 훨씬 인구밀집도가 올라간다.

성해거신의 걸음은 느리지만, 한 걸음이 사람이 달리는 속도를 웃돌고 있었다.

"이대로는 희생이 늘어날 거야!"

세라는 자신의 상처를 돌보지 않고 거인을 막아내고자 분투했다.

그러나, 그저 상처만 늘어날 뿐, 전혀 걸음이 느려지지 않는다.

"부탁해요. 멈춰요."

그리고, 드디어 성해거신은 평민 구역에 도달했다.

"이제, 안 돼⋯⋯."

세라가 자신의 무력함에 무너졌다.

그런 그녀의 뇌리에 사랑스런 사람의 미소가 떠올랐다.

"⋯⋯사토 씨."

사랑하는 사람의 이름이 그녀에게 다시 한 걸음 내디딜 용기를 주었다.

"그래요. 사토 씨와 떳떳하게 만나기 위해! 저는 결코 포기하지
않아요!"

세라는 눈물을 팔로 난폭하게 닦아내고, 다시 한번 어둠 속의
거인에게 도전했다.

# 거인과 성녀

"사토입니다. 판타지 계통 전략 SLG에서는 거인이나 용 같은 유닛이 대단히 강력해서 무심코 자주 쓰게 됩니다만, 만약 리얼이었다면 종족 절멸의 위기에 처할 것 같아요."


―사토 씨.

누군가 부른 것 같아서, 나는 주위를 둘러보았다.

"왜 그래? 주인님."

"아니, 누가 부른 것 같았는데……."

우리들 주위에서는 현지의 관료가 입항한 외국선의 임시 점검을 하고 있었다.

이 배에 마왕 신봉 집단 「자유의 빛」 간부와 마족에게 빙의된 선장이 있는 건 확인을 마쳤기 때문에, 현지 직원의 공적을 가로채지 않는 타이밍을 재고 있는 중이었다.

선창의 밀수용 공간에는 마족을 소환하는 위험한 아이템과 마인약 등의 금지품이 숨겨져 있었다.

참고로 재상이 지시한 외국선하고 다른 배다. 아무래도 정보에 착오가 있었는지, 처음에 지시한 배는 멀쩡한 교역선이었단 말이지.

감독관이라는 제멋대로인 귀족 청년이 옵저버로 딸려 있는데,

그 녀석이 완고하게 「그 배는 문제없습니다」라거나 「이것이 재상 각하가 지시한 배입니다. 당신은 재상 각하의 지시를 못 믿는 것입니까!」라고 하며 이상하게 떼를 써서 귀찮았다.

그러고 보니 타르투미나 항구에서 상품 조달을 하고 본국에 돌아간다는 족제비 제국 상인 호미무도리 씨를 봤다. 상당히 서둘러서 출항 준비를 하고 있었는데, 족제비 제국에 정변이라도 있었나?

"또 낯선 미녀의 플래그는 아니겠지? 주인님은 금~방 소동에 말려들러 간다니까."

"응, 주인공 체질."

아리사랑 미아가 너무해.

아무리 그래도 「낯선 미녀」의 소리는 아닐 거라고 생각하지만, 신경 쓰이는 것은 분명하니까 아는 사람을 순서대로 검색해봤다.

아제 씨는 보르에난 숲, 로로는 요새도시 아카티아의 용사 상점, 레이와 유네이아는 낙원섬, 히카루는 왕도, 제나 씨는 세류 백작 저택에 가깝고, 카리나 양은 무노 백작 저택. 이런 느낌으로, 그다지 변화가 없었는데…….

"왜 그래? 진짜로 사건 발생?"

세라의 현재 위치가 성해거신의 서브 콕핏이었다.

뭔가 이유가 있어서 제3왕자랑 간 모양이니, 그와 함께 성해거신에 탄 것 자체는 상상하기 어렵지 않았다.

문제는 세라의 상태다.

—유체이탈?

공간 마법 「멀리 보기」로 확인하고 싶었지만, 아무리 그래도 이

거리에서는 안 닿는다.

"세라한테 무슨 일이 있는 것 같아."

곧장 전이로 세라 곁에 가고 싶은 충동을 느꼈지만, 그건 어떻게든 이성으로 억눌렀다.

"주인님, 정신 차려. 리자 씨, 다들 모아줘."

"응, 집합."

아리사와 미아가 내 팔을 잡았다.

"그래, 괜찮아."

치명적인 상황은 아닐 거라고 생각하지만, 세라의 경우 「황금의 저왕」 때 눈을 뗀 며칠 사이에 산 제물이 되어 버렸다는 과거가 있어서 아무래도 마음이 급해진다.

"주인님, 집합 완료했습니다."

"좋아, 가자."

나는 외국선의 임시 점검을 그 지역의 유능한 관헌에게 떠넘기고, 어디에 가냐고 짖어대는 무능한 감독관을 가볍게 위압해서 닥치게 만들었다.

다음은 미행을 따돌리고 으슥한 곳에서 「귀환전이」를 반복하여 비밀기지에 들러, 황금 갑옷으로 갈아입고 왕도에 돌아갔다.

◆

"이게 뭐야?"

왕도의 에치고야 상회 옥상으로 전이한 우리들 시야에, 검은 연기가 피어오르는 왕도의 풍경과 커다란 피해를 입은 왕성의 광경이 들어왔다.

"불과 한나절 사이에 카타스트로프가 와 버렸잖아."

"언빌리~버블~?"

"아주아주 큰일인 거예요!"

"가장 피해가 큰 것은 왕성인 것 같군요."

"저쪽에서 검은 연기가 피어오르고 있습니다."

"화재."

곧장 세라 곁으로 달려가고 싶었지만, 이 정도 대재해를 방치할 수도 없었다.

동료들이 옥상에서 주위를 둘러보는 사이에, 맵을 열어 대략적인 상황을 파악했다.

"아리사는 여기서 사령탑을 부탁해. 루루는 아리사의 호위, 미아는 실프를 소환해서 왕도의 상황을 상공에서 모니터링하고 아리사에게 전달해줘. 전위 네 명은 아리사의 지시에 따라 구원이 필요한 장소 커버를 부탁해."

"주인님은?"

"나는 이 사태의 근본을 정리하러 다녀올게."

나는 용사 나나시의 모습으로 날아올랐다.

『제3왕자를 처형하는 거야?』

전술 대화로 아리사의 목소리가 들렸다.

『그럴 필요는 없어. 제3왕자는 이미 왕성에 포박되어 있는 모양이야.』

『어머나. 악역도 만족스럽게 못하다니, 악당 실격이네.』

『그러면, 뭐가 소동을 일으키고 있는 건가요?』

『마족?』

『아냐. 성해거신이 불타오르면서 폭주 중인 것 같아.』

검은 연기 안에서 성해거신을 발견했다.

성해거신이 걷고 있던 장소가 성대하게 타오르고 있어서, 얼마 전에 배운 「비 소환」과 「안개 소환」으로 진화했다.

아직 꺼지진 않았지만, 잠시 효과가 계속되니까 방치해도 될 거야.

나는 섬구로 성해거신의 머리 위에 이동했다.

"부탁해, 『하늘 구르기』! 멈춰줘!"

성해거신 앞에 히카루가 있었다. 필사적인 표정으로 성해거신에게 호소했다.

히카루가 말하는 「하늘 구르기」라는 건, 성해거신의 닉네임 같은 거겠지.

"ㅡ누구냐, 이 자식!"

가까운 옥상에서 암석탄이 날아오기에, 「이력의 손」으로 받아내 스토리지에 수납했다.

거기에 정신 팔린 틈에 사각 방향에서 무수한 도검이 날아온다. 그걸 회피한 곳에 피처럼 빨간 칼날이 쏟아져 내렸다. 그걸 어떻게든 마법 베기로 흩어내고 대피했는데, 거기에도 다음 공격이 있었다.

상대는 숙련자다. 그것도 틀림없이 상급 마족급의 고레벨이다.

적어도 동료들보다 경험이 풍부하고 레벨이 높은 건 틀림없다. 자칫하면 마왕급일지도.

 "젠장, 안 맞는다."

 "기묘한 가면— 아마도 마족이나 마왕 신봉자일 것이다."

 "피가 끓는 것이다. 이 정도 호적수는 좀처럼 만날 수 없으니."

 어디선가 들어본 목소리 같은—.

 "그만 하거라! 바보 자식들!"

 "—유이카?"

 미궁 하층에 있어야 할 소귀 공주 유이카다.

 지금의 그녀는 초대의 인격을 가진 유이카 3호인가?

 "왜 이런 곳에 있어?"

 "포이르니스랑 아는 사이인 것인가?"

 "이 녀석은 쿠로다. 공격하기 전에 감정부터 제대로 해라."

 유이카 3호가 나를 공격한 자— 미궁 하층의 유쾌한 이웃들, 흡혈귀 진조 반, 「강철의 유귀」 요로이, 「주검의 왕」 무쿠로 세 명을 야단쳤다.

 그러고 보니 이 세 명은 내 「용사 나나시」 스타일을 본 적이 없었지.

 "갑자기 눈앞에 나타나기에 무심코 적의 증원이라고 생각했지."

 "정말이지 허술한 놈들. —이 몸들은 야마토가 걱정되어 참견을 하러 왔노라. 쿠로는?"

 "나는 아는 사람을 구하러 왔어."

 성해거신이 성대하게 타오르고 있지만, 세라가 있는 서브 콕핏은 보호되어 있는지 그녀의 체력은 줄지 않았다.

"이치로 오빠! 부탁해, 이 애를 멈춰줘!"

"알았어, 맡겨둬."

히카루의 부탁에 즉답했다.

"부수지 마라."

"물론이지."

유이카 3호가 말하지 않아도 안다.

히카루가 성해거신을 소중하게 생각하는 건 알고 있다.

"성해종자도 안 부수는 편이 좋을까?"

"아니, 그건 원격조종 같은 거야."

그러면 동료들에게 작전 중지 지시를 안 해도 괜찮겠군.

"쿠로, 이대로는 성해거신이 노심융해를 일으킬지도 모른다."

"노심융해? 원자력이라도 실은 거야?"

"그럴 리가 있나! 그러나, 더 위험한 놈이다. 프루 제국이 제어에 실패해서 대사막을 만들어낸 놈의 축소판이, 이 녀석 안에 있지."

진심이세요……?

규모를 좀 작게 잡아도, 왕도 정도는 가볍게 폐허가 될 것 같은데.

"……이치로 오빠."

"괜찮아, 맡겨둬."

히카루를 울리지 않기 위해 힘내야지.

"일단, 왕도 밖으로 전이한다."

나는 개척 마을을 만들 때 석재를 잘라낸 장소로, 성해거신을 데리고 「귀환전이」했다.

수목을 잘라낸 산이 더 가깝지만, 그쪽은 불이 옮겨 붙을 것 같아서 가연물이 적은 채석장을 골랐다.

"이 정도 떨어지면 왕도에 영향은 없겠지."

─다음은 이동력을 빼앗자.

성해거신의 발치에 「함정 파기」 마법을 연속 기동해서, 지면의 바닥에 빠뜨려 나오지 못하게 한다.

이 녀석의 괴력이나 무장이라면 주변의 돌을 부수고 나올 것 같지만, 시간을 벌 수 있으면 된다.

일단 「마력 강탈」로 성해거신의 마력을 뽑아내 봤지만, 금방 재충전되어 잘 안 됐다. 무쿠로가 말했던 특수한 마력로를 탑재한 탓이겠지.

"성해거신도 중요하지만, 세라를 구출하는 게 우선도가 높아."

나는 술리마법 「투시」로 서브 콕핏 안의 세라가 어떤 상태인지 확인했다.

서브 콕핏 안은 나나의 조정조 같은 액체가 가득 차 있고, 세라가 그 중앙에 떠올라 있는 느낌이었다.

아마, 거인의 기동으로 조종자가 다치지 않도록 하기 위해, 액체를 완충재로 삼는 거겠지.

"─어떻게 구해내지?"

서브 콕핏의 해치를 열면, 돌도 녹이는 고온에 노출되어 화상을 입을 거야.

성해거신을 파괴하는 건 안 된다. 마력을 뽑아내 행동불능으로 만드는 것도 불가능─.

히카루나 무쿠로 일행을 데리고 올 걸 그랬네.

아니, 그녀들도 손 쓸 수가 없었지.

"억지로 식히는 건 어떻지?"

빙결을 써서 표면을 식혀봤지만, 성해거신의 중심부분이 열원이라 그런지 근본적인 해결은 되지 않았다.

"물질 전송으로 세라를 꺼내는— 건 무리인가?"

이 마법은 비생물밖에 전송 못한다.

미력 치유를 이용한 심령 치료처럼, 이물질을 꺼내듯 세라를 구출—은 해치를 억지로 여는 거랑 같은 결과가 기다리는군.

……잠깐?

심령 치료라, 혹시—.

나는 마력 갑옷을 두르고, 서브 콕핏의 해치를 만졌다.

해치를 냉각시키고 손바닥의 마력 갑옷을 해제해봤다.

—차가워. 앗뜨거.

장소에 따라 온도가 다르군.

나는 자기 치유 스킬을 믿고서, 해치에 손을 꾹 밀었다.

"심령 치료는 환자의 육체에 손을 대고서, 그대로 몸 안에 손을 집어넣어서 환부를 적출한다."

나는 자기암시를 걸면서, 하고 싶은 일을 뇌리에 명확하게 그렸다.

마력 치유로는 잘 안 된다.

이 방식이 아닌가?

아니, 그렇지 않아. 내 직감이 말한다. 「어쩐지 할 수 있겠어」라고.

손바닥이 해치에 조금 파고들었다. 힘은 안 넣었다.

―된다.

나는 확신하고, 그대로 몸을 밀어 넣었다.

뭐라 말하기 어려운 기분 나쁜 감촉을 견디고 있자, 어떻게든 해치 안쪽으로 침입할 수 있었다.

물질 투과, 성공했다. 설마 정말로 성공할 줄은 몰랐지만, 다시 한번 하라고 해도 실행할 생각은 없어. 이 역겨운 감촉은 다시는 싫다.


**〉「물질 투과」 스킬을 얻었다.**
**〉「심령 치료」 스킬을 얻었다.**
**〉칭호 「진 심령 치료사」를 얻었다.**


그러니까 당분간은 이 스킬에 포인트를 배당할 생각 없다.

『세라 씨.』

세라 쪽으로 헤엄쳐 다가갔다.

내가 들어가는 것과 동시에 여분의 액체가 탱크 쪽으로 밀려나 갔는지, 내압은 그렇게 높지 않다.

―거인님.

세라와 닿은 순간, 세라의 사념이 닿았다.

전달되는 그녀의 필사적인 마음이, 그녀를 데리고 「귀환전이」 를 하려던 것을 조금 망설이게 만들었다.

그 미약한 시간이 이 앞의 기로를 확정시켰다는 걸, 나는 나중 에 알았다.

◆

"여기는— 어디지?"

방금 전까지 세라와 함께 서브 콕핏 안에 떠다니고 있었는데, 어느샌가 어슴푸레함 속에 있는 자신을 깨달았다.

AR표시에 따르면, 나도 세라와 마찬가지로 「유체이탈」 상태인 것 같다.

어쩐지 모르게 돌아가려고 생각하면 금방 돌아갈 수 있을 것 같으니, 세라의 상태이상을 해제하기 위해서도 유체이탈 상태인 세라를 찾아보기로 했다.

아마 세라는 이 어둠 속에 있다.

"—거인님! 멈춰 주세요!"

멀리서 세라의 목소리가 들렸다.

아마 방금 전의 사념과 비슷한 거다.

나는 목소리를 따라 이동했다. 전방에 조금 밝은 장소가 있고, 그 중심에 팔다리를 휘두르는 거인이 있었다. 거인의 주위에는 천장에서 사슬이 늘어져 있고, 거인의 손발에 이어져 있었다.

"부탁해요, 거인님!"

세라가 있다.

"—꺅!"

거인이 손을 휘두르는 바람에, 충격파 같은 것에 날려 버렸다.

나는 천구로 어둠 속을 달려, 세라를 받아냈다.

"사토 씨?"

세라가 나를 보고 놀랐다.

"세라 씨, 괜찮아요?"

"사토 씨? 사토 씨! 환상이 아냐! 정말로 사토 씨군요!"

내가 말을 걸자, 세라가 둑이 터진 것처럼 눈물을 흘리고 내 목을 끌어안았다.

부드러운 감촉이 내 가슴에 다이렉트로 닿았다.

이제 와서 깨달았는데, 나도 세라도 전라다. 유체이탈을 해서 그런 거겠지만, 옷도 입지 않았을 거라고는 생각 못했다.

"―꺅! 저도 참……."

세라가 새빨개졌다.

아마 그녀도 알몸이라는 걸 깨달은 모양이다.

여기서는 스토리지도 쓸 수 없을 거고― 나는 의복을 입고 있는 자신의 모습을 이미지 한다는 수법으로 의복을 만들어냈다. 애니나 만화를 참고해봤는데, 잘 돼서 다행이야.

세라에게도 방법을 전수하여, 그녀도 평소의 무녀복을 입는 것에 성공했다.

"긴급사태인데 저도 참……."

"―긴급사태?"

성해거신이라면 깊은 구멍에 빠뜨렸으니, 잠깐은 시간이 있다.

"저걸 보세요."

어둠 속 거인 주위에, 구멍의 광경이 떠올라 있었다.

"그쪽이 아니에요. 조금 더 위요."

"―위?"

시선을 움직이자, 어둠 속에 타원형의 영상이 여러 개 떠올라 있는 걸 깨달았다.

"무슨 전투의 기록인가요?"

"아뇨. 저건 성해종자가 지금 그야말로 행하고 있는 파괴 활동의 모습이에요."

기사나 병사가 유린당하고, 건물과 공원이 열선포에 타올랐다.

세라 말에 따르면 저건 왕자가 내린 명령을 실행하고 있어서, 그걸 막을 수 있는 건 왕자 본인이나 저 거인뿐이라고 한다.

하지만—.

"그거라면 괜찮아요."

나는 영상 하나를 가리켰다.


『황금기사 오렌지, 의를 위해 조력한다.』

황금기사 오렌지 리자가 용창을 휘두르며, 성해종자의 구형 장벽을 깨지 못하고 있던 기사들을 지원했다.

음성은 유체이탈 할 때 해제된 전술 대화가 아니라, 눈앞에 떠오른 영상에서 흘러들었다.

『황금기사 옐로우, 부름 받고 즉시 등장인 거예요!』

—LYURYU.

왕립 학원의 학사에서 횡포를 꾀하는 성해종자와 동갑주를, 황금기사 옐로우 포치가 금룡 장비의 류류와 함께 유린했다. 참고로 금룡 장비는 류류를 금룡으로 보이게 만들기만 하는 인식 저해 아이템이다.

날뛰던 자들은 시가 8검이었던 고우엔 씨의 딸을 유괴하러 온 모양이다.

『방심 1초 상처 평생~?』

황금기사 핑크 타마가 인술 「잔디 뒤집기」로 성해종자의 열선포를 막아내고, 인술 「그림자 떨구기」로 이동시켜 리자와 포치에게 처리를 맡겼다.

타마는 「고양이 닌자 앞에서 불행은 용서 안 한다」라고 하듯, 광범위로 이동해서 난폭자들을 이동시키고 있었다.

『유생체는 제가 지킨다고 고합니다.』

군무대신 케르텐 후작의 저택에서는, 황금기사 화이트 나나가 유괴될 뻔한 치나 양과 듀모리나 양을 구출하고 있었다.

그런 전위진의 활동을 세 명의 후위가 지탱하고 있었다.

왕도 상공을 정찰하는 작은 실프들을 소환하고 있는 황금기사 블루 미아와, 전위진이 달려갈 때까지 시간을 벌기 위해 저격으로 광역 지원을 하고 있던 황금기사 블랙 루루, 그리고 전술 대화로 정보공유를 해서 지휘를 하는 황금기사 레드 아리사의 숨겨진 활약이 있기에 전위들도 빛나는 것이다.

"……굉장해."

세라가 황금기사들의 활약을 보고 숨을 삼켰다.

물론, 활약하고 있는 건 우리 애들뿐이 아니다.

왕도를 지키는 위병이나 기사들도 전력을 다하고, 시가 8검도 성해종자들을 상대로 분투하고 있었다.

미츠쿠니 공작 저택에서 나나의 자매들이 동갑주들을 쫓아내

고, 무노 백작 저택에서는 카리나 양과 메이드 에리나와 신입 아
가씨가 활약하고, 제나 씨는 세류 백작과 함께 백작 저택 주변의
치안 유지 활동을 하고 있었다.

에치고야 상회의 큰언니나 간부 아가씨들도 자경단을 이끌고,
서민가의 치안 유지에 협력하고 있는 모양이다.

그런데 연구소의 박사들이 수상쩍은 장치를 넣은 골렘으로 동
갑주에 대항하고 있는 건 위험하니까 그만했으면 좋겠다.

"저쪽은 걱정 없어요."

우리는 혼자가 아니다.

"네, 사토 씨."

세라가 조금 어깨에서 힘이 빠졌다.


"그보다도, 거인을 어떻게 해야겠군요. 혹시 저건—."

"네, 성해거신의 마음이라고 생각합니다."

"그래서 아까부터 계속 부르고 있었던 거군요."

거인은 신음 소리를 내기만 하고 말이 통하는 것 같지 않았다.

나는 세라에게, 이대로 거인이 폭주를 계속하면 노심융해의 위
험이 있다는 걸 전했다.

"큰일이잖아요! 거인님이 막아줘야 해요!"

왕도 밖으로 전이했으니까 제일 위험한 건 나랑 세라지만, 히
카루를 위해서도 성해거신을 막고 싶다.

"말이 통하는 건가요?"

"아뇨. 제가 고통에 비명을 지를 때 반응을 해주긴 했습니다만—."

"—고통을?"

"아뇨. 지금은 거인님이 대신 받아내고 있어요."

세라가 미안한 기색으로 말했다.

"하지만, 지금은 제 모습이 눈에 안 들어온다고 해야 할지. 전혀 반응해주지 않아요. 인간이 자기 주변을 날아다니는 날벌레를 의식하지 못하는 것처럼, 거인님에게 인간은 거들떠볼만한 존재가 아닐지도 몰라요."

"너무 작아서 인식할 생각이 안 든다?"

내 물음에 세라가 고개를 끄덕였다.

턱에 손을 대고 생각하는 내 시야에 옷자락이 보였다.

—그렇지.

"작아서 안 된다면 커지면 되잖아요."

"크게, 말인가요?"

"맞아요. 이미지하는 걸로 옷을 만들어 냈으니까요. 거인과 같은 사이즈가 되는 것 정도는 간단해요."

내가 말하고서, 한 사이즈 커져봤다.

어른이 된 게 아니라, 3D 툴처럼 축척을 늘리는 이미지.

"사토 씨, 저도 해냈어요!"

"그겁니다. 단숨에 거인 사이즈까지 해보죠."

"네, 사토 씨!"

세라를 재촉하여, 거인 사이즈까지 몸을 크게 키웠다.

기분 탓인지, 몸이 희박해진 신기한 느낌이 들었다.

"어쩐지 몸이 하늘하늘한 것 같아요."

세라도 같은 느낌을 받은 모양이다.

그러나, 지금은 그런 걸 즐기고 있을 때가 아니다.

세라가 거인 앞에 서서 외쳤다.

"거인님! 성해종자를 멈춰주세요."

거인이 힐끔 세라를 봤지만, 그것에 대답하지 않고 구멍에서 기어 나가는 것을 고집했다.

"부탁이에요."

세라가 거인의 팔에 닿은 순간, 거인이 귀찮다는 기색으로 팔을 휘둘러 주먹으로 세라를 때리려 했다.

─그렇겐 못하지.

나는 재빨리 끼어들어 거인의 팔을 받아 흘리려 했지만, 뜻밖에도 거인의 주먹은 내 몸을 통과해버려 세라를 때려서 날려버리고 말았다.

"세라 씨!"

나는 세라에게 달려갔다.

"괜찮아요?"

"이 정도 상처는, 아무것도 아니에요."

세라의 볼이 빨갛게 부어 있었다.

정신체로는 볼을 식혀줄 수도 없다.

『조금은 이야기를 들어!』

내가 거인 앞으로 걸어가 거인어로 말을 걸며 붙잡아보려고 했는데, 방금 전의 방어와 마찬가지로 통과해 버렸다.

─어떻게 된 거지?

거인이 세라는 인식하고 있는 것 같은데, 나는 존재하지도 않는다는 것처럼 반응이 없었다.

"정규 승무원이랑 강제로 끼어든 자의 차이인가……."

거인과 세라를 연결하고 있는 족쇄나 사슬이, 나한테는 없으니까.

시험 삼아서 사슬을 쥐면 전해질까 싶어 시도해봤지만, 거인과 마찬가지로 사슬을 만질 수가 없었다.

"사토 씨, 설득은 제가 할게요."

그러니까 자신을 지탱해달라고 세라가 말했다.

―GGGVWOOOGZ!

구멍에서 나오지 못하는 것에 짜증이 난 거인이 포효를 질렀다.

거인의 가슴에서 검은 번개가 흘러나와 구속구처럼 몸에 달라붙었다.

―오크를, 죽인다. 모두, 죽인다.

세라를 통해서 거인의 마음이 흘러들었다.

채널이 맞은 건지, 아까보다 명료한 소리가 되어 전해진다.

『오크를, 죽인다. 모두, 죽인다.』

거인어 같았지만, 뚝뚝 끊어져서 알아듣기 어렵다.

뇌리에, 마왕이 이끌던 군단이 프루 제국의 군대와 싸우는 광경이 흘러들었다.

그 최전선에는 무장한 갖가지 종류의 거인들과 거대 골렘 군단이 있었다.

거인들은 마왕군을 유린했지만, 마찬가지로 마왕군도 거인들을 쓰러뜨렸다.

『작은 자는, 우리들을, 모두, 병사로 만들었다.』

거인들은 어른들뿐이 아니다. 어린 아이들부터 노인까지 동원되고 있었다.

『마왕의, 군세는, 우리들을, 멸했다.』

마왕과 그 군세에 대한 원한과 분노가 전해졌다.

자신들을 싸움에 동원한 프루 제국에 대한 분노를 느낀 순간, 거인이 괴로워하기 시작했다.

번개가 흘러나올 때마다 가슴의 검은 구체가 풀려서, 안쪽에서 무지개색 빛이 불꽃처럼 흔들렸다.

—GGGVWOOOGZ!

『오크를, 죽인다. 모두, 죽인다.』

포효가 끝나자, 방금 전과 같은 말을 반복하기 시작했다.

『마왕의, 도읍을, 멸한다.』

거인의 앞에 번영의 극치에 있는 도시가 나타났다.

어디서 본 것 같은—.

"—저건 공도예요! 거인님, 당신 목적은 공도를 멸하는 건가요?"

『오크를, 죽인다. 모두, 죽인다. 마왕의, 도읍을, 멸한다.』

"공도에는, 이제 오크가 없어요! 다들, ……다들, 사라져 버렸어요."

세라는 학살당했다고 하지 않았지만, 하얀 사슬을 통해 거인에게 전해진 모양이다.

거인이 처음으로 세라의 말에 반응했다.

『멸했다? 오크는, 없는, 건가?』

공도에는 오크인 가 호우와 루 헤우, 왕도의 지하에도 리 후우 일족이 있지만, 괜한 말은 하지 말자.

"그래요! 그래서, 공도를 멸망시켜도 의미가 없어요."

『그러면, 나의, 분노는, 어디에, 쏟으면, 되지?』

붕대 틈으로 보이는 거인의 눈동자가 분노로 물들어 있었다.

—GGGVWOOOGZ.

거인이 신음을 흘리자, 성해거신 주위에 비치는 영상이 무지개색의 불꽃으로 가득 찼다.

아마 구멍에서 나가기 위해 「용염석」을 쓴 게 틀림없어.

『분노의, 화염이여. 모든 것을, 태워라.』

가슴팍에서 타오르는 무지개색의 불꽃을 고치처럼 덮고 있던 검은 실이 절반쯤 풀렸다. 새어나간 불꽃이 검은 번개가 되어 거인의 몸을 좀먹고, 하얀 사슬을 통해 하늘로 뻗어 올라갔다.

저건 성해거신의 부하를 가시화하고 있는 것 아닐까?

무엇보다, 거인의 가슴에서 빛나는 무지개색의 불꽃이 흔들리는 게 위험하다. 상당히 불안정해.

"세라 씨, 그의 주의를 돌려주세요. 이대로는 노심융해의 위험이 있습니다."

세라는 내 말에 고개를 끄덕이고, 거인을 향해 말을 걸었다.

"거인님, 분노를 진정시켜 주세요."

『모든 것을, 태울 때까지, 나의, 분노는, 진정되지, 않는다.』

말과 동시에, 거인의 몸이 타올랐다.

몸에 감긴 붕대가 타오르고 미이라 같은 몸이 드러났다.

무지개색의 불꽃을 덮고 있던 검은 실이 점점 풀려간다.

『우선은, 마왕의, 도읍을, 불태운다.』

바깥 세계에서는 성해거신이 기어이 구멍에서 기어 나왔다.

느릿한 발걸음으로, 후지산 산맥 너머에 있는 공도로 향한다.

"공도는 마왕의 도읍이 아니에요. 인간족이 사는 도시예요."

『모른다. 다들, 멸망하면, 된다. 우리, 일족, 처럼.』

거인이 복수 대상을 잃고서 자포자기에 빠진 모양이다.

"……제 말이, 거인님에게 닿지 않아요."

세라가 분함에 입술을 깨물었다.

—GGGVWOOOGZ.

온몸을 뒤덮은 검은 번개가 거인의 몸을 채찍질한다.

"사토 씨. 제가 실패하면, 다음은 부탁드릴게요."

세라가 말하고, 내가 말릴 틈도 없이 거인을 끌어안았다.

아니, 검은 번개를 벗겨내려고 맨손으로 쥔 것이다.

"으아아아아아아아아아아아아!"

감전된 것처럼 세라가 절규했다.

"세라 씨!"

나는 번개에서 세라를 떼어냈다.

다행히 금방 떼어낼 수 있었지만, 세라는 비지땀을 흘리면서 땅에 주저앉았다.

"거인님은, 이렇게나 깊은 절망을 느끼고 있었군요."

저 검은 번개는 거인의 절망을 구현하고 있나?

"거인님, 저는 당신을 구하지 못할지도 몰라요."

세라는 거인에게 말을 걸었다.

"하지만, 그 고통을 받아주는 정도는 해보겠어요."

세라가 거인에게 다가갔다.

"세라 씨, 위험해요."

"알고 있어요. 하지만, 제가 번개를 잡고 있는 동안, 거인님의 고통이 줄어드는 것 같았어요."

세라를 말리려고 했지만, 그녀의 의지가 단단했다.

"사토 씨, 저를 믿어주세요."

"무리일 것 같다고 판단하면 떼어낼 겁니다. 그것만큼은 양보 못해요."

세라가 검은 번개를 잡았다.

"으아아아아아아아아아아아아아!"

세라가 절규했다.

그러나, 이번엔 거인에게서 눈을 떼지 않는다.

거인은 세라를 무기질적인 눈으로 내려다보았다. 소용없는 일이라는 것처럼.

"세라 씨, 이제 그만—."

"—아직, 이에요."

세라가 비지땀을 흘리며 거부했다.

번개가 달라붙어 소매가 찢어지고, 불꽃이 옷에 불을 붙여 세라의 피부를 그을렸다.

"ㅇㅇㅇㅇㅇㅇㅇㅇㅇㅇㅇㅇㅇㅇㅇㅇ윽!"

그래도 세라는 포기하지 않았다.

—봐줄 수가 없다.

세라를 거인에게서 떼어내려 했지만, 검은 번개가 몇 겹으로 팔에 감겨서 떨어지지 않는다. 피부 안까지 파고들어 침식하고 있다.

—잘도 세라를……!

나는 무의식중에 검은 번개를 붙잡았다.


—죽여라, 죽여라, 죽여라죽여라, 죽여라죽여라죽여라죽여라, 죽여라죽여라죽여라죽여라, 죽여라죽여라죽여라죽여라, 죽여라 죽여라죽여라죽여라, 죽여라죽여라죽여라죽여라, 죽여라죽여라 죽여라죽여라, 죽여라죽여라죽여라죽여라, 죽여라죽여라죽여라 죽여라.


무수한 살의와 악의와 해의가 거센 물살처럼 내 안으로 흘러 들어왔다.

거센 기세에 휩쓸릴 것 같았지만, 중간에 뭔가 필터를 건 것처럼 신기한 느낌이 들면서 어떻게든 버텨냈다.

아마도 무수하게 많은 내 스킬 중 무언가가 — 아마, 정신 내성 스킬 쪽이 — 도움이 된 게 틀림없다.

세라는 이런 악감정의 격류를 버티고 있었구나.

"으아아아아아아아아아아아!"

고찰하고 있을 때가 아니다.

지금도 세라는 악감정의 격류에 견디고 있다.

"세라 씨, 번개는 제가 대신 받을게요."

나는 세라의 팔에 감긴 모든 번개를 대신 받아냈다.

받아낸 번개가 내 팔을 침식하여, 양팔을 검게 물들인다.

**마치, 천룡의 몸에서 떼어낸 「마신의 찌꺼기 잔재」에 침식될 때 같았다.**

"고맙습니다, 사토 씨. 거인님, 지금, 편하게 해줄게요."

세라가 거친 호흡으로 인사를 하고, 말을 걸며 거인을 죄고 있는 검은 번개를 떼어냈다.

검은 번개가 거인의 몸에서 떨어질 때 저항을 하는지, 세라의 손에 무수한 상처가 생기고, 때로는 손톱이 떨어져 버렸다. 그때마다 마력 치유의 요령으로 그녀의 상처를 치유했지만, 고통까지 사라지는 건 아니다.

괴로워하면서 거인을 구하려는 세라를, 나는 옆에서 지켜보았다.

내 양팔이 칠흑에 침식되는 정도야 아무것도 아니다. 조금 숙취를 겪을 때 대음량의 소음을 귓가에서 계속 듣는 정도의 고행이다.

『이제, 됐다.』

거인이 자포자기가 된 뒤 처음으로, 포효가 아닌 소리를 냈다.

『성녀여, 그대의, 성의는, 받았다.』

깊은 바다 바닥 같은 눈동자로 세라를 본다. 내가 검은 번개 대부분을 받아내서, 그가 제정신을 찾은 모양이다.

『나는, 사람이 없는, 이 땅에서, 끝난다.』

영상 속의 경치가 정지되어 있었다. 성해거신이 이동을 멈춘 모양이다.

『성녀여, 내가, 용신주의, 조각을, 억누르는, 사이에, 떠나라.』

―용신주? 어디서 들어본 이름인데.

"노심융해를 받아들인다는 건가요? 안 돼요! 당신은 살아가는 걸 포기해선 안 돼요."

세라가 필사적으로 호소했다.

『어째서지?』

"당신은 어딘가에서 당신을 기다리는 동족을 찾아야 해요."

『동족은, 이제, 없다.』

거인의 비통한 목소리에 세라가 한순간 주춤했지만, 금방 진지한 눈동자로 부정했다.

『아뇨! 저는 믿어요! 세계는 넓어요! 이 대륙에 없어도, 다른 대륙에 있을지도 몰라요. 어쩌면, 어딘가에 숨어 살고 있을지도 모르잖아요!』

세라가 결코 거인의 절망에 지지 않도록 목소리에 힘을 주어, 필사적으로 설득했다.

『소용없다. 우리들, 「구름 거인」은, 거대하다. 숨을 수 있는, 장소는, 적다.』

―어?

"잠깐 기다려!"

"사토 씨?"

"구름 거인이라면 알고 있어요. 만난 적이 있습니다."

지금 생각하면, 구름 거인 아이들은 사이즈가 성해거신과 가까웠다.

『그것이, 정말인가!』

구름 거인이 내 어깨를 붙잡고 물었다.

방금 전까지 만지긴커녕 인식도 못했었는데.

아마도지만, 그의 검은 번개를 받아들여서 연결된 게 아닌가 싶네.

"정말입니다. 『커다란 발』. 다섯 명의 아이들을 최근에 만났어요."

나는 거인과 거리를 벌리고 말했다.

『커다란 발!』 그것은, 우리들, 일족에서, 어린 아이에게, 붙이는, 이름이다.』

거인이 떨리는 목소리로 말을 자아냈다.

두 눈에서 폭포 같은 눈물이 흘러 떨어졌다.

『이제는, 여한이, 없다.』

─왜 그렇게 되는데.

"아이들을 만나고 싶지 않은가요?"

『당연히, 만나고, 싶다.』

"그러면, 어째서?"

『이미, 나는, 용신주를, 억누를 수, 없다.』

거인의 가슴에서 타오르는 무지개색의 불꽃은, 미약하게 남은 검은 실에 지탱되어 간신히 파탄 나지 않고 있는 상태였다.

보고 있는 사이에도, 불꽃이 공진하는 것처럼 점점 크게 흔들린다.

"그럴 수가……."

『성녀여, 마음 쓰지, 말라. 그대들, 덕분에, 마지막에, 희망을, 얻었다.』

거인은 만족스럽게 눈을 감았다.

"……거인님."

세라가 분한 기색으로 고개를 숙였다.


—이런 결말은 안 돼.


"세라 씨. 고개를 들어주세요."

"사토 씨?"

"포기하기에는 일러요."

나는 세라에게 미소를 지었다.

"미안해, 거인 나리. 나는 해피엔딩 지상주의니까, 이런 끝은 용납 못해."

나는 일부러 극적인 어조로 익살을 부리며, 거인 앞으로 다가 갔다.

미약한 검은 실이 지탱하는, 흔들리는 무지개색 불꽃을 보았다.

이 검은 실을 조금 늘리면 된다.

나는 칠흑으로 물든 양손에 의식을 집중했다.

아마, 이건 마신 잔재랑 가까운 무언가다.

용사 하야토를 좀먹던 마신 잔재를 제거했을 때처럼, 손톱 끝에 오염을 걸러내는 이미지로 모았다.

—아프다.

죽을 만큼 아프지만, 이건 참아야지.

걱정스럽게 보는 세라에게 억지로 미소를 지어 보이고, 마음속으로 아픔에 울부짖으면서 끝까지 해냈다.

칠흑으로 물든 손톱이 떨어져 나갔다.

그 중 하나를 잡아서, 점토세공을 하는 것처럼 가공하여 튼튼한 고리를 만들고 불꽃을 중심으로 바구니를 만들었다.

바구니 안에 넣을 때 무지개색 불꽃이 내 손에 침식되어 거인의 가슴에서 불꽃이 조금 줄었지만, 안정성이 조금 늘었으니 좋다 치자.

무지막지 뜨거웠지만, 견디지 못할 정도는 아니다.

침식된 불꽃은 칠흑의 오염과 마찬가지로 손톱에 모여 무지개색의 조각이 되어 떨어졌다.

내 몸이지만 이 시스템은 잘 모르겠다. 내가 가진 스킬 중에서 이런 게 가능할 법한 건 수수께끼의 공백 스킬 정도지만, 임의로 조작할 수 있는 것도 아니라 방치하고 있다. 편리하니까.

그러나, 이걸로는 아직 부족하다.

무지개색의 불꽃을 담은 바구니 밖에서, 거인의 몸이 타 들어가 재처럼 천천히 무너지기 시작했다.

역시 한계를 넘어선 용신주의 힘은 거인— 성해거신의 육체를 안쪽에서 상하게 한 모양이군.

어쩌지?

성해거신의 몸을 오버홀하면 되나?

안 돼. 그럴 시간이 없다.

용신주의 마력로를 성해거신에서 떼어낸다?

무리다. 설계도도 없는데 그렇게까지 모험을 할 수는 없다. 무리를 해서 성해거신이 부서지고, 거인의 혼을 잃을 수도 있다.


—삐리리, 삐이.


희미하게 작은 새의 소리가 들렸다.

시야 구석에, 비취색의 무언가가 보였다.

"—히스이?"

성해거신 주변을 히스이가 날아다녔다.

나를 걱정해서 따라온 모양이군.


—삐삐이, 삐리리리.


히스이가 뭔가 전하고 싶은지 열심히 울고 있었다.

뭘—.

그렇게 생각한 순간, 내 뇌리에 마물화된 히스이를 본래대로 되돌렸을 때 일이 떠올랐다.

섣불리 쓰지 말자고 정한 참이지만, 나는 그 생각에 도박을 해 봤다.

나는 의식의 절반을 육체로 되돌려 용신주로에 「이력의 손」을 뻗어, 그곳을 기점으로 스토리지에 있던 「신주」를 듬뿍 흘려 넣었다.

유체이탈 상태인 절반이, 거인의 몸이 재생되는 것을 인식했다.

아마도 용신주로를 지탱하는 부분이 거인의 육체를 재이용해서 만들어진 거겠지.

승산이 낮은 도박이었지만, 이걸로 될 것 같아.

"좋아, 안정됐다. 어때? 거인 나리."

『믿을, 수 없다. 노심융해가, 멈췄다.』

그거 다행이군.

이걸로 히카루도 울리지 않을 수 있겠어.

"그러면, 어디 가보자—."

나는 유체이탈 상태를 해제하고 서브 콕핏 안쪽에서 성해거신을 만졌다. 그 상태로 「귀환전이」를 반복하여, 구름 거인 아이들이 기다리는 벽령의 해방도시로 갔다.

구름 거인 아이들이 도시 안에 만든 운동장에서 뛰어다니고 있었다.

『오오오, 내 눈으로, 보고도, 믿을, 수 없다.』

이동을 마치고 유체이탈 상태로 이행하자, 거인이 영상에 비치는 아이들을 보고 눈물을 흘렸다.

그 표정은 처음 봤을 때와 비교가 안 될 정도로, 행복이 가득한 미소였다.

# 에필로그

"사토입니다. 대단원 뒤에 다음 사건이 시작되는 건 시리즈물 이야기의 약속된 전개지만, 리얼에서는 대사건이 일어난 다음에는 잠시 평화로운 시간이 있으면 좋겠습니다. 파란만장한 건 이야기로 충분해요."

『성녀여, 그리고, 우리들의 구세주여.』

거인이 세라와 내 앞에 무릎을 꿇었다.

어느샌가 구세주 취급이네.

『종족의, 미래에, 감사한다.』

"괜찮다면 여기서 아이들을 지켜보며 살래?"

『그것을, 이 땅의, 왕이, 용납, 한다면.』

거인이 천천히 고개를 숙였다.

"그건 괜찮아. 허가는 받았으니까."

애당초, 내가 이 해방도시의 주인이다.

『감사한다―.』

거인이 고개를 들고 주먹을 꼭 쥐자, 손가락 틈으로 하늘색의 빛이 흘러 넘쳤다.

천천히 편 거인의 손바닥 위에, 하늘색의 작은 빛이 떠올라 있었다.

『이것은, 감사와, 우애의, 증거다.』

빛이 거인의 손바닥을 떠나, 중간부터 둘로 갈라져 나와 세라 쪽으로 날아왔다.

그대로 지켜보자, 빛이 나와 세라의 손에 빨려 들어가 손등에 뭔가 문장이 떠올랐다.

『도움이, 필요할 때, 그 문장에, 염원해라.』

"염원하면 어떻게 되는 건가요?"

『내가, 그 자리에, 소환되어, 주인의 적을, 친다.』

게임의 소환수 같네.

조력이 끝나면 기점으로 등록해둔 장소에 돌아가는 모양이다. 소환에는 상당한 마력이 필요하니까, 소환 거리에 따라 소환까지 차지 시간이 필요하다고 한다.

전이 능력이 있다면, 공도로 가는데 걷는 게 아니라 전이로 가면 되지 않았나? 그렇게 생각했지만 내 「귀환전이」와 마찬가지로 표식이 있는 장소에만 갈 수 있는 모양이다. 성해거신의 경우, 최대 세 군데밖에 등록 못한다고 한다.

나는 그렇다 치고, 세라에게 듬직한 보디가드가 생겼네.

"이제 그만 나갈게."

성해거신의 폭주 상태도 풀리고 장갑 온도도 내려간 모양이니, 이 유체이탈 공간에서 나가기로 했다.

《부조종석, 배수.》

어디선지 모를 합성 음성이 들렸다.

《부조종사, 각성.》

그 말이 들리자마자, 나는 내 몸으로 돌아온 것을 깨달았다. 용사 나나시의 모습에서 재빨리 평소의 차림으로 돌아왔다.

다행히 세라는 정신을 잃고 있어서, 안아 들고 밖으로 나왔다.

벽령에 갈 때 「귀환전이」를 반복한 건 성해거신의 능력을 빌린 걸로 하자.

"나는 시가 왕국의 왕도에 돌아갈게."

AR표시되는 성해거신의 종족명이 「진(眞) 성해거신」으로 바뀌어 있었지만, 사소한 일이지. 신주 대신 엘릭서를 써도 됐었을 것 같지만, 인간 사이즈의 병으로는 용량이 부족했을 테니까, 그게 정답이었을 거야.

『알았다. 내가, 필요할, 때는, 언제든지, 불러라.』

성해거신의 표면이 점점 석화됐다.

AR표시에 따르면 성해거신의 자기수복 겸 휴면 모드였다. 폭주 상태에서 여기저기 고장이 난 모양이니, 여기서 아이들을 지켜보며 푹 쉬면되겠지.

나는 모여든 구름 거인 아이들에게 또 놀러 올 거라 말하고, 세라가 정신을 잃고 있는 사이에 시가 왕국에 돌아가기로 했다.

◆

"주인님!"

타르투미나 근처에 있는 전이 포인트에서 동료들과 만나, 공항에 남아 있던 비공정을 타고 왕도에 돌아갔다.

중간에 세라가 눈을 떠서, 아리사가 비공정으로 마중을 와줬다고 말했다.

"그건 꿈이었을까요?"

세라는 티 한 점 없는 깨끗한 손을 빛을 향해 올리며 말했다.

"꿈이 아니에요. ─자요."

손등에 거인이 준 표식이 떠올랐다.

아무래도, 마력을 주입하면 표식이 나타나는 모양이다.

그걸 본 아리사가 반응했다.

"그게 뭐야? 용의 문장?"

"아니야."

만화도 아니고.

"우웅, 똑같아."

미아가 나랑 세라의 손등에 떠오른 문장이 같은 것을 깨닫고 기분이 틀어졌다.

"그러면, 다음에 다 함께 같은 액세서리라도 만들까?"

"응, 기대."

내가 제안하자 미아의 기분이 나아졌고, 그걸 들은 동료들도 웃으며 찬동해 주었다.


"이치로 오빠!"

비공정이 왕도의 공항에 도착하자, 원거리 통화로 사전에 연락을 해둔 히카루가 마중을 나와주었다.

"저 분은……."

나에 이어 비공정에서 내린 세라가 히카루를 보고 중얼거렸다.

"처음 뵙겠습니다. 왕조 야마토 님. 저는 오유고크 공작의 손녀, 테니온 신전의 무녀 세라라고 합니다. 미숙한 저를 위해 수고를 끼쳐버린 것에 사과드립니다."

"어~어?"

갑자기 무녀로서 최고의 예를 취하는 세라에게, 히카루가 난처한 표정을 지으며 도움을 청하여 나를 보았다.

"그녀는 성해거신의 부조종석에 타고 있었어."

"아아, 이 애가! 사토한테 들었어. 『하늘 구르기』— 성해거신의 마음을 구해줘서 고마워."

"아뇨, 거인님을 구한 건 사토 씨입니다."

"아니에요. 세라 씨가 헌신적으로 행동했으니까, 그도 마음을 열어준 겁니다."

아마 나 혼자였다면 거인을 힘으로 어떻게 하고자 생각했을 거야.

"세라 양하고 사토가 같이 힘을 내줘서 그런 거야!"

"왕조님의 과분한 말씀, 평생의 영예로 삼겠습니다."

"거창하네~. 더 평범하게 말해. 나는 히카루라고 불러. 정체가 왕조 야마토라는 건 비밀이니까."

"알겠습니다. 히카루 님."

"아직 딱딱해. 더 편하게. 님이라고 하지 말고!"

히카루가 부탁했지만, 세라는 「황송합니다」라면서 존댓말과 호칭을 바꾸지 못했다.

"히카루, 그 네 명은?"

"내 저택. 뒷일은 맡긴대."

미궁 하층의 반 일행은 미츠쿠니 공작 저택에서 쉬고 있는 모양이다.

나중에 히카루랑 같이 인사하러 가야겠어.

그렇지. 나한테 발상을 준 히스이한테도 뭔가 답례를 해야지. 기껏 걱정해서 와줬는데 산 속에 놓고 와버렸으니 사과도 해야겠다.

"……왕조님, 이치로, 황금기사."

엿듣기 스킬이 세라의 혼잣말을 포착했다.

그 시선은 히카루, 나, 아인 소녀들을 본 다음, 납득한 표정이 되었다.

이거 용사 나나시의 정체가 들켰을까?

"비밀이에요."

"네, 저만의 비밀이에요."

못을 박자 세라가 그렇게 말하고, 귓가에서 「나의 용사님」이라고 속삭이더니 볼에 닿을까 말까한 키스를 했다.

"길티이!"

"잠깐! 어수선한 틈을 타서 볼에 쪽은 새치기야! 나도 할 거야!"

아리사가 내 몸에 뛰어들어서 억지로 키스를 하려고 하기에, 머리에 꿀밤을 먹여 저지했다.

"노오오오오오."

"천벌."

거창하게 아파하는 아리사를 내려다보며, 미아가 끄덕끄덕 고개를 흔들었다.

그런 우리들 곁으로 새로운 목소리가 들렸다—.

"카리나, 제나! 마스터와 나나를 발견했다고 고합니다."

"정말이군요! 히카루 씨도 있는 걸요!"

"사토 씨!"

나나의 자매들과 함께, 카리나 양과 제나 씨가 이쪽으로 왔다.

자매의 장녀 아진에게 원거리 통화로 연락을 해뒀으니까 마중을 나온 모양이다.

"무녀, 괜찮아?"

"무녀, 안 다쳤어?"

"당신들도 마중을 나왔군요."

나나 자매들 뒤에서, 바다사자 아이들이 나타나 세라에게 안겼다.

바로 옆에서 양손을 펼친 나나가 쓸쓸해 보였지만, 대신 막내인 위트가 안겨서 재회를 축하하고 있었다.

◆

"사토, 비공정."

미아의 말을 듣고 하늘을 보자, 중형 비공정이 입항하는 참이었다.

선체에 그려진 문장을 보니, 사가 제국의 비공정이었다.

"불길한 예감이 들어요."

세라가 진지한 표정으로 중얼거렸다.

비공정이 착륙하고 트랩이 내려왔다.

"어머! 사토잖아! 마중 나온 거야?"

세라가 내 등 뒤에 숨었다.

"세라까지 있어? 언니 기쁜걸!"

눈썰미 좋게 세라를 발견했는지, 나를 발견했을 때보다 활짝 미소를 지으며 달려왔다.

"오랜만입니다. 린그란데 님."

"그래, 오랜만이야. 아무리 기다려도 사가 제국에 안 오니까, 이쪽에서 와버렸어."

세라의 언니이자 용사 하야토의 종자, 「천파의 마녀」 린그란데 양이 웃으며 농담을 말했다.

"우왓, 엄청난 미인!"

주저하지 않는 목소리와 시선을 따라가보자, 중학생쯤 되는 인간족 소년이 **루루를 보고** 눈이 휘둥그레져 있었다.

그렇다. 대륙 전반의 인간족이 미인 취급을 안 하는 루루를 보고서.

"린그란데 님, 그는 혹시."

"그래, 이 애는—."

린그란데 양이 소년을 손짓해 부르며, 우리에게 소개해주었다.

"이 아이는 신. 용사 소환 의식으로 찾아온, 용사의 나라 『일본』의 소년이야."

# EX: 용사 소환

　"내 이름은 세이기. 저돌적인 유우키, 유아독존의 메이코, 내성적인 후우, 개성적인 소꿉친구들의 사령탑이다. 어렸을 때부터 언제나 함께라, 싸우기도 하지만 어느샌가 화해하고 있었다. 그렇게 마음을 터놓은 친구들이야."


"새로운 부스터 팩이 오늘부터였나?"

학교에서 돌아오는 길에 유우키가 후우에게 물었다.

요즘 드물게 함께 돌아가는데, 화제가 카드 게임인 게 유우키답군.

"그래. 나는 무조건 라미코 씨를 뽑을 거다."

"아~ 헤비코? 강하지만, 나는 거유인 『천사의 비서관』 갖고 싶어."

유우키는 여전히 가슴에 환장하나 보군.

"야~ 그런 군살보다, 엘프가 좋잖아."

"군살 아니거든, 빈유 교도 자식!"

빈유를 업신여기다니, 이건 전쟁이 불가피한데?

"정말~ 창피하잖아. 밖에서는 그만둬."

후우가 새빨간 얼굴로 우리들의 말다툼을 말렸다.

그런 식으로 부끄러워하면 우리들까지 부끄러워지잖아.

"편의점, 들렀다 가자."

유우키가 이야기를 얼버무리려는 듯 편의점을 가리켰다.

"아, 메이코다."

"정말이다. —근데 남자랑 같이 있잖아! 저 녀석 어느 틈에 남자 친구를!"

후우가 소꿉친구인 메이코를 발견하고, 유우키가 메이코 뒤의 남자를 발견했다.

어쩐지 쇼크다. 딱히 메이코를 좋아하는 건 아니다 — 라이크가 아니라 러브 쪽 이야기야 — 그렇지만, 기저귀차고 기어 다닐 때부터 아는 소꿉친구가 이성과 함께라는 건, 어쩐지 싫다. 나만 남겨진 것 같은, 뭐라 말하기 어려운 답답함 같은 게 있다.

"저거 신 아냐?"

그 한 마디로, 답답하던 기분이 날아갔다.

"정말이네. 신이랑 메이코랑 사귀는 걸까?"

후우가 말했지만, 그건 절대 아니다.

"그건 아니지. 신이거든? 메이코 취향이랑 정반대잖아."

"메이코는 어린애 싫어하니까."

유우키와 후우도 나랑 같은 의견인가 보다.

신은 중학교 때 같은 반이었던 녀석이다. 얼마 전에 몹쓸 아버지가 실종돼서 친척 집에서 지내느라 아무래도 입지가 좁은 모양이다.

그 탓인지 차림새만 옛날 깡패처럼 하고서 허세를 부린다.

참고로 신이 메이코에게 반한 건 다 들킨 상태라 논할 가치가 없다. 엄청 서투른 어프로치를 하고는, 메이코에게 쌀쌀맞은 대응을 받아 풀이 죽는 게 신의 일상이다.

"어라~? 신 아이가."

미지근한 눈으로 지켜보고 있는데, 메이코와 신이 고교생 정도인 사람들한테 붙들렸다.

실눈에다 뱀처럼 무서운 느낌의 마르고 키가 큰 남자랑, 신이 귀여워 보일 정도로 옛날 스타일 깡패 같은 두 명이다.

요즘 세상에 리젠트라니! 가쿠란[#2]은 대체 어디서 파는 거야!

다른 사람의 패션에 대해 뭐라고 하는 게 못난 짓이라는 걸 알지만, 옛날 배경의 드라마나 만화에서나 나오는 완전 레트로한 옷에 무심코 내심 태클을 걸어버렸다.

"억수로 귀여운 애랑 같이 있구마."

실눈이 허리를 숙여 메이코를 들여다보았다.

메이코는 불쾌한 기색으로 고개를 돌렸다.

"리쿠 선배랑 카이 선배!"

"오냐."

"그건 내 이름을 먼저 불러줘야제~. 니 내를 너무 싫어하지 않나?"

신이랑 아는 사이인가 보다.

"아, 아닙니다."

"중학생이야? 너, 이름은?"

---

**#2 리젠트와 가쿠란** 흔히 일본의 깡패라고 하면 떠오르는 무스를 듬뿍 사용해 고정한 헤어 스타일과, 옛날 스타일의 교복.

"깡패한테 말할 생각 없어."

리젠트가 말을 걸어도, 메이코는 여전히 쌀쌀맞다.

야야야야, 그런 태도를 취하면 폭력으로 나오잖아!

"우와~ 신 여친이 까칠하다 않나."

"신의 여자 친구 같은 거 아냐."

"차여 버렸나~ 신 불쌍하대이."

실눈의 발언을 메이코가 딱 잘라 부정했다.

"어, 어떡하지? 메이코가 위험해."

"경찰 불러?"

"장난이라고 생각할 거야."

후우가 초조한 표정으로 말하지만, 우리가 뭘 할 수 있지?

"가자."

유우키가 말하고 걷기 시작했다.

"잠깐, 기다려."

나는 황급히 유우키의 팔을 붙잡았다.

카드 게임이나 놀이라면 세상을 구하는 용사라도, 현실세계에서는 어디에나 있는 중학생이다. 진심으로 치고받은 일이 없다. 저렇게 무서운 사람들한테 대항하는 건 망상 속이 아니면 무리야.

"소꿉친구를 버릴 순 없어."

"유우키."

후우가 유우키를 존경의 눈으로 보았다.

"우리가 뭘 할 수—"

말하는 도중에 유우키가 떨고 있는 걸 깨달았다.

그렇군. 유우키도 나랑 비슷할 정도로 무섭다고 생각하는 거다.

"메이코가 도망칠 시간 정도는 벌어주겠어."

"너 바보라니까."

걸어가는 유우키 옆에 섰다.

"메이코."

으엑, 후우까지 같이 왔다.

너는 안 되지. 뒤에서 기다려야지.

"너희들······."

우리를 발견한 메이코가 민폐라는 듯 표정을 찡그렸다.

"너, 너도 부스터 팩 사러 왔어?"

유우키······ 하필이면 처음 하는 말이 그거냐.

"같이 사러 가자."

어쩔 수 없으니, 나도 유우키에게 맞춰 우연히 만난 식을 가장했다.

"이 녀석들은 뭐야?"

"인기 만점이래이~ 메이코. 나이트가 잔뜩 있다 않나."

메이코가 혀를 찼다. 실눈에게 이름이 알려진 것에 짜증이 난 모양이네.

"가자, 메이코."

후우가 메이코의 손을 잡고 걸었다.

"기다려봐라. 아직 이쪽 용건이 안 끝났다."

그 전에 실눈이 끼어들어 앞길을 막았다.

신은 당황하기만 하고, 아까부터 아우거리면서 우왕좌왕하고 있었다.

젠장~ 누구든지 좋으니까 히어로가 좀 와줘!

순찰중인 경찰 아저씨 같은 사치는 안 부릴 테니까, 학생지도 빡빡이나 담임인 피카소라도 좋다. 누군가 와줘!

그런 기도가 하늘에 닿았는지, 늠름한 목소리가 끼어들었다.

"리쿠! 카이! 그만둬."

고등학교의 교복을 입은 안경 미소녀가 두 사람의 불량아를 노려보았다.

"엄청, 미소녀."

"학생회장 같네."

무심코 흘린 말에, 유우키가 즉시 반응했다.

후우랑 메이코가 게슴츠레한 눈으로 보고 있지만, 예쁜 누나에게 반응해버리는 건 중학생 남자의 습성이니까 용서해 달라고.

"소라, 오랜만이구마~."

"함부로 만지지 마. 그보다 중학생한테 시비 거는 거 관둬."

실눈이 미소녀의 어깨를 끌어안으려다가, 딱 잘라 거부당했다.

"시끄러워, 너랑은 상관없다."

"상관없지 않아! 소꿉친구가 나쁜 길로 가는 걸 두고 볼 수 없어."

리젠트가 고개를 돌리며 거절했지만, 미소녀는 물러서지 않고 시선 앞으로 이동했다.

"어쩐지 밀려난 것 같은데?"

"이대로 돌아가면 안 되나?"

"그건 안 되지, 사람으로서."

후우의 말에 동감이라 돌아가려고 했더니, 유우키가 거부했다. 유우키 주제에 너무하군.

메이코는 소라라고 불린 안경 미소녀가 신경 쓰이는 모양이군.

설마, 여자애 쪽을 좋아하는 건 아니겠지?

"—우왓."

바보 같은 생각을 하고 있는데, 갑자기 발치가 빛나서 깜짝 놀랐다.

"이건, 뭐야?"

"마법진?"

발치에 애니에서 자주 보는 빛의 마법진이 생겼다?

"다들, 떨어져."

메이코가 말하고 재빨리 뛰었지만, 마법진도 그림자처럼 따라왔다.

"이거, 혹시?"

후우가 기대에 찬 눈으로 나를 보았다.

아니아니, 아무리 그래도 아니지. 만화나 라노벨이 아니라고.

다음 순간, 섬광과 충격파를 받고서, 나는 의식을 잃었다.

◆

—《소환》, 《통지》, 《확인》.

정신이 들자, 파란색 공간에 둥실둥실 떠올라 있었다.

근처에 유우키랑 후우가 떠올라 있다. 주변을 둘러보니 메이코도 있었다. 미니스커트로 떠올라 있다 보니까 메이코의 줄무늬 팬티가 보였지만 불가항력이니까 용서해줘라.

하다못해 사과의 뜻으로, 메이코의 몸을 수평으로 회전시켜 스커트 안이 안 보이게 했다.

여자애는 부드럽네.

—말해두지만, 어깨랑 팔밖에 안 만졌어.

상대가 메이코라도, 의식이 없는 상대에게 야한 짓은 안 한다.

—《소환》, 《통지》, 《확인》.

머리 속에 말이나 개념의 덩어리 같은 것이 울렸다.

『이게 뭐야?』

목소리가 이상하다. 내 목소리인데, 귀가 아니라 머릿속에 울리는 느낌.

—《소환》, 《통지》, 《확인》.

파란색 공간에 떠오른 파란 빛의 구체에서 오는 것 같다.

『여기, 어디야?』

메이코가 눈을 떴다.

유우키랑 후우도.

—《용사》, 《소환》, 《확인》.

전달되는 이미지가 바뀌었다.

아무래도, 우리는 용사로 소환된 모양이다.

—《나》, 《어린 여신》, 《믿음》.

작은 여자애가 부탁하는 이미지가 전해졌다.

이 애가 우리를 소환한 어린 여신님인가 보다.

―《그대》,《용사》,《임명》.

어린 여신님이 우리들을 용사로 임명했다는 건가?

『용사? 어째서?』

메이코가 의문을 말했다.

―《마왕》,《토벌》,《희망》.

검고 커다란 그림자가 성이나 사람들을 해치는 이미지가 겹쳤다.

저 그림자가 마왕이고, 우리는 용사로서 마왕을 토벌하여 사람들을 구하는 게 사명인가 보다.

정말로 게임이나 라이트노벨 같다.

『우리가 할 수 있을까?』

후우가 자신 없는 기색으로 중얼거렸다.

―《그대》,《자격》,《믿음》.

절실한 소원이 우리들의 마음에 뛰어들었다.

어린 여신님은 우리들에게 자격이 있다는 걸 믿어 달라고 호소했다.

―《구세》,《갈망》,《선택》.

용사가 되어 세상을 구해주세요.

그렇게 바라면서도, 마지막 선택권은 우리들에게 주는 모양이다.

『할게! 한다!』

유우키가 손을 들고 외쳤다.

『나도 간다.』

유우키 혼자서는 위험하니까.

『유우키랑 세이기가 간다면, 나도 갈 거야.』

『잠깐, 나는 강화합숙이─.』

유우키와 나에게 휩쓸린 후우와 달리, 메이코는 항의하며 소리쳤다.

─《귀환》, 《같음》, 《시간》.

사명을 다하고 본래 세계로 돌아올 때는, 소환된 것과 같은 시간에 돌아올 수 있다고 한다.

『메이코, 그러면 안심이네.』

『아니, 그런 문제가─.』

후우가 말하자 메이코의 어조가 약해졌다.

그 목소리를 유우키의 큰 목소리가 뒤덮었다.

『좋았어! 용사 유우키와 그 동료들의 대모험이다!』

─《감사》, 《승낙》, 《용사》.

어린 여신이 활짝 웃는 이미지를 보냈다.

─《예탁》, 《권능》, 《선택》.

그러니까─ 용사로서 세상을 구하기 위한 치트를 빌려준다는 거야?!

"치트다아아!"

"아자아~!"

유우키랑 하이 터치를 나누었다.

조금 늦게 후우가 얌전하게 하이 터치에 참가했다.

"잠깐, 나는 아직─."

메이코가 외친 순간, 주위의 빛이 갑자기 흐르기 시작했다.

─《경고》, 《예상 밖》, 《위험》.

어린 여신님한테서 초조한 느낌의 이미지가 흘러들었다.

아무래도, 뭔가 예상 밖의 일이 생긴 모양이다.

―《권능》,《선택》,《시급》.

서둘러서 권능을 고르라고?

주위의 빛이 전방에 생긴 검은 구멍에 빨려 들어가는 게 보였다.

―《권능》,《선택》,《미소》.

어린 여신님한테서 시간이 조금밖에 없다는 이미지가 날아왔다.

"위험해, 서둘러!"

유우키는 걱정 없다. 벌써 선택을 시작했다.

나는 당황하는 후우랑 분개하는 메이코를 재촉하고, 나도 치트를 골랐다.

가능하면 조금 더 차분하게 고르고 싶었지만, 느긋하게 시간을 쓰면 치트 없이 이세계에 소환되어 버린다.

나는 아슬아슬하게 치트를 골랐다.

그 직후에, 다른 애들과 함께 검은 구멍으로 빨려 들어갔다.

―《축복》,《권능》,《취득》.

뒤에서 어린 여신님의 축복이 닿았다.

―《주의》,《행사》,《과도》.

치트를 너무 많이 쓰면 안 된다는 주의사항이 닿았다.

역시, 필살기는 아끼라는 거겠지.

―《바람》,《행사》,《구세》.

마지막으로, 대여해준 권능을 구사해서 세계를 구해달라는 어린 여신님의 소원이 닿았다.

괜찮아. 우리가 반드시 세상을 구해내겠어.

할아버지의 이름을 걸고!

◆

"용사님이 소환에 응하셨다!"

노인의 쉰 목소리와 대환성이, 혼란에 빠진 내 의식을 확실하게 일깨웠다.

발치의 빛이 눈부시다. 마법진 같은 무늬의 광원이다.

"여기는, 대체?"

중얼거리는 도중에, 파란색 공간에서 어린 여신님에게 들은 이야기를 떠올렸다.

나는 이세계에 용사로 소환됐었지.

마법진 바깥쪽의 어슴푸레한 구역에 술렁거리는 사람들의 기척이 있었다.

"……으, 으응."

발치에서 신음 소리가 들렸다.

내 근처에 친구들이 쓰러져 있었다. 아까랑 달리 메이코의 스커트 안은 안 보이지만, 주변 사람들이 보면 가여우니까 교복 재킷을 벗어서 허리춤에 덮어줬다.

"너희들도 소환됐구나."

예상 밖의 목소리에 돌아보자, 안경 미소녀 고교생이 의젓한 표정으로 주위를 관찰하는 모습이 보였다. 그 뒤에는 리젠트가 머리를 난폭하게 흔들면서 일어서고 있었다. 잘 안 보이지만, 실눈과 신으로 보이는 모습도 있는 것 같다.

방금 파란색 공간에서는 안 보였는데, 어디 있었던 거지?

"여기는 어디야?"

"소라, 알겠나~?"

"몰라."

리젠트와 실눈이 물어보지만, 안경 미소녀는 짧게 대답할 뿐이었다.

내 쪽에 찌르는 듯 험악한 시선이 오기에, 황급히 고개를 옆으로 흔들어 모른다고 전달했다.

그 무렵에는 발치의 빛도 줄어들고, 유우키와 메이코도 눈을 떠서 일어섰다.

"—눈부셔."

벽의 창문이 열리고 바깥의 빛이 들어왔다.

나는 손으로 그림자를 만들면서 주위를 둘러보았다. 신전 같은 장엄한 커다란 공간이다. 우리들이 있는 중앙에 거대한 마법진 같은 것이 그려져 있고, 바깥쪽을 둘러싸듯 신관풍 의상을 입은 남녀가 있었다. 신관들은 피로에 지쳐서 당장이라도 쓰러질 것 같은 느낌이었다.

"신, 일어나래이."

실눈이 신의 등을 발로 툭 쳐서 일으키는 게 보이기에, 나도 후우의 코를 잡아서 깨웠다.

"세이기 너무해."

"불평은 나중에, 나중—."

왜냐면, 신관들이 좌우로 갈라져서 뒤에 있던 사람들이 이쪽으로 걸어오니까.

전신 갑옷의 기사들이 수호하는 굉장히 예쁜 공주님이다. 멀어서 잘 안 보이지만, 벽에는 고양이 귀나 강아지 귀의 누나가 있다.

있다! 엘프 귀! 기다란 귀를 가진 엘프 누나도 있다. 역시 이세계. 잘 알고 있어.

"갑옷이라고? 무슨 코스프레야?"

"리쿠, 마왕 토벌이라 안 했나? 팔찌를 화산에 버리러 가는 판타지 세계 아니가?"

"아아, 그랬었지."

리젠트가 전신갑옷의 기사들을 노려보았다.

갑자기 싸움을 걸 것 같아서 무섭네.

"굉장해~! 기사다! 흑기사도 있어!"

"흑기사는 가난한 유랑 기사가 녹막이를 발라서— 히이이익!"

후우가 지식을 논하는 도중에 「녹막이」라고 말한 순간, 흑기사한테서 나도 알 수 있을 정도의 살기가 날아왔다. 후우가 다리에 힘이 풀려 내 바지에 매달렸다.

야, 숨지 마. 흑기사가 나를 노려보잖아.

죄송합니다죄송합니다죄송합니다, 사과할 테니까 살기 날리는 건 그만 두세요 부탁합니다. 아니, 진짜로 그만 좀. 무서워서 지릴 것 같아요.

……드디어 살기가 멈췄다.

흑기사 옆에 있던 예쁜 드레스의 공주님이 뭐라고 말해준 모양이다.

무서웠다. 「녹막이」는 NG워드. 절대 안 잊는다.


공주님 일행이 빛을 잃어가는 마법진 앞에서 발을 멈추었다.

"용사님, 저희들의 부탁에 응해주신 것에 감사를 드립니다."

공주님이 우리들 앞에서 허리를 굽히며 영화에서 본 것처럼 판타지틱한 인사를 했다.

그걸 바라보면서 「이름이 뭘까?」라거나 「몇 살일까?」 같은 생각을 하는데, 뇌리에 몇 가지 정보가 떠올랐다.

공주님의 이름이 트리메누스이고, 사가 제국의 황손녀라는 것, 나보다 한 살 연상으로 15세라는 것 따위를 알 수 있었다. 유니크 스킬을 받을 때 덤으로 감정 스킬 같은 것도 받았나 보네.

시험 삼아서 「쓰리 사이즈를 알고 싶다」고 생각해 봤지만, 그 정보는 안 나왔다. 유감.

다음으로 흑기사를 보았다. 이름은 뤼켄 아크기리스. 레벨 51. 주변의 기사들이 레벨 30에서 40이란 걸 생각하면, 한 단계 위인가 보다.

그러고 보니 내 레벨은 몇이지?

그렇게 생각하자, 레벨 50이었다. 안경 미소녀나 리젠트도 레벨 50이고, 유우키랑 후우도 마찬가지니까 신참 용사의 초기치는 레벨 50 고정인가 보다.

유니크 스킬도 보이는구나. 안경 미소녀가 두 개인 걸 빼면, 다들 셋에서 네 개 정도 같았다.

　그밖에 공통으로 「자기 확인」, 「감정」, 「무한수납」, 「언어 번역」 의 네 개가 있었다. 이건 용사 공통 기프트란 느낌인가?

　"저는—."

　"기다려!"

　메이코가 화난 어조로 공주님의 말을 가로막았다.

　"나는 부탁에 응하지 않았어! 용사 같은 거 안 할 거니까, 본래 장소로 되돌려줘!"

　"응하지 않았다?"

　위험해. 공주님은 신경 안 쓰는 모양이지만, 주변의 기사가 「무례하군」, 「전하의 말을 가로막다니」라고 말하며 화난 기색이 짙어지고 있었다.

　"메이코, 위험해."

　"시끄러워! 유우키는 입 다물어! 따지고 보면 네가 그 어린애의 말에 대답한 탓이잖아!"

　나랑 같은 것을 느낀 유우키가 메이코를 막으려고 했지만, 완전 열 받은 메이코가 호통을 치자 머뭇거렸다. 괜한 짓을 했어.

　"용사님—."

　"메이코야! 나는 용사 같은 거 아냐!"

　메이코가 그렇게 말했지만, 내 감정 스킬이 메이코에게 「용사」 의 칭호가 있는 걸 알려주었다.

　"그러면 메이코 님. 여기 오기 전에 파란 공간에서 파리온 신께, 용사가 되어달라는 청을 받고 승낙하지 않으신 건가요?"

"그래, 맞아ㅡ. 아아, 그 어린애 같은 파란 빛이 그게 맞다면."

"틀림없을 겁니다. 파리온 신께서는 어린 소녀의 모습을 하고 있다고 선대 용사님에게 들은 적이 있습니다."

어린 여신이라고 스스로도 말했으니까.

"여신? 그 재수 없는 꼬맹이가?"

"리쿠!"

"말이 좀 그렇지만, 내도 리쿠랑 같은 인상이었대이."

ㅡ재수 없어?

앳된 느낌이었는데…….

혹시, 하나의 단어에 말이나 이미지가 압축되어 전달되는 게 기분 나빴던 건가?

"불경하다!"

"파리온 신의 사도인 용사님이라 생각할 수 없는 말!"

"저 남자들은 정말로 용사님인가?"

리젠트의 폭언에 신관들뿐 아니라 기사들까지 살기를 띠었다.

아까 「녹막이」 흑기사가 더 무서웠지만, 이번에도 진짜로 위험한 느낌이야.

"그쪽 용사님 분은 파리온 신께 다른 뜻을 품으신 건가요?"

정중한 말투를 무너뜨리지 않았지만, 공주님도 기분이 틀어졌다.

"죄송합니다. 얘는 정말로 생각 없이 말을 해버리는 일이 있어요."

"네가 무슨 우리 엄마냐ㅡ."

"입 다물어! 괜한 말은 하지 말고 사과해! 카이도!"

안경 미소녀가 리젠트 머리를 억지로 숙이게 하고, 꾸벅꾸벅 사과했다.

그 모습을 보고, 공주님이 중재하여 신관들과 기사들이 마지못한 느낌으로 물러났다.

"있잖아. 이쪽 이야기가 안 끝났는데?"

드디어 수습될 것 같았는데, 메이코가 완전 기분 틀어진 목소리로 끼어들었다.

"잠깐, 메이코! 분위기 파악 좀 해."

"시끄러워, 바보야! 너랑 세이기가 생각 없이 어린애 부탁을 받아버리니까, 나까지 말려들었잖아!"

달래려던 유우키가, 메이코에게 한 소리 듣고 머뭇거렸다.

입이 재앙의 근원이랬어. 입 다물고 있자.

"그러면 메이코 님은 정말로?"

"그래. 소환에 응한 적 없어."

메이코가 단언하자, 공주님이 난처한 기색으로 잘 생긴 신관에게 시선을 보냈다.

"호무스 신관, 승낙하지 않은 분이 용사로 소환된 사례가 있었나요?"

"아뇨. 들은 바가 없습니다. 신전의 기록에 있는 용사 소환의 사례는 모두 암기하고 있습니다만……."

"과거 사례 같은 건 아무래도 좋아."

당혹하는 공주님과 신관의 말을, 메이코가 딱 잘라 내쳤다.

"내 요구는 하나야. 나를 원래 있던 장소로 돌려보내줘."

"그럴 수는 없습니다."

"어째서인데!"

공주님이 미안한 기색으로 말했지만, 메이코가 소리 높여 물었다.

"나도 이유가 신경 쓰여."

"내도 신경 쓰이는구만~. 여자애한테 인기 만점이라고 하기에 승낙은 했지만, 돌아갈 수 없다면 얘기가 달라지재."

안경 미소녀와 실눈이 말하자, 리젠트와 나도 동의했다.

전혀 돌아갈 생각이 없는 건 유우키와 후우, 그리고 당황하고 있는 신뿐인가 보다.

"오해하지 말아주세요. 본래 세계로 귀환은 가능합니다."

"그러면 돌려보내줘!"

"방금 말씀 드렸습니다만, 저희들은 못합니다. 용사님들을 본래 세계로 돌려보낼 수 있는 건 파리온 신뿐이십니다."

"그 어린애?"

"파리온 신이십니다."

"그러면, 그 파리온인지 뭔지한테 말해줘. 나를 돌려보내달라고."

메이코는 공주님을 도발하듯, 어린 여신님을 인정하지 않는 식으로 말했다.

공주님은 천천히 심호흡하여 마음을 진정시킨 다음, 작은 아이를 달래듯 메이코한테 말했다.

"저희들이 파리온 신께 직접 부탁할 방법은 없습니다."

"그런—"

대들려고 하는 메이코를 공주님이 손으로 제지하고 이야기를 계속했다.

"용사님이 본래 세계로 돌아갈 방법은, 마왕을 토벌하는 것뿐입니다."

"어? 진짜로?"

그건 못 돌아가는 이세계 소환의 템플릿이잖아.

"사실입니다."

무심코 입에서 나온 말을 공주님이 긍정했다.

그것이 내 마음의 목소리를 긍정한 게 아니라고 믿고 싶다.

"과거의 용사님들 말씀에 따르면—."

공주님이 거창한 말투로 설명한 내용을 간단하게 정리하면, 마왕 토벌을 이룩하면 파리온 신에게 돌아갈지 아닐지 오퍼가 와서, 돌아가는 쪽을 선택하면 본래 세계로 돌아갈 수 있다고 한다.

"그게 사실이라는 증거가 있어?"

메이코가 의심을 감추지 않고 물었다.

"네. 불과 몇 개월 전에 선대 용사 하야토 님이 귀환하셨습니다. 물론, 증인도 있습니다."

"당신들 쪽 인간이 말해도—."

"믿을 수 없나요?"

공주님의 말에, 메이코는 기분이 틀어져서 고개를 끄덕였다.

"거짓말을 간파하는 마법 도구를 써서 사실을 전하면 믿을 수 있나요?"

메이코는 고개를 옆으로 저었다.

그걸로 믿을 수 없다니, 메이코 녀석, 오기를 부리고 있네.

아마, 내심 돌아갈 방법이 마왕을 토벌하는 것밖에 없다는 건 알고 있을 거야.

"수백 년 전에 녹화의 보주로 촬영된 기록 영상도 있습니다만, 그것을 봐도 당신은 납득 못하시겠죠?"

메이코가 다시 끄덕였다.

"그렇다면, 저희들이 성의를 가지고 당신을 대해, 신뢰를 얻는 수밖에 없다고 생각합니다."

응. 메이코를 상대로는 그게 정답이다.

"알았어. 귀환 방법에 관해서는 보류하겠어. 납득할 때까지, 마왕 토벌에는 협력 안 해."

"네. 용사님이 믿을 수 있도록 힘을 다하겠습니다."

획 고개를 옆으로 돌리고 말하는 메이코에게, 공주님이 여유 있는 미소를 지었다.

◆

"그러면 다시 한번, 자기소개를 하겠습니다."

귀환 조건 때문에 조금 헤매긴 했지만, 공주님이 본래의 흐름으로 이야기를 되돌렸다.

"저는 사가 제국의 황손녀 트메리누스라고 합니다. 황제 폐하의 칙명으로, 이번에『소환 의식』을 집행했습니다."

우리를 실제로 소환한 것은 어린 여신님 자신이 아니라 그녀들이었나 보다.

이렇게 가까이서 보니 공주님은 정말로 예쁘다. 생긋 웃으면 화

355

사하고, 머리가 움직일 때마다 호화로운 금발이 황금이 흐르는 것처럼 반짝반짝 빛나서, 무심코 눈길을 빼앗긴다.

게임처럼, 공주님과 함께 모험을 하게 될까?

그러면, 당연히 두 사람은 사랑에 빠지고, 키스 같은 것도 해버리고, 아니, 이세계니까, 그 앞까지—.

"세이기! 잠깐, 듣고 있어?"

누가 어깨를 흔들었다.

"메이코? 아니, 너는 너대로 아이돌급으로 귀엽지만, 소꿉친구 니까."

"이 바보야! 눈을 뜬 채 자고 있어?"

메이코가 게슴츠레한 눈으로 내 머리를 딱 때렸다.

반사적으로 항의하려는데, 눈앞에 공주님의 얼굴이 있었다.

"용사님의 이름을 들려주실 수 있을까요?"

아무래도, 망상하는 사이에 자기소개 타임이 내 차례가 된 모 양이다.

"나, 나는—."

당황해서 이름을 밝혔다.

너무 당황해서 학교 이름과 반까지 말해버렸다.

"정말로, 바보."

메이코가 기막혀했다.

후우는 위로해줬지만, 어째선지 유우키는 「어쩔 수 없지」 하고 동의해 주었다. 나중에 후우가 가르쳐줬는데, 유우키도 나랑 같은 반응을 했던 모양이다.

어쩔 수 없다. 예쁜 공주님이 지근거리에서 바라보면 그렇게 된단 말야. 사춘기 중학생 남자는 그런 생물이니까.

다른 중학생이 들으면 굉장한 기세로 항의할 법한 일을 생각하면서, 고교생 팀의 자기소개를 들었다. 다음은 신뿐이다.

"마지막 용사님, 이름을 알려주실 수 있을까요?"

신이 뭔가 머뭇거렸다.

낯을 가리지도 않았을 텐데, 너무 예쁜 공주님 앞이라 기가 죽었나?

"신, 이름이래이. 어여 말해라."

『시, 신입니다. 쿠즈사키 신— 저기, 마이 네임 이즈, 신 쿠즈사키. 이러면 되나?』

"왜 영어가? 참말로, 신은 재미있구만~."

신 녀석은 무슨 장난을 치는 거지.

공주님과 잘 생긴 신관도 난처한 표정이다.

"죄송함다. 신한테 나중에 잘 말을 해둘기라."

실눈이 중재하고, 다음 단계로 돌아간다. 치트— 유니크 스킬의 확인이다.

"용사 세이기 님의 유니크 스킬을 물어봐도 괜찮을까요?"

"네! 『정의심안』, 『사악탐색』, 『단죄의 검』의 셋입니다!"

진실은 언제나 하나 나쁜 놈은 어디나 정의는 이긴다

나쁜 놈을 발견해서, 일격필살로 쓰러뜨리는 누명과 인연이 없는 콤보다.

"이름 그대로 정의 군이구만, 웃긴대이."

실눈이 그렇게 말하면서 미소를 지으며 비웃자, 안경 미소녀가

357

야단쳤다. 더 야단쳐 주세요.

"모두 과거의 용사님이 가지고 계셨던 멋진 유니크 스킬입니다."

공주님 뒤에 있던 잘 생긴 신관이 두꺼운 책을 넘기며 말했다.

꽤 이해력이 좋은걸.

이어서 유우키, 메이코, 후우 순서대로 말했다. 유우키는 광범위 마법, 메이코는 근접 참격, 후우는 이동과 회피와 잔챙이 사냥에 적합한 공격을 조합시킨 솔로형인가 보다.

"용사 후우 님의 유니크 스킬은 과거의 기록에 없습니다. 훈련하기 전에 검증이 필요하겠죠."

역시 있었구나, 훈련. 근성 강요나 부트 캠프는 사양하고 싶은데.

"다음은 용사 소라 님, 부탁할 수 있을까요?"

고교생 쪽은 안경 미소녀부터 순서대로 말했다.

"『운외창천』, 그리고 『건곤일척』입니다."

노력은 배신하지 않는다 / 단 한 번의 기적

"이 분의 유니크 스킬도 기록에 없습니다."

"내 건 훈련을 쌓기 위한 스킬과, 실력을 확실하게 발휘하기 위한 스킬일 거예요."

후우 때와 같은 발언을 하는 잘 생긴 신관에게, 안경 미소녀가 설명했다.

그녀는 치트 스킬까지 성실한 모양이다.

"소라 답구만."

"참말이다."

실눈과 리젠트가 자랑스러운 느낌으로 중얼거렸다. 이 한 식구 느낌, 이 녀석들도 소꿉친구가 틀림없어.

이어서 실눈과 리젠트가 자기들의 유니크 스킬을 말했다. 리젠트는 근접 분쇄, 실눈이 스피드업 계통인가 보다.

"용사 신 님, 유니크 스킬을 들려주실 수 있을까요?"

공주님이 말했지만 신은 대답하지 않았다.

"신, 뜸들이지 말고 가르쳐주래이."

실눈이 재촉해도, 신은 창백한 표정으로 허둥대고 있었다.

—아니 근데, 어쩐지 좀 이상하지 않아?

"와 그르나? 신."

"왜 그래?"

실눈에 이어서 리젠트도 신의 모습이 심상치 않은 걸 깨달은 모양이다.

"어여 자기 유니크 스킬을 가르쳐 줘라."

『유, 유니크 스킬이란 게 뭔데요? —그리고, 카이 선배도 리쿠 선배도, 어떻게 이 사람들 말을 아는 건데요?!』

"—말?"

그 말을 듣고 보니, 우리는 이쪽 사람들의 말로도 말하고 있었지만, 신은 아까부터 일본어로만 말하고 있었다.

혹시—.

"니 말 몬 알아듣나?"

실눈의 물음에 신이 고개를 끄덕였다.

다들 신을 보았다.

내 뇌리에 신의 스테이터스가 떠올랐다.

『그러니까— 유니크 스킬 없음. 스킬 없음. 레벨 1. 칭호 「말려든 이세계인」— 이기 뭐고? 신, 용사 아인데?』

실눈이 내 뇌리에 떠오른 것과 같은 정보를 일본어로 읽었다.

『신, 불쌍하대이~. 이세계에서도 따구만.』

정말 그렇다. 보통 라이트노벨 같은 거였으면 「말려든 이세계인」이 용사보다 치트인 포지션이 정석인데. 통신판매 사이트에 연결되거나, 보통 스킬로 보이는 초절 치트를 가지고 있거나.

『카이! 말 그렇게 하지 마.』

안경 미소녀가 진심으로 실눈을 야단쳤다.

『어? 그게 뭐야? 그러면 나는 잘못해서 여기 왔단 거야?』

현실 앞에 선 신이, 눈물이 그렁한 채 떨고 있었다.

이해된다. 입장이 반대였다면, 나는 열 받아서 소리쳐대고 난리를 피웠을 거라고 생각한다.

『하모. 이만치 절망적인 패턴이면, 놀리는 것도 가엽지 않나?』

『신, 기운 내라. 네 몫까지 우리가 마왕을 때려눕혀줄게.』

『……리쿠 선배.』

신이 리젠트를 가슴이 설렐 것 같은 표정으로 올려다보았다.

"저기 용사님들? 가능하면 사가 제국의 말로 이야기해주실 수 있을까요?"

난처해하는 공주님에게, 안경 미소녀가 사정을 설명했다.

"말려들어 소환, 인가요? 그럴 리가— 호무스 신관."

"적어도 신전의 기록엔 없습니다."

『진짜가. 신 굉장하구마. 사상 처음이래이.』

『그렇게 말해도 기쁘지 않아…….』

아무리 신이라도 불쌍하군.

"지금부터 치트— 유니크 스킬을 받을 방법은 없어?"

"없습니다."

공주님 옆에 있는 잘 생긴 신관에게 물었지만 망설임 없이 부정했다.

"그걸 가져오세요."

공주님이 종자에게 명해서 뭔가를 안경 미소녀에게 건넸다.

"그 반지는 용사님 고향의 말과 이쪽 말을 번역해 줍니다. 이것을 신 공에게."

"—확실하네."

안경 미소녀가 반지를 바라본 다음, 그걸 신에게 건넸다.

아마 신에게 건네기 전에 감정 스킬로 체크한 거라고 생각한다. 꽤 빈틈없는 사람이다. 나도 황급히 감정을 했는데, 분명히 「번역 반지」였다.

용사 소환물이라면 가끔씩 유용한 아이템이라고 하면서 예속용 함정이거나 하는 패턴도 있지만, 이 공주님은 보이는 그대로 제대로 된 타입 같았다.

이 나라에는 신세를 지게 되니까, 제대로 된 나라 같다는 건 좋은 뉴스네.

"신 공, 뜻에 반하여 용사 소환에 말려든 것에는 동정을 드리겠습니다. 당신이 바란다면, 이 나라에서 생활을 보장할 것이고, 훈련이나 교육을 바라신다면 그것도 이뤄드리죠."

"그러니까, 용서하라고?"

신이 가시 돋친 목소리로 대들었다.

"아뇨, 용서는 바라지 않아요."

"미안하다고 생각하질 않는다는 거야?"

"신, 스톱."

폭발할 것 같은 표정으로 공주님에게 대들려는 신을 실눈이 가로막았다.

"니, 눈치 챘나? 공주님의 말. 니 부를 때, 용사님이 아니라『신공』이라고 부르고 있재? 경칭이 님에서 공으로 낮아졌다. 너무 나쁜 인상을 주믄, 우리가 마왕 토벌을 간 사이에 처분 당할 기다?"

"—처분?"

실눈이 신에게 헤드록을 걸고 작은 소리로 설득했다.

아니, 협박인가? 신이 새빨간 얼굴로 떨고 있었다.

"지금은 생활을 보장 받고, 이쪽에서 살아갈 지식이나 힘을 쌓으래이. 상대한테 대드는 건, 그 다음인기라."

실눈이 말하자, 신이 끄덕끄덕 고개를 움직였다.

"언니야. 신도 납득했으니까 잘 부탁합니대이."

공주님은 신에게 흥미가 없는지, 실눈의 발언에「알겠습니다」라고 대답하고 뒷일을 종자에게 명했다.

"여러분, 지치셨을 겁니다. 사소하게나마 옛 도읍의 이궁에서 환대의 준비를 했습니다. 그곳에서 몸을 정화하고, 소환의 피로를 치유해주소서."

드디어 끝인가 보다.

환대라는 건, 아마 맛있는 음식이나 파티겠지. 내가 다 안다니까.

"그 전에 한 가지 말해줘."

메이코가 공주님을 불러 세웠다.

에~ 또 뭐 있어? 얼른 맛있는 거 먹으러 가자.

공주님이 발을 멈추고, 메이코를 돌아보았다.

"우리가 쓰러뜨려야 할 마왕은 어디 있어?"

방금 납득할 때까지는 협력 안 한다고 한 주제에, 그건 신경 쓰이는구나?

"마왕 출현의 예언이 있는 장소는 일곱. 그 중에서 세 곳에 마왕이 나타나, 이미 퇴치됐어."

그렇게 대답한 것은 벽 쪽에 있던 사람이다.

서 클록이라고 하던가? 갑옷 위에 외투를 입고 후드를 깊숙하게 눌러쓰고 있으니까 대략적인 체격밖에 모르겠지만, 목소리를 들어보니 젊은 여자겠지.

"남은 네 곳…… 장소는 알고 있어?"

"그래, 물론. 이미 척후를 보냈으니까, 마왕이 나타나면 금방 알 수 있어."

나머지 네 곳인가— 그럼, 어라?

"그러면 네 명밖에 못 돌아가는 거 아냐? 아니면 한 명이 쓰러뜨리면 나머지도 돌아갈 수 있어?"

"함께 싸우면, 모두에게 선택지가 주어질 거야. —그렇죠? 호무스 신관."

후드 쓴 사람 말에, 잘 생긴 신관이 고개를 끄덕였다.

"그러면, 괜히 억지를 부리기보다, 얼른 쓰러뜨리는 편이 빨리

363

돌아갈 수 있을까?"

"쓰러뜨릴 수 있다면."

메이코의 도발적인 말에, 후드 쓴 사람이 비아냥거리듯 대답했다.

"마왕을 쉽게 보지 않는 게 좋아. 단련하기 전의 신참 용사가 간단히 쓰러뜨릴 수 있을 정도로, 마왕은 약하지 않아."

"그래? 지금까지의 용사가 약했던 것뿐이 아니고?"

"하야토— 선대 용사는 당신보다 몇 배는 강했어. 당신은 하야토의 종자인 나에게도 못 이겨."

"흐~응."

메이코가 기분이 틀어져서 입술을 깨물었다.

"그러면 시험해볼래."

메이코가 어디선가 꺼낸 일본도로, 후드 쓴 사람을 공격했다.

"야, 거짓말이지."

무차별 살인마냐?

어린 여신님에게 힘을 받아서 이성의 끈이 느슨해진 거 아냐?

"—어설퍼."

후드 쓴 사람이 빨갛게 빛나는 검으로, 메이코의 일본도를 튕겨내고 칼 끝을 메이코의 목덜미에 겨누었다.

엄청 빨랐다.

메이코가 돌진한 속도도 영화 같았지만, 후드 쓴 사람이 옆으로 순간이동을 한 것처럼 이동한 것도 만화 같았다.

"메이코가 저렇게 운동신경 좋았나?"

"메이코는 신체조 선수인걸. 굉장하거든, 메이코."

"그 전에는 검도부였고 말야."

초등학교 때 다니던 스포츠 검도에서 내가 한 번도 못 이겼을 정도로는 강하다.

유우키랑 후우와 이야기하는 사이에도, 메이코는 어디선가 꺼낸 다른 검으로 제2격을 시도했다.

"아니, 저 움직임은 신체조 선수나 검도하고는 상관없겠지."

"그렇제. 올림픽 선수라도, 저런 속도로는 몬 움직인다."

리젠트와 실눈이 관전하면서 태평하게 말했다.

"분명히, 저게 용사의 힘일 거야."

안경 미소녀가 두 사람의 대화에 들어갔다.

나는 메이코가 다치지 않을까 조마조마한 심정으로 보고 있는데, 외부인은 마음 편하군.

"아직 유니크 스킬을 일부밖에 못 써?"

후드 쓴 사람은 메이코의 커다란 공격을 가볍게 피하고, 도발하듯 메이코 눈앞에 얼굴을 접근시켰다.

지금 깨달았는데, 저 사람 굉장해. 아까 그 엄청 무서운 흑기사보다도 레벨이 높았다.

"시끄러워! 도망치지 마!"

"그러면 공격할까?"

텔레폰 펀치 같은 고의적인 공격을 메이코가 백 회전으로 피하고, 그대로 공중에서 옆으로 쓸며 공격을 한다.

"신체능력은 대단하지만, 전투는 곡예가 아냐."

후드 쓴 사람은 가볍게 공격을 피하고, 착지 직전에 메이코의 배를 차서 날려버렸다.

"메이코!"

"우왓. 아프겠다."

후우가 외치고, 유우키가 아파 보이는 표정을 지었다.

"저, 저기. 그 정도로 용서해주실 수 있을까요?"

웅크린 채 콜록콜록 기침을 하는 메이코 쪽에 후드 쓴 사람이 다가가려고 하기에, 중간에 끼어들어 대신 사과했다.

어렸을 때부터 폭주하는 메이코나 유우키의 뒤처리는 나한테 돌아온단 말이지.

"그래. 그녀도 자신의 지금 실력을 알았겠지."

후드 쓴 사람이 검을 칼집에 넣었다.

나는 안도하여 그 자리에 주저앉았다. 다리에 힘이 풀린 모양이다.

"괜찮아?"

후드 안쪽의 얼굴이 보였다.

굉장한 미인이다. 공주님도 미인이었지만, 이쪽도 타입이 다른 미인이다. 늠름한 느낌?

"아, 네! 괜찮아요!"

이런 미인이 손을 내밀면, 긴장해도 어쩔 수 없다고 생각한다.

"저, 저기! 이름을 가르쳐 주세요!"

나는 반사적으로 외쳐버렸다.

그녀는 조금 놀란 표정을 지은 다음, 후드를 펄럭 뒤로 제쳐 은색의 긴 머리칼을 바깥 공기에 드러내고, 늠름한 목소리로 가르쳐 주었다.


"린그란데. 선대 용사 하야토의 종자, 『천파의 마녀』 린그란데야."

이것이 나와 린그란데 누님의 만남이었다.
그리고 그녀를 종자로 삼아, 역대 최강이라 불리는 전설의 용사 세이기의 쾌진격이 시작됐다.


◆


"야, 세이기! 또 망상에 빠진 표정 짓고 있어!"
메이코가 내 머리를 딱 때렸다.
어느샌가 소환된 광장에서 사람들이 나가기 시작하고 있었다.
"가자. 땀도 흘렸고, 먼지투성이니까 얼른 목욕해서 개운해지고 싶어."
"어라? 린그란데 누님은?"
"그 여자라면 네가 망상 모드에 들어간 다음 쓴웃음을 지으면서 가버렸어."
"그럴 수가~."
내 종자가 되어달라는 부탁도 아직 못 했는데…….
"세이기, 얼른 가자."
"그래, 세이기! 얼른 안 가면 음식이 없어질 거야!"
후우와 유우키가 재촉하여, 배가 고픈 걸 떠올렸다.

그러고 보니 학교에서 돌아오는 길에 소환됐었지.

"가자, 세이기."

메이코의 손을 빌려 일어서서, 유우키와 후우 뒤를 따라갔다.

이제부터 어떤 나날이 시작되는 건지는 모르지만, 소꿉친구 세 사람과 함께라면 신기하게 어떻게든 될 것 같았다.

"좋~아, 내 전설은 이제부터다!"

"세이기, 그건 조기종료 만화야."

"중2병은 중2때 졸업해."

"그건 무리지. 세이기는 평생 이런 느낌일 거야."

시간차 없이 가차 없는 태클을 거는 것도, 소꿉친구니까 할 수 있는 거란 말이지.

나는 등을 조금 움츠리면서, 세 사람 뒤를 따라갔다.

## ■작가 후기

안녕하세요? 아이나나 히로입니다.

이번에 「데스마치에서 시작되는 이세계 광상곡」 제25권을 구매해 주셔서 정말 감사합니다!

노려라! 100권!

—은 아무리 그래도 농담이고, 이렇게 권수가 거듭될 수 있는 것은 응원해주시는 독자 여러분 덕분입니다!

앞으로도 언제나 지금까지 이상의 재미를 추구할 생각이니, 앞으로도 변함없는 지지를 부탁드립니다.


자, 그러면 후기를 읽은 다음에 살까 정하는 분을 위해, 이번 권의 볼거리를 얘기해볼까요.

이번에는 누가 뭐래도, 세라!

그렇습니다! 데스마치 5권에 등장하여, 데스마치에서 제일 파란만장함이 넘치는 풍운을 만난 테니온 신전의 무녀 세라가 다시 데스마치에 돌아왔습니다.

이번에도 예외 없이 배드럭을 만나게 될 것 같은 예감이 듭니다만…….

WEB판보다 등장이 줄어들었습니다만, 작가는 세라를 싫어하는 게 아니니 오해하지 말아주세요. 오히려, 가장 히로인다운 히로인이라고 생각해서 좋아할 정도입니다.

그리고, 세라라고 하면 그 사람!

세라의 언니이며 용사의 종자 린그란데 양을 떠올리는 분은 유감. 이번에는 그다지 등장이 많지 않습니다.

정답은 샤로릭 제3왕자입니다.

사토가 퇴치한 고래— 대괴어 토부케제라가 남긴 기생충에게 당해서, 대폭의 레벨 저하와 노화로 폐왕자 취급을 받아 지방의 수도원에서 병으로 요양하고 있던 그가 부활했습니다.

그것도 전설의 초병기를 손에 넣고.

성격에 조금 문제가 있는 왕자가 초병기와 함께 왕도로 귀환한다.

뒤숭숭한 플래그가 쑥쑥 자라는군요.

그것에 사토와 세라가 어떻게 연관되고, 어떻게 결판이 나는지. WEB판하고는 커다랗게 전개를 바꾸었으니, 분명히 WEB판을 읽어주신 분도 재미있으실 겁니다.

물론 동료들의 활약이나 그리운 캐릭터들의 등장도 잔뜩 있으니 안심하세요. WEB판에서 남몰래 인기가 있던 작은 새도 삐리리삐 울고 있습니다.

너무 펜이 미끄러져서 스포일러가 되면 안 되니, 볼거리 이야기는 여기서 마치겠습니다.


그러면 늘 하는 인사를!

담당 편집자 I 씨와 A 씨 두 사람에겐 아무리 감사해도 부족할 정도입니다. 적절한 지적이나 개고 어드바이스뿐 아니라, 작가가 놓친 모순점이나 누락된 부분을 적절하게 발견하여 커버해주신 덕분에 대단히 도움을 받고 있습니다. 앞으로도 오래오래 지도편 달을 부탁드립니다.

매력적인 일러스트로 데스마치 세계를 선명하게 채색하여 주시는 shri 씨에게는 아무리 감사를 해도 모자랍니다. 앞으로도 데스마치 세계의 비주얼면을 잘 부탁드립니다.

그리고, 카도카와 BOOKS 편집부 여러분을 비롯하여, 이 책의 출판과 유통, 판매, 선전, 미디어믹스에 연관된 모든 분께 감사 드립니다.

마지막으로, 독자 여러분에게는 최대급의 감사를!!

본 작품을 마지막까지 읽어주셔서, 정말 감사합니다!


그러면 다음 권, 무노 백작령 이민편에서 만나요!


아이나나 히로

## ■역자 후기

So, get away

Another way to feel what you didn't want yourself to know

안녕하세요? 불초 역자 또 뵙습니다.

So what do you wanna do, what's your point-of-view?

There's a party soon, do you wanna go?

오랜만에 몰입감 있는 애니메이션을 본 역자입니다. 흑흑흑. D 이 불쌍한 놈. 내가 복수는 해줄게.

해피 엔딩으로 끝나는 이야기도 좋긴 하지만, 역자의 경우는 배드 엔딩이나 새드 엔딩도 꽤 좋아하는 편입니다. 그런 의미에서도 역자 취향에 굉장히 잘 맞는 작품이었어요.

가만 보면 사실 D는 꽤 복이 많은 친구였습니다. 기본적으로 타고난 재능이 있었고, 그 재능을 살려주고자 헌신적으로 보살펴주는 어머니도 있었죠. 악연인 상대도 있었지만, 그를 진심으로 아끼고 신뢰하는 동료들도 있었습니다.

그런데 그 복 하나하나에 파멸 직행 티켓 조각이 하나씩 붙어 있더라니까요. 복이 올 때마다 티켓이 점점 완성되는 거죠.

D가 근본은 좋은 녀석이긴 했지만, 그거야 근본이 그렇단 거고 이야기가 진행되면서 해온 일들을 보면 끝이 좋지 않을 건 뻔했습니다. 까놓고 세계관 특성상 그런 식으로 살아가는 수밖에 없는 것도 있기는 하지만, 그렇다고 그 업보가 쌓이지 않는 건 아니니까요.

결국 업보는 쌓이고 쌓여서 청산할 때가 왔고, 마지막에 D가 파멸을 맞이한 것도 이해는 해요.

근데 그걸 1화에서부터 거의 확정시켜놓는 건 너무했다고 생각합니다. 키야. 감탄한 나머지 제가 만약 파멸에 이르는 배드 엔딩 이야기를 쓰게 된다면 꼭 이런 식으로 해야겠다고 결심했죠.

워낙 인상 깊어서 틈새의 땅을 유람하던 역자는 다시 한번 N시티로 돌아가 재킷이랑 거츠를 챙기고 프리랜서 A 씨를 만나러 갔지 뭡니까. 별로 미안하진 않아, A 씨. 내가 개인적인 감정이 좀 있었거든.


그밖에는 루이지애나 덜비도 갔습니다. 3년 실종됐던 와이프가 전기톱 들고 반겨주더라고요.

보통 난이도는 참 재미있는 게임이었는데 말이죠. 어려움 난이도 왜 이러는 거야…….

개인적으로 해당 시리즈의 리메이크가 난이도 조절 면에서 뭔가 하나씩 나사 빠진 부분이 있었다고 느끼고 있었어요. 그래서 이번에도 난이도 조절에 실패한 건가 생각했었습니다만, 생각해 보니 역자가 7을 뒤늦게 산 거였죠. 그래요. 이게 원조였던 겁니다. 어쩐지 제일 심하더라.

그리고 현재 역자는 우주여행을 준비하고 있습니다. 칼리스토라고 목성의 위성 중 하나인데 거기가 환경은 나빠도 경치는 참 좋다고 해요. 스산하면서도 자연의 경이를 느낄 수 있죠. 거기 교도소가 하나 있다던데 뭐 견학이라도 한 번 가볼까 합니다.

그럼 여러분. 우주여행 마친 다음에 다시 만나도록 해요!

# 데스마치에서 시작되는 이세계 광상곡 25

초판 1쇄 발행 2023년 1월 10일

**지은이_** Hiro Ainana
**일러스트_** shri
**옮긴이_** 박경용

**발행인_** 신현호
**편집장_** 김승신
**편집진행_** 권세라 · 최혁수 · 김경민 · 최정민
**편집디자인_** 양우연
**관리 · 영업_** 김민원

**펴낸곳_** (주)디앤씨미디어
**등록_** 2002년 4월 25일 제20-260호
**주소_** 서울시 구로구 디지털로 26길 111 JnK디지털타워 503호
**전화_** 02-333-2513(대표)
**팩시밀리_** 02-333-2514
**이메일_** lnovellove@naver.com
**L노벨 공식 카페_** http://cafe.naver.com/lnovel11

DEATH MARCH KARA HAJIMARU ISEKAI KYOSOKYOKU Vol.25
ⒸHiro Ainana, shri 2022
First published in Japan in 2022 by KADOKAWA CORPORATION, Tokyo.
Korean translation rights arranged with KADOKAWA CORPORATION, Tokyo.

ISBN 979-11-278-6669-3 04830
ISBN 979-11-278-4247-5 (세트)

**값 11,000원**